Mord zwischen Ebbe und Flut

Christiane Franke, geboren 1963, lebt in Wilhelmshaven an der Nordseeküste. Hier spielt die Serie um ihr Kommissarinnenduo Oda Wagner und Christine Cordes. Ihre Kurzkrimis erstrecken sich über den gesamten deutschsprachigen Raum. Sie ist u. a. auch Herausgeberin von Anthologien und Dozentin für Kreatives Schreiben, war 2003 für den Deutschen Kurzkrimipreis nominiert und erhielt für 2011 das Stipendium »Tatort Töwerland« der Insel Juist.

CHRISTIANE FRANKE

Mord zwischen Ebbe und Flut

KÜSTEN KRIMI

emons:

Bibliografische Information der Deutschen Nationalbibliothek
Die Deutsche Nationalbibliothek verzeichnet diese Publikation in der Deutschen Nationalbibliografie; detaillierte bibliografische Daten sind im Internet über http://dnb.d-nb.de abrufbar.

FSC
www.fsc.org
MIX
Papier aus verantwortungsvollen Quellen
FSC® C083411

Dieses Werk wurde vermittelt durch die Literarische Agentur Thomas Schlück GmbH, 30827 Garbsen.
Umschlagmotiv: photocase.com/.BJO3RN.
Umschlaggestaltung: Tobias Doetsch
Gestaltung Innenteil: César Satz & Grafik GmbH, Köln
Druck und Bindung: CPI – Clausen & Bosse, Leck
Printed in Germany 2014
ISBN 978-3-95451-256-0
Küsten Krimi
Originalausgabe

Viel mehr als unsere Fähigkeiten
sind es unsere Entscheidungen,
die zeigen, wer wir wirklich sind.
Joanne K. Rowling

Mittwoch

Die Vögel zwitscherten in der untergehenden Frühlingssonne, als ein Schuss die abendliche Idylle zerriss und die Ruhe zerstörte, die sich über die Stadt legen wollte. Tobias Kuhn zuckte zusammen. Er musste einen Moment eingenickt gewesen sein. Um diese Uhrzeit war unter der Woche nie viel los. Gegen Monatsende und bei dem anhaltend guten Wetter sowieso nicht. Da schnappten sich die Leute eher ihr Fahrrad, als ein Taxi zu rufen. Nur morgens stand das Telefon nicht still, wenn die alten Leute zu ihren Ärzten, Kinder zur Schule und Geschäftsleute zum Bahnhof gefahren werden wollten. Gegen einundzwanzig Uhr dagegen war es alltags eher mau.

Tobias horchte in Richtung Treppenhaus. Hatte er geträumt? War es tatsächlich ein Schuss gewesen? Er fuhr sich mit der rechten Hand über die kurz geschorenen Haare, starrte die Telefonstation auf dem Tisch vor ihm an und überlegte. Wenn er jetzt die Polizei anrief, was sollte er denen sagen? »Ich hab einen Knall gehört, der wie ein Schuss klang«? Die würden ihn bestimmt für einen Spinner halten und gleich wieder auflegen, denn woher das Geräusch kam, konnte er ja nicht sagen. Da hielt er besser den Mund und tat so, als sei nichts gewesen. Und überhaupt: Er wusste ja auch gar nicht, ob etwas gewesen war.

Die Haustür knallte.

War das eben vielleicht auch die Haustür gewesen? Oder eine Wohnungstür in einem der oberen Stockwerke?

Das Telefon klingelte.

»Taxen Schultz, guten Abend«, meldete er sich.

»Tobias?« Die leise weibliche Stimme klang wie die von Judith aus dem ersten Stock. Judith studierte Maschinenbau an der Jade Hochschule und jobbte nebenbei als Kellnerin. Nach der Schicht kam sie gern auf einen Klönschnack vorbei.

»Ja.« Normalerweise rief Judith nie an. Sie kam einfach runter.

»Hast du das auch gehört?« Noch immer sprach Judith leise und zögernd.

»Was gehört?«

»Na, das gerade. Das klang wie ein Schuss.«

Also hatte er sich nicht geirrt. Bevor er antwortete, räusperte er sich. »Jo. Ich war mir allerdings nicht sicher, ob ich mir das nur eingebildet hab. Aber wenn du es auch gehört hast … Weißt du, woher das kam?«

»Ich glaub, von nebenan. Von Andreas.«

Andreas Schmidt wohnte auf derselben Etage wie Judith. In der gegenüberliegenden Wohnung.

»Hast du schon bei ihm geklingelt?«

»Ich trau mich nicht. Was ist, wenn da einer mit ’ner Waffe drin ist? Kannst du nicht hochkommen? Dann klingeln wir zusammen.«

»Geht nicht. Ich muss in der Zentrale bleiben. Wenn der Chef mitkriegt, dass ich die unbesetzt lasse, bin ich meinen Job los. Aber ich kann mal eben bei Andreas anrufen.«

»Das ist eine gute Idee. Vorhin, als ich Spaghetti gekocht hab, lief drüben noch Musik. Sein Küchenfenster steht wohl offen, ich hab jedenfalls gedacht, er könnte das auch etwas leiser stellen. Muss ja nicht jeder seinen Musikgeschmack teilen, und Frau Weinert über uns hat sich ja auch schon ein paarmal beschwert. Die kann Santana nicht leiden.«

Es klingelte auf der anderen Leitung.

»Warte mal kurz«, bat Tobias, nahm den anderen Hörer ab und meldete sich wieder mit: »Taxen Schultz, guten Abend.« Kurz darauf hatte er Wagen drei in die Friederikenstraße geschickt und wandte sich wieder an Judith. »Ist gut, ich ruf bei ihm an. Bleib dran. Ja?«

»Ja. Ich stell mich an meine Wohnungstür. Wenn sich drüben was Ungewöhnliches tut, mach ich sie schnell zu.«

Tobias sah auf die Mitarbeiter-Telefonliste, die jemand mit Tesafilm an den abgenutzten Tresen geklebt hatte, hinter dem er saß. Andreas fuhr gelegentlich für Taxen Schultz, überwiegend an jenen Tagen, an denen sie zusätzliche Fahrer brauchten. Silvester zum Beispiel oder wenn es in der Stadthalle große Konzerte gab. Oder beim Super-Event »Wochenende an der Jade«, das an jedem ersten Juli-Wochenende in Wilhelmshaven stattfand. Wenn jemand ausfiel, sprang Andreas auch mal spontan ein. Tobias vermutete, dass Andreas einfach zu wenig soziale Kontakte hatte. Aber wer war er schon, dass er darüber ein Urteil fällen könnte? Er tippte die Nummer ein, und es tutete im Hörer. Auf der anderen Seite hörte er Judith aufgeregt sagen: »Ich höre es klingeln. Eins, zwei, drei …«

Nach dem sechsten Mal sprang der Anrufbeantworter an.

»Und nun?«, fragte Judith.

»Du könntest rübergehen. Wenn er nicht da ist, ist er nicht da und vermutlich auch sonst niemand. Wenn du es dir zutraust, geh hin. Ich bleib am Telefon, da kann dir nix passieren. Sollte wirklich jemand geschossen haben, ist der bestimmt längst weg. Ich hab vorhin die Haustür zuknallen hören. Also. Traust du dich?«

»Wenn du wirklich am Telefon bleibst.«

»Klar.«

»Also gut.«

Auf der anderen Leitung kam der nächste Anruf herein, aber diesmal nahm Tobias nicht ab.

»Ich bin jetzt an seiner Tür.«

»Dann klingel.« Im nächsten Moment hörte Tobias die Türglocke durchs Telefon.

»Er macht nicht auf.«

»Versuch, ob du die Tür öffnen kannst.«

Die Griffgarnituren in diesem Haus waren beinahe ebenso alt wie der Altbau selbst und hatten sowohl auf der Innen- als auch auf der Außenseite normale Klinken. Das einzige Zugeständnis des Hausbesitzers an die Mieter waren Sicherheitsschlösser der ersten Generation, über die Einbrecher heutzutage nur müde lächelten, bevor sie in Sekundenschnelle das Schloss geknackt hatten.

»Tobi, das geht.«

»Geht?«

»Ja. Ich kann die Tür öffnen.«

Er hörte Judith laut atmen, dann rief sie verhalten: »Andreas?«

Tobias spürte, wie Nervosität ihn packte. Judith rief noch einmal. Diesmal lauter.

»Andreas?« Kurz darauf sagte sie: »Er antwortet nicht.«

»Geh rein.«

»Is gut. Aber du bleibst bei mir, ja?«

»Klar.« Tobias hörte das Knarren der alten Wohnungstür, dann das Knarzen der Dielen, als Judith den Flur entlanglief. Plötzlich keuchte sie.

»Andreas? Ist alles in Ordnung? Ich bin's. Judith. Und ich hab Tobias am Telefon, der ist unten und jeden Moment auch hier. Andreas? Sag doch was.«

Tobias fühlte, wie Beklemmung seinen Rücken heraufkroch. »Judith?«

Als Judith sprach, klang ihre Stimme rau. »Andreas liegt verkrümmt auf dem Fußboden. Er rührt sich nicht. Auf seinem Hemd breitet sich ein roter Fleck aus. Du, ich glaub, der ist tot.«

»Scheiße. Geh vorsichtig wieder raus. Ich ruf die Polizei.«

***

Die Luft war lau, kaum ein Wölkchen stand am Himmel. Lange hatte man in Wilhelmshaven auf solche Frühlingsabende gewartet. Der weitläufige Platz vor der Bühne des Kulturzentrums Pumpwerk war zum Bersten voll. An den Kassenhäuschen, in denen Getränkemarken und Becher verkauft wurden, hatten sich lange Schlangen gebildet.

Kriminaloberkommissarin Oda Wagner hasste es, in solchen Schlangen anzustehen. Ihr Freund Jürgen hatte vorgeschlagen, die Motivbecher vom letzten Jahr mitzunehmen, wenn sie sich dadurch das Anstehen für Getränkemarken auch nicht ersparen konnten, doch dem hatte Oda unmöglich zustimmen können.

»Hör mal, es geht um die Förderung der hiesigen Kultur«, hatte sie Jürgens Ansinnen sofort abgebürstet. »Wenn wir schon umsonst ein Open-Air-Konzert erleben dürfen, müssen wir wenigstens unseren minimalen Beitrag dazu leisten und nicht schummeln. Die Künstler wollen schließlich Gage haben, und von irgendwas müssen sie ja bezahlt werden.«

Reumütig hatte Jürgen zugestimmt, denn als Journalist wusste er, wie schwierig es oft war, die finanzielle Anerkennung kreativen Schaffens durchzusetzen.

»Hast du noch Marken vom letzten Mal, oder muss ich mich anstellen?«

Wieder einmal hatten sie es nicht rechtzeitig zum Beginn der Veranstaltung geschafft. Die Band »Soulman« sorgte bereits für ausgelassene Stimmung auf dem Platz. Am Rand der Menge sah Oda ihren Kollegen Nieksteit neben seinem Kumpel Richard, einem ehemaligen Bundesligahandballspieler, der mit seinen zwei Metern fünf und dem silbergrauen Dreitagebart nicht zu übersehen war.

»Hier.« Jürgen drückte ihr vier Plastikmünzen in die Hand, steckte sein Portemonnaie wieder in die Gesäßtasche, schlang seinen Arm um ihre Schulter und zog sie mit sich zur Bierbude. »Erst mal ein kühles Blondes«, sagte er fröhlich und gab ihr einen Kuss auf den dunklen Haaransatz. Jürgen war einen Kopf größer als Oda, aber sie behauptete gern, sie könne den körperlichen Unterschied im Geistigen wettmachen.

Schnell hatten sie die Plastikmünzen gegen Plastikbecher mit Bier darin getauscht und mischten sich gerade in die Menge der laut mitsingenden Menschen, als Oda in der Vordertasche ihrer Jeans ihr Handy vibrieren spürte.

Nicht rangehen, war ihr erster Gedanke. Alex konnte warten, er musste kapieren, dass sich nicht alles in ihrem Leben um ihn drehte. Es sei denn … Es sei denn, er hätte mit seinem kleinen alten Twingo einen Unfall verursacht. Er fuhr eindeutig zu schnell. Oda hatte versucht, ihrem Sohn klarzumachen, dass man innerorts aus guten Gründen wirklich nur die gesetzlich vorgeschriebenen fünfzig Stundenkilometer fahren durfte, aber Alex hatte derzeit ein eigenartiges Gefühl von Freiheit. Nicht nur, was den Straßenverkehr betraf.

»Prost!« Jürgen setzte seinen Becher an den Mund, als Oda ihm ihr Bier in die Hand drückte.

»Halt mal.« Sie fischte das Handy aus der Tasche, doch das Display zeigte nicht die Nummer ihres Sohnes, sondern die der Zentrale.

Mist.

»Bin gleich wieder da.« Ohne Jürgen näher zu informieren, schob sie sich durch die Massen dem Kanal entgegen, wo es etwas ruhiger war, und tippte auf die verpasste Nummer.

»Polizei Wilhelmshaven, Herz.«

»Herzchen, ich bin's«, sagte Oda, als sie die Stimme ihres Lieblingseinsatzkollegen hörte. »Du hast angerufen?«

»Ja. Tut mir leid, dich zu stören, aber wir haben einen Toten nach einer Schussverletzung. Da müsstest du hin.«

»Schiete.«

»Ja. Das würde der Tote sicher auch sagen.«

Oda musste schmunzeln. Herz hatte so einen trockenen Humor.

»Okay, wohin soll ich also?«

Herz gab die Adresse durch. »Ist bei dir um die Ecke.«

»Na prima. Dann kann ich ja nach getaner Arbeit gleich ins Bett fallen. Hast du Christine erreicht? Ist die Spusi schon informiert?«

»Ja. Nee. Die Spusi ist auf dem Weg, Christine hab ich nicht erreicht, aber Krüger kommt.«

»Och, Krüger. Hättest du das nicht anders deichseln können?«

»Er hat eben auch Bereitschaft.« Oda hörte den Kollegen förmlich grinsen. »Aber ich bin mir sicher, du lässt dich von ihm nicht unterkriegen.«

»Ich mich von Krüger? Im Leben nicht! Also, tschüss.« Mit einem Schnaufen, als hätte sie gerade Tonnen von Blumenerde-Säcken geschleppt, beendete Oda das Gespräch. Einen Moment blieb sie stehen, sah hinüber zur begeisterten Menschenmasse, die an diesem lauschigen Abend das »Soulman«-Konzert genoss. Ob Christine auch irgendwo im Getümmel steckte?

Aber Christine war – im Gegensatz zu ihr selbst – immer so furchtbar korrekt, die trug das Telefon bestimmt so, dass sie ein Klingeln auf gar keinen Fall verpasste.

Oda überlegte. Bis sie wieder bei Jürgen wäre, würde es dauern. Die gleiche Zeit noch mal, um zurück zum Rad zu gelangen – nein, das war zu lang. Sie tippte Jürgens Kurzwahl in ihr Smartphone und stellte die Verbindung her, doch erwartungsgemäß hörte Jürgen das Klingeln in seiner Westentasche nicht. Sie sprach ihm auf die Mailbox und schickte noch eine WhatsApp hinterher: *»Gibt einen Toten, muss los, melde mich später.«*

Dann lief sie zu ihrem Rad, das sie nicht weit entfernt an einen Baum gelehnt hatte, schloss es auf und stieg in die Pedale.

Keine zehn Minuten später war sie vor Ort. Die Kollegen der Spurensicherung waren schon mitten in der Arbeit, Gerd Manssen als Chef der Abteilung vorneweg. Oda zog die obligatorischen Plastiküberschuhe an, bevor sie in die Wohnung ging, sehr darauf bedacht, keine Spuren zu beschädigen oder zu verwischen. In der kleinen Küche hatte der Fotograf die ersten Bilderserien für die photogrammetrische Auswertung bereits im Kasten. Der Tote lag seitlich auf dem Fußboden zwischen einem quadratischen kleinen Tisch und der Spüle. In seinem hellen blau-weiß gestreiften Oberhemd war ein dezentes Einschussloch inmitten eines ausgedehnten Blutflecks sichtbar. Oda suchte mit ihren Blicken den Raum ab. War das Projektil ausgetreten und irgendwo stecken geblieben?

Die Küchenzeile bestand aus zusammengestückelten einzelnen Elementen. Nicht einmal eine alles überdeckende Arbeitsplatte gab es. Spüle, Gasherd und Waschmaschine standen nebeneinander, darüber hingen weiße Resopalschränke, deren Griffkanten stark abgenutzt waren. Durch das geöffnete Fenster drangen Kinderstimmen. Oda runzelte die Stirn. Es war doch schon nach neun.

Sie trat ans Fenster und warf einen Blick hinaus. Da sie selbst in der parallel verlaufenden Holtermannstraße wohnte, wusste sie von den Gärten, die hinter einigen Häusern dieses Viertels grüne Oasen bildeten und den Kindern Spielmöglichkeiten boten. In diesem stand ein Schaukelgestell, auf dem zwei vielleicht Achtjährige um die Wette schaukelten. In einer Sandkiste lagen Eimer, Förmchen und Schippe, es gab sogar einen kleinen Gartenteich. Das fand Oda etwas gefährlich für die Kinder. Dass die Kleinen außerhalb der Ferienzeiten um diese Uhrzeit noch ausgelassen im Garten herumtollten, war ihr unbegreiflich.

Aber vielleicht musste sie das auch nicht verstehen. Sie hatte ohnehin den Eindruck, dass die Kindererziehung heutzutage auf eine völlig andere Art vonstattenging als in den vergangenen Jahrzehnten, als sie selbst erzogen worden war und Alex erzogen hatte. An die Auswirkungen, die diese nun vorherrschende Art der Erziehung auf die Gesellschaft haben würde, wollte sie jetzt lieber nicht denken. Einfach würde es die Generation der »Prinzen und Prinzessinnen« von heute sicher nicht haben.

Während die Kollegen Spuren sicherten, sah Oda sich um. In der Spüle stand Geschirr. Zwei Teller, zweimal Besteck. Auf dem Herd eine benutzte Pfanne, die einen Rest Gyros enthielt, zumindest sah es danach aus. Auf dem Küchentisch standen ein Glas und ein Plastiktöpfchen mit einem Rest Zaziki. Der Tote hatte Besuch zum Essen gehabt. Aber warum gab es dann nur ein Glas?

Im Flur polterte es. Das musste Krüger sein. Tatsächlich stand der Rechtsmediziner im nächsten Moment in der Tür.

»Schön, dass Sie endlich da sind, Doc.« Süffisant lächelnd sah Oda ihn an. »Eigentlich brauche ich Sie gar nicht mehr. Schussverletzung aus naher Distanz. Kaum Spritzblutung nach außen. Die Nachbarin, die aufgrund des Knalls in die Wohnung kam, hat ausgesagt, sie habe gesehen, wie sich das Blut langsam auf dem Hemd ausbreitete.«

Krüger verzog das Gesicht.

»Ja, ja, das alte Spiel, Frau Wagner. Sie haben eben den Heimvorteil, und nun meinen Sie auch noch, meine Arbeit übernehmen zu können. Dabei muss ich erst …«

»Ersparen Sie mir die Leier vom langen Anfahrtsweg. Kümmern Sie sich lieber um den Leichnam.« Oda genoss es, ihrer Stimme einen gelangweilten Ton zu verleihen, obwohl sie sich gerade köstlich amüsierte. Dieser Punkt ging eindeutig an sie.

Mit Todesverachtung sah Krüger sie an, stellte seinen Arbeitskoffer auf die Abtropffläche der einfachen Edelstahlspüle, streifte sich Latex-Handschuhe über und trat zu dem Toten.

Wenig später sprach er das in sein Diktiergerät, was Oda schon gesehen hatte. »Vermutliche Todesursache: Schuss aus kurzer Distanz. Kleiner Substanzdefekt vorn.«

Damit meinte er das Einschussloch, wie Oda wusste.

»Packen Sie mal eben mit an?«, fragte er die Kollegen der Spurensicherung.

Zwei Beamte griffen zu und drehten den Toten so, dass man den Rücken sehen konnte. »Kleines Ausschussloch hinten«, diktierte Krüger weiter. »Ich vermute, er war nicht auf der Stelle tot, sondern hatte noch zwei bis vier Sekunden. Auch dann, wenn es ein Schuss durchs Herz war, wovon ich jetzt mal ausgehe. Kann sein, dass er nicht im Stehen erschossen wurde, das kläre ich dann anhand des Eintrittswinkels. Er kann jedenfalls durchaus noch verwundert geguckt haben und aufgestanden sein, um sein Gegenüber zu maßregeln, bevor er kollabierte.«

Oda verkniff sich jede Bemerkung, was ihr heute ausnahmsweise leichtfiel. Vielleicht, weil Krüger erstaunlich sachlich blieb und nicht wie sonst den Oberlehrer herauskehrte, was Oda dann allerdings schon wieder seltsam vorkam. Sie betrachtete ihn mit leichtem Argwohn. Führte er etwas im Schilde?

»Ich gehe davon aus, dass der mehrheitliche Blutaustritt in die Brusthöhle erfolgte.« Krüger unterbrach die Aufzeichnung. »Wo ist die Waffe?«, fragte er und setzte nun doch wieder diesen Lehrerblick auf. Na bitte. Der konnte einfach nicht lang normal sein. Sie zuckte mit den Schultern.

»Nicht da.«

»Wie? Nicht da?«

»Nicht da. Oder auch weg. Um es einfach auszudrücken. Der Täter wird sie mitgenommen haben. Kann man bei einem einigermaßen intelligenten Täter ja auch verstehen. Schließlich lässt kaum ein normaler Mensch freiwillig die Tatwaffe bei der Leiche zurück. Da könnte er ja auch gleich selbst stehen bleiben.« Oda steckte sich demonstrativ ein Kaugummi in den Mund.

Krüger nickte, drückte die Aufnahmetaste seines Diktafons und ergänzte: »Waffe nicht auffindbar. Da es lediglich einen kleinen Substanzdefekt und ein ebenso unauffälliges Austrittsloch gibt, tippe ich auf eine Kurzwaffe mit Neun-Millimeter-Vollmantel-Munition. Das würde auch die fehlende nach außen sichtbare Spritzblutung erklären.«

Ohne dass Oda nachgefragt hätte, erklärte der Rechtsmediziner überheblich: »Bei einer größeren Waffe, zum Beispiel einem Sturmgewehr respektive bei anderer Munition, wäre wesentlich mehr Energie in den Körper des Opfers übertragen worden und hätte einen Impuls nach hinten verursacht, sodass die Auffindesituation eine andere gewesen wäre.«

»Aha.«

»Wo ist der Täter?«

Oda schaute sich mit theatralischer Miene um. »Ich seh ihn hier grad nicht. Dann wird er wohl auch weg sein.«

Sie blickte Krüger in die Augen und sah, dass diesem fast die Hutschnur platzte.

»Ist ja schon gut, Doc. Der Telefonist aus der Taxi-Zentrale hat die Haustür ins Schloss fallen hören, und da es keinen Balkon gibt, gehe ich davon aus, dass der Täter das Haus auf die herkömmliche Art verlassen hat. Es sei denn, Sie sagen mir, dass etwas anderes in Frage kommt.« Diesen kleinen Seitenhieb konnte sich Oda dann doch nicht verkneifen.

»Nein.« Krüger steckte seine Utensilien wieder in seine Arbeitstasche. Die Spurensicherung hatte unterdessen die benutzten Teller, das Besteck, das Glas und die Zaziki- und Gyrosreste in Plastiktüten verstaut und ebenfalls eingepackt.

»Gut. Dann lasse ich den Toten jetzt abholen, wenn Sie nichts dagegen haben. Gerd, oder brauchst du noch Zeit?«, fragte sie auch Manssen und zückte ihr Handy, nachdem dieser »Nee, er kann weg« gesagt hatte.

Sie wählte die Kurzwahl neun, unter der sie den Vertragsbestatter eingespeichert hatte. Erst hatte sie es ja ziemlich makaber gefunden, ein Bestattungsunternehmen unter ihre zehn wichtigsten Telefonnummern aufzunehmen, aber bislang hatte sie diese Kurzwahl gottlob nur aus rein beruflichen Gründen wählen müssen. An Nummer zwei war Alex, an drei Jürgen. Die Eins konnte man eigenartigerweise nicht mit einer eigenen Nummer besetzen.

Sie musste mal ausprobieren, was geschah, wenn man die Eins als Kurzwahl drückte. Würde sie dann bei ihrem eigenen Verein landen? Egal. War ja nicht so wichtig. Auf der Sechs jedenfalls war die Polizeiinspektion gespeichert, und Christine hatte lange die Kurzwahl acht belegt, vor einiger Zeit aber hatte Oda sie auf die Fünf aufrücken lassen.

Diese Zahl drückte sie, als Krüger und das Team der Spurensicherung die Wohnung verlassen hatten und sie allein mit der Leiche auf deren Abtransport wartete. Es klingelte fünfmal, dann sprang die Mailbox an. Das war ungewöhnlich. Oda legte auf, ohne eine Nachricht hinterlassen zu haben, und wählte Christines Festnetzanschluss.

Auch da verkündete nach mehrmaligem Klingeln nur eine automatische Stimme, der gewünschte Teilnehmer sei nicht erreichbar.

Der Piepton gab die Anrufaufnahme frei. »Sag mal, wo steckst du eigentlich?«, fragte Oda nun doch. »Ich muss mich hier ganz allein mit Krüger abplagen, und du machst dir ’nen lauen Lenz? Melde dich doch mal kurz.«

***

Carsten strich mit seinen Fingerspitzen zärtlich über ihren nackten Bauch. »Du bist so wunderschön.«

Christine lachte kehlig und sah ihn mit glänzenden Augen an. Kerzen warfen ihren flackernden Schein in das Schlafzimmer, gerade hatte Amy Winehouse geendet, nun floss Renee Olsteads Stimme mit »What a Difference a Day Makes« aus dem Lautsprecher des altmodischen CD-Players in den Raum. Wie dieser Song passte!

Tatsächlich hatte vor acht Wochen ein einziger Tag ihr Leben auf den Kopf gestellt, als sie beim Frauenarzt erfahren hatte, dass sie schwanger war. Die Nachricht war zunächst einmal ein Schock gewesen. Denn das Letzte, was in ihren derzeitigen Lebensplan passte, war ein Baby. Wie es trotz Pille zur Schwangerschaft hatte kommen können, war ihr schleierhaft. Es musste eine dieser Launen der Natur gewesen sein – oder die Übelkeit nach dem feuchtfröhlichen Betriebsessen beim Griechen, als sich Niecksteits Fußballfreunde mit an den Tisch gequetscht und die eine oder andere Runde Ouzo ausgegeben hatten.

Natürlich konnte sie tun und lassen, was sie wollte, aber zu einem Leben mit Kind gehörte in ihrer altmodischen Vorstellung ein funktionierendes Elternhaus. Der Vater ihres ungeborenen Kindes küsste ihr zwar gerade den Bauch, aber außer ihrer Kollegin Oda Wagner wusste niemand von der engen Beziehung zu Carsten Steegmann. Denn obwohl der Staatsanwalt seit geraumer Zeit nicht mehr mit seiner Frau und den Kindern in einer gemeinsamen Wohnung lebte, hielt er nach außen immer noch das Bild der funktionierenden Familie aufrecht.

Nachdem sie an diesem besonderen Tag vor acht Wochen die Frauenarztpraxis verlassen hatte, war Christine an den Südstrand gefahren, hatte sich in der »Seenelke« eine heiße Schokolade bestellt und aufs bewegte Nordseewasser des Jadebusens gestarrt. Sich gequält mit der Frage, was sie nun tun sollte. Ihren Job als Kriminaloberkommissarin könnte sie als alleinerziehende Mutter eines Säuglings nicht mehr ausüben. Ein Jahr Auszeit nehmen und dann wieder einsteigen, das würde sie finanziell sicherlich hinkriegen.

Doch sie müsste Carsten informieren. Er hatte ohnehin ein Anrecht darauf. Oder doch nicht? Sie könnte genauso gut allein eine Entscheidung treffen. Eine Entscheidung, die für das kleine Wesen, das sie so unverhofft auf dem Ultraschallbild gesehen hatte, Leben oder Tod bedeutete. Besaß sie das Recht, diesem Wesen das Leben zu nehmen? Hatte andererseits dieser kleine Krümel in ihrem Bauch das Recht, *ihr* Leben so grundlegend auf den Kopf zu stellen? Christine hatte eine Woche gebraucht, um sich zu entscheiden. Eine Woche, die zerrissener nicht hätte sein können. Letztlich war sie zu dem Schluss gelangt, dass sie das Baby bekommen würde.

In ihrer Ehe mit Frank hatte es mit einer Schwangerschaft nicht geklappt. Sie hatte sich schuldig gefühlt. Und minderwertig. Als sie erfuhr, dass Frank einer Bäckereifachverkäuferin ein außereheliches Kind gemacht hatte, war ihr weiblicher Selbstwert ins Bodenlose gefallen. Vielleicht war das Gefühl, jetzt, mit vierzig Jahren, doch eine vollständige Frau sein zu können, der Grund für ihre Entscheidung gewesen. Ihr Verstand jedenfalls argumentierte vehement dagegen.

Und obwohl sie normalerweise ein Verfechter direkter Ansprachen war, hatte sie diesmal sogar auf das feige Kommunikationsmittel SMS zurückgegriffen, um Carsten von den Veränderungen, die ja auch sein Leben betrafen, in Kenntnis zu setzen.

»*Habe heute ein unverhofftes Geschenk erhalten*«, hatte sie ihm geschrieben. »*In wenigen Monaten werden wir es beide in den Armen halten können.*«

Zunächst hatte Carsten nicht reagiert. Christine hatte abgewartet. Angespannt, aber von der Richtigkeit ihrer Entscheidung überzeugt. Sie würde dieses Baby bekommen. Und sie würde das Leben mit ihm gemeinsam meistern. Auch ohne Carsten. Dieses Wissen hatte eine unglaubliche Glückswelle in ihr freigesetzt.

»Findest du, man sieht schon was?«, fragte sie.

Christine hatte für diesen Abend sämtliche Zweifel und unschönen Gedanken über Bord geworfen. Warum nicht einmal so tun, als sei alles normal, in Ordnung und den Normen entsprechend? Natürlich sah man im Liegen noch nichts, lediglich im Stehen erkannte man bei genauem Hinschauen eine kleine Wölbung, die man aber auch einer Gewichtszunahme zuschreiben konnte. Es war ein seltener, ein außergewöhnlicher Abend. Carsten und sie hatten gemeinsam gekocht, Hähnchenbrustfilets mit Ingwer, Orangen und Möhren, dazu gab es Blattsalate und einen leichten Weißwein. Für Carsten. Christine hatte sich mit Apfelschorle begnügt. Wenig Apfelsaft, viel Wasser, serviert im Weinglas.

»Ein bisschen vielleicht.« Er rutschte zu ihr hoch und nahm sie in den Arm. »Ist aber sicher ganz gut, wenn es noch nicht allzu offensichtlich ist. Sonst bombardiert man dich mit Fragen.« Er wollte sie auf den Mund küssen, doch Christine drehte den Kopf weg. Ein unangenehmer Geschmack lag ihr auf der Zunge, und Eric Claptons »Wonderful Tonight« passte absolut nicht dazu. Ohne zu antworten, stand sie auf.

»Ich mach mir einen Tee. Möchtest du auch einen?«

Carsten sah sie verwundert an. »Danke. Nein. Ich hab ja noch Wein. Hab ich was Falsches gesagt?«

Christine schüttelte unmerklich den Kopf und lief barfuß die Holztreppe hinunter. In der Küche stellte sie den Wasserkocher an, nahm aus dem Kühlschrank eine Scheibe italienische Mortadella und stopfte sie sich in den Mund. Während sie darauf wartete, dass das Wasser kochte, fiel ihr Blick auf den Anrufbeantworter, in dessen digitaler Anzeige eine Eins blinkte. Der Wasserkocher stoppte, Christine legte den Beutel Indian Chai Tea auf die Arbeitsfläche, trat an die Kommode im Flur, drückte die Wiedergabetaste und hörte Odas Stimme.

Sie sah zur Küchenuhr, einem Designermodell, das die klassische Bahnhofsuhr kopierte. Gleich halb elf. Oda würde noch nicht schlafen. Entschlossen wählte Christine die Handynummer ihrer Kollegin. Der Abend war sowieso gelaufen.

***

Ein Motorradfahrer raste mit sicher neunzig Sachen an ihr vorbei, als Oda auf dem Bürgersteig vor dem Haus mit Christine telefonierte.

»Nee, jetzt brauchst du auch nicht mehr zu kommen. Wir sind hier fast fertig. Aber ich hab einen gut bei dir. Jo. Bis morgen. Tschüss.« Oda steckte ihr Handy zurück in ihre Jeans und lief die drei Treppenstufen zum Eingang der Taxi-Zentrale hoch. Eine blaue Wolke Zigarettenqualm waberte ihr entgegen, als sie eintrat. Automatisch hustete sie, obwohl sie selbst noch immer nicht ganz mit dem Rauchen aufgehört hatte. Hier gab es ja kaum noch Sauerstoff im Nikotinqualm.

Hinter dem Tresen aus furniertem Sperrholz saß ein junger Mann mit kurz geschorenem Haar. Auf einem schlichten Rattanstuhl in der Ecke hockte eine junge Frau. Oda schätzte den Mann auf maximal dreißig, die Frau, die einen Becher umklammerte und sie aus großen Augen ansah, war höchstens Anfang zwanzig. Die Wände waren mit Kalenderbildern tapeziert, auf denen sich spärlich bekleidete Damen auf Motorrädern räkelten. Radiomusik dudelte leise im Hintergrund. Der Mann telefonierte.

»In fünf Minuten ist ein Wagen da«, sagte er gerade, legte auf und drückte die Funktaste. »Wagen eins, bist du noch in der Drei? Ich bräuchte dich in der Bismarckstraße 260. Bei Willinger.« Es knackte, dann rauschte ein »Okay« durch den Kanal.

»Oda Wagner. Kripo Wilhelmshaven«, stellte sich Oda in die entstehende Funkstille hinein vor und zog ihren Polizeiausweis aus der Gesäßtasche ihrer Hose. »Sie sind derjenige, der uns benachrichtigt hat, Herr …«

»Tobias Kuhn. Jo. Ich hörte so einen komischen Knall. Kurz darauf fiel die Haustür ins Schloss. Die fällt natürlich immer mal ins Schloss, aber da war vorher der Knall, und dann hat Judith auch schon angerufen.«

»Judith.«

»Judith Harms. Sie wohnt in der Wohnung gegenüber der von Andreas. Sie hat den Knall auch gehört. Und Schiss gekriegt. Kann sie Ihnen selbst sagen, sie sitzt ja hier.« Er deutete mit dem Kopf zu der jungen Frau auf dem Rattanstuhl.

»Was er sagt, stimmt«, sagte Judith Harms und schob mit einer

Handbewegung ihre langen Haare von der rechten auf die linke Seite, wobei ein frisch rasierter Undercut sichtbar wurde. »Ich hab den Knall gehört und Tobias angerufen.«

»Ich konnt hier ja nich weg«, erklärte Kuhn, »aber ich bin am Apparat geblieben, und sie ist mit dem Telefon am Ohr rüber. Da lag Andreas tot in der Küche. Ich hab gleich die Polizei gerufen und Judith gesagt, sie soll runterkommen und hier warten, bis die Bullen … also, bis die Polizei kommt. Weil man Spuren verwischen kann, wenn man da rumtrampelt. Das sieht man ja in jedem Fernsehkrimi.«

Oda blickte Tobias Kuhn fragend an. »Sie sind nicht nach oben gelaufen? Waren Sie denn nicht neugierig?«

»Nä. Ich hab Dienst. Da kann ich nicht weg hier.«

»Nicht mal wegen eines Toten?«

»Nein.«

Dieses Nein hatte eine andere Qualität als das »Nä« oder das »Jo« zuvor.

»Hätte ja eh nix gebracht. Wenn der sowieso tot war.« Kuhn steckte sich ein Kaugummi in den Mund.

»Aha.« Das kam Oda wenig glaubwürdig vor. Es gab eine Leiche, und der junge Mann war überhaupt nicht neugierig? Das passte so gar nicht zu seiner Spezies. Aber gut, wenn er es behauptete …

»Das stimmt.« Judith Harms schien Odas Zweifel gespürt zu haben. »Tobias hat gesagt, ich soll aus der Wohnung vorsichtig rausgehen und zu ihm runterkommen. Ich war in der Küchentür stehen geblieben, nachdem ich Andreas gesehen hatte. Tobias hat mir einen Kamillentee zur Beruhigung gemacht, und seitdem sitz ich hier. Ich mag gar nicht hoch. Ich glaub, ich kann heute Nacht nicht allein in meiner Wohnung sein. Wer weiß, wo der Typ steckt, der Andreas erschossen hat.«

»Wohnen Sie auch hier im Haus?«, fragte Oda Tobias Kuhn.

»Nein.«

Seine »Neins« kamen wirklich ganz anders als die »Näs«.

»Wie und wo kann ich Sie erreichen, wenn Sie nicht hier in der Zentrale sind?«

Wenn der Knabe glaubte, sie würde schnell klein beigeben, hatte er sich getäuscht.

Kuhn sah sie einige Sekunden lang wortlos an. Oda bemerkte, dass er möglichst unauffällig durchatmete, bevor er antwortete.

»Ich gebe Ihnen meine Handynummer.« Er nannte eine Zahlenfolge.

»Schreiben Sie mir die doch bitte auf. Ich hab zwar ein gutes Gedächtnis, aber bei den Telefonnummern fremder Leute schwächele ich manchmal.« Sie lächelte. »Sie werden ja außerdem nicht in Ihrem Handy wohnen. Wo haben Sie denn Ihren Wohnsitz?«

Kuhn hielt ihrem Blick stand. »Ölhafendamm 2. Hier in Wilhelmshaven.«

Überrascht zog Oda ihre Augenbrauen zusammen. Ölhafendamm 2? Das war der Knast. »Sie sind Freigänger der JVA?«, fragte sie, einfach nur, um ihre Überlegung bestätigt zu bekommen.

»Ja.«

Donnerstag

Mit einem ziemlich schlechten Gewissen betrat Christine um sechs Uhr die Polizeiinspektion. Sie wollte heute die Erste sein, den PC hochgefahren und die E-Mails gelesen haben, bevor die Kollegen eintrafen. Vielleicht gab es schon weitere Informationen über den neuen Fall. Oda hatte gestern Abend gleich nach dem zweiten Läuten das Telefonat angenommen und ihr mitgeteilt, dass sie die Leichenschau verpasst hatte. Und zum ersten Mal, seitdem sie in Wilhelmshaven lebte, verspürte Christine das Gefühl, beruflich versagt zu haben. Ein solches Gefühl konnte sie unmöglich akzeptieren. Es kränkte ihr Ego, es war schlicht und einfach nicht annehmbar.

Sie hatte einen Fehler gemacht. Hätte erreichbar sein müssen, war bislang stets erreichbar gewesen. Dass sie das Handy gestern einfach achtlos neben dem Festnetztelefon hatte liegen lassen, ließ sich nur mit ihrem veränderten Hormonhaushalt erklären und hatte natürlich rein gar nichts damit zu tun, dass Carsten mit ausnahmsweise deutlich mehr freier Zeit als üblich zu ihr gekommen war. Schwangerschaftshormone ließen eine Frau wohl einfach komplett anders agieren.

Dagegen musste sie ansteuern. Sie wollte so wie immer sein. Sie musste selbst in anderen Umständen die gewohnte Leistung bringen. Schließlich war eine Schwangerschaft keine Krankheit, auch nicht in ihrem Alter.

Sie ließ ihre Bürotür geöffnet – so würde sie hören, wenn die anderen eintrafen – und füllte in der Personalküche eine Thermoskanne mit frisch abgekochtem Wasser, die sie mit an den Schreibtisch nahm. Zu Hause hatte sie frischen Ingwer in Scheiben geschnitten und in einen kleinen Tupperbehälter getan. Jetzt gab sie zwei Scheiben in ihren Porzellanbecher und goss das heiße Wasser darüber. Ingwer war gut für die Abwehrkräfte, die Vitalität und überhaupt.

Eine Stunde später saß die Mannschaft des K1 im Besprechungsraum. Der Umzug in das neue Gebäude war noch nicht so lange her, und da in öffentlichen Gebäuden das allgemeine Rauchverbot galt, roch alles nach wie vor neu und noch ein wenig nach Farbe. Wenn nicht, wie jetzt gerade, der Duft frisch aufgebrühten Kaffees den Raum erfüllte.

Christine wusste, die Kollegen freuten sich darauf, den Arbeitstag mit einem Kaffee zu beginnen, darum hatte sie zwei Kannen vorbereitet, auch wenn die Akten auf ihrem Schreibtisch das eigentlich nicht erlaubten. Sie warf einen Blick aus dem Fenster des Besprechungsraumes. Kastanien säumten die Mozartstraße und ließen ihre weißen Kerzen in wundervoller Pracht erblühen. In der Zeitung hatte sie gelesen, dass die Miniermotte den Wilhelmshavener Kastanien arg zusetzte und dass eine engagierte Truppe von Ehrenamtlichen dem Schädling mit in die Bäume gehängten Fallen zu Leibe rücken wollte.

»Andreas Schmidt war siebenundfünfzig Jahre alt und lebte allein«, begann Oda und unterbrach so Christines ökologische Gedanken. »Er arbeitete beim Friesischen Brauhaus zu Jever. Wir fahren gleich hin.«

»Ich komm mit«, bot Nieksteit sofort an.

Christine lachte. Ein Einsatz in einer Bierfabrik war sicher der Traum eines jeden biertrinkenden Polizisten, vor allem wenn er seine Kollegin hinters Steuer verfrachten konnte.

»Nee, nee, du bleibst hier«, ordnete Oda auch gleich an, »ich fahre wie immer mit Christine.«

»Och Mensch. Du gönnst einem aber auch nix. Ich würde mir die Brauerei wirklich gern mal angucken.«

»Es gibt Führungen, an denen man teilnehmen kann«, sagte Christine, die sich bereits auf der Homepage der Brauerei umgesehen hatte. »Du kannst dich im Internet anmelden. Und zwei Gläser Bier gibt es nach der Führung auch.«

»Das wär doch mal was für einen Betriebsausflug«, schlug Nieksteit vor und sah dabei Hendrik Siebelt an, den Chef des K1, der, wie alle wussten, ebenfalls ein Freund des friesisch herben Gerstensaftes war.

»Du denkst immer nur ans Feiern.« Siebelt stöhnte genervt. »Lass uns das hier mal erst aufklären, dann können wir uns über so was unterhalten.«

Nieksteit zog einen Flunsch und ließ sich an die Stuhllehne zurückfallen.

»Ich übernehme wie immer die technischen Daten«, verkündete Lemke, der mit seinen stets steif gebügelten weißen Oberhemden unter den meist in Brauntönen gehaltenen Pullundern zu naturfarbenen Baumwollhosen dem typischen Bild eines Spießers entsprach. Weshalb er im Dienst so rumlief, verstand Christine nicht. Vielleicht seiner Mutter zuliebe, die im Untergeschoss des Zweifamilienhauses lebte, dessen obere Etage Lemke allein bewohnte. Oda und sie hatten Lemke privat allerdings auch schon völlig anders erlebt. »Telefonverzeichnisse, Gesprächsnachweise, Handy und den ganzen Kram.«

»Ja, mach das.« Siebelt nickte Lemke zu. *»Never change a winning team.«* Er hob die Kaffeetasse, die er wieder einmal zu voll eingeschenkt hatte. Christine konnte gar nicht hinsehen. »So ein Schiet«, fluchte er denn auch augenblicklich, weil sich ein Schwall Kaffee über den Tassenrand hinweg den Weg auf seine Tweedweste gebahnt hatte. Eigentlich war es jedes Mal das Gleiche. Kaffee und Siebelt, das bedeutete: Fleck auf Hemd beziehungsweise Fleck auf Weste oder Pulli.

Christine hatte schon geargwöhnt, dass sich die kleine Wäscherei, die sich ganz in der Nähe des alten Reviers befunden hatte, nicht ohne Vorinformation passend zum Umzug der Polizeiinspektion eine neue Wirkungsstätte gleich um die Ecke gesucht hatte.

Großzügig wie gewohnt übergingen die Kollegen sein Missgeschick. Siebelt würde sich sowieso gleich umziehen, bevor er zu einem seiner Außer-Haus-Termine aufbrach. Auch darüber, dass er für diese Termine meistens seine Golfschuhe im Gepäck hatte, sprach im Büro längst niemand mehr.

»Habt ihr schon in der Brauerei angerufen und gesagt, dass Schmidt heute nicht kommt?« Siebelt wischte an dem Kaffeefleck herum, der durchs Reiben leider nicht kleiner wurde.

»Chef.« Nur Oda konnte Siebelt auf diese charmante Art rügen, die den unausgesprochenen Nachsatz enthielt: Wir sind doch nicht blöd!

»Ich hab ja nur gefragt. Ist die Waffe inzwischen aufgetaucht?« Trotz intensiven Kaffeefleckreibens war Siebelt völlig bei der Sache.

»Nein. Aber davon war ja auch nicht wirklich auszugehen«, sagte Oda.

»Es gibt immer wieder Leute, die blöd genug sind, die Waffe im Weglaufen irgendwo fallen zu lassen. Na gut. Ihr werdet schon rauskriegen, wo sie ist. Die Nachbarin und der Knabe in der Taxi-Zentrale haben nichts Verwertbares über den Toten berichten können?« Siebelt hörte auf zu wischen.

»Nein. Die junge Frau war total fertig. Ich hatte den Eindruck, dass sie tatsächlich einfach Schmidts Nachbarin war und in keiner engeren Beziehung zu dem Toten stand. Kuhn hingegen war auffallend zurückhaltend. Das hat mich zunächst stutzig gemacht. Als er dann aber sagte, dass er Freigänger der JVA ist, erschien mir seine Zurückhaltung wieder logisch. Welcher Freigänger will schon in einen Mordfall verwickelt werden?« Oda schob die Ärmel ihrer knallroten Strickjacke hoch.

Wo sie die wohl wieder herhatte? Die war mindestens eine Nummer zu klein, und das Rot passte überhaupt nicht zum Rot der Strähnchen in ihrem Haar.

»Was ist mit Schmidts Familie?«, fragte Siebelt, und wieder antwortete Oda. Christine nahm sich vor, ihr Handy nie wieder außer Reichweite liegen zu lassen. Lange war sie sich nicht so überflüssig vorgekommen.

»Außer seiner Mutter hat er wohl keine Angehörigen. Die alte Dame lebt in einem Seniorenstift, wir wollten sie gestern Abend aber nicht mehr aufsuchen. Reicht ja, wenn sie heute vom Tod ihres Sohnes erfährt. Es gab auch noch eine Schwester, aber die ist bereits vor einigen Jahren verstorben.«

»Wie? Mehr habt ihr nicht?«, maulte Siebelt. Es hätte nur noch der Zusatz »faule Bande« gefehlt.

Das beruhigte Christine ein wenig, doch bevor sie etwas ergänzen konnte, sagte Oda: »Chef. Schmidt ist gestern Abend erschossen worden. Ich hab rausgekriegt, was ich rauskriegen konnte. Und heute machen wir weiter. Ganz normal. Irgendwann muss ich ja auch mal ins Bett.« Sie schüttelte den Kopf, als habe sie es mit einem Trottel zu tun.

Nun aber. Christine sah ihre Chance, den Patzer von gestern wieder wettzumachen. »Ich hab heute früh schon in sämtlichen

Archiven nachgesehen. Der Vater des Opfers ist vor gut dreißig Jahren von einem Betrunkenen überfahren worden. Die Schwester erlag vor vier Jahren einer Krankheit, und die Mutter befindet sich in diesem Seniorenstift. Sowohl Vater als auch Mutter des Opfers waren Einzelkinder. Omas und Opas leben naturgemäß nicht mehr, die beiden waren also tatsächlich die Letzten ihres Stammes.«

»Na, wenn's kein Brudermord war … Vielleicht hat er bei der Arbeit Bier gepanscht, und eine Horde von Reinheitsgebotsfanatikern hat ihm das bitter übel genommen«, schlug Niekseit fröhlich vor.

»Niekseit. Der hat in der Jever-Brauerei gearbeitet«, sagte Siebelt tadelnd. »Da geht alles ordentlich zu. Da kann man nicht einfach panschen und irgendeinen Schmu machen.«

»Wer weiß? Ich kann mir schon vorstellen, dass man auch in so einem Betrieb ganz gut mauscheln und kungeln kann. Flaschen nach Ablauf des Haltbarkeitsdatums neu etikettieren und so was. Immerhin ist der Knabe ja nicht in seinem Bettchen gestorben, sondern erschossen worden. Da muss schon was Heftiges dahinterstecken. Gibt doch keinen, der nur aus Jux und Dollerei Leute über den Haufen schießt. Wir sind hier schließlich nicht im Wilden Westen.«

Christine stand auf, nahm ihre Kaffeetasse und stellte sie aufs Tablett. »Ich schlage vor, wir fahren jetzt als Erstes nach Jever. Danach ins Seniorenstift. Oder möchte einer von euch das erledigen?«

Die Kollegen verneinten. Logisch. Das machte keiner gern, diese Momente gehörten zu den schlimmsten im Leben eines Polizisten.

»Und dann sollten wir noch einmal in der Taxi-Zentrale vorbeischauen«, sagte Christine. »Die Leute aus der Tagschicht können vielleicht auch einiges über den Toten sagen. Vielleicht haben sie was mitbekommen. Dass einer nach Schmidt gefragt hat oder so. Die sehen sicher viel von dem, was im Haus vor sich geht, die Fensterfront geht ja zur Straße raus, und es wird nicht ständig wahnsinnig viel zu tun sein, sondern auch ruhige Phasen geben.«

»Jo, aber ich setz da eher auf die Leute in der Brauerei. Oft bekommen die Kollegen ja mehr vom Privatleben mit, als einem lieb ist.«

Wo Oda recht hatte, hatte sie recht, Christines eigenen Fall einmal ausgenommen. Denn über die Schwangerschaft wussten ihre Kollegen nicht Bescheid. Auch Oda nicht.

***

Langsam fuhr der große grüne Lkw durch das Tor und positionierte sich unterhalb des Treber-Auslaufes zwischen zwei Gebäuden der Brauerei. Die Abdeckplane hatte Enno Hinrichs bereits auf seinem Hof zurückgezogen, das ging praktisch, wie bei einem Rollo, die Ladefläche war frei. Enno griff nach der signalgelben Warnweste auf dem Beifahrersitz, zog sie über, kletterte aus dem Führerhaus und lief durch die Glastür ins Sudhaus.

»Moin«, sagte er, als er in den Raum trat, in dem Heinz Frerichs mittels Computersteuerung die Füllmengen für die Treber-Beladung eintippte. »Allns moi?«

»Jo.« Heinz Frerichs nickte ihm zu. »Bist ja direkt mal pünktlich.«

»Jo.«

»Voll?«

»Jo.«

»Is gut.«

Enno verließ das Büro, überprüfte die Positionierung der Ladefläche seines Wagens und trat an die graue Fernsprecheinrichtung an der Seite des Gebäudes. »Kannst loslegen«, sagte er. »Allns klar.«

»Is gut.«

Kurz darauf rauschten die ausgelaugten Rückstände des Malzes, das zur Herstellung des Jever Pilseners verwendet wurde, durch die Fülleinrichtung auf die Ladewanne seines Lkws. Die breiige, siebzig Grad warme Masse schoss dampfend aus dem Läuterbottich, und augenblicklich drang der typische, leicht süßliche Geruch der Würze in Ennos Nase. Er behielt den Ladevorgang fest im Blick, bat Heinz nach einigen Minuten über die Sprechanlage, zu unterbrechen, lief zum Führerhaus und setzte den Lkw ein paar Meter zurück, damit der Treber gleichmäßig in der Wanne verteilt wurde. Dann trat er erneut an die Sprechanlage, und wieder schoss die Masse aus dem Rohr. Als die Beladung beendet war, ging Enno zurück in das Gebäude. Heinz drückte ihm den Lieferschein in die Hand. »Grüß Frieda schön«, sagte er, und Enno nickte, als er das Büro verließ.

***

»Sind ganz schön viele Pollen unterwegs«, stellte Oda fest, als sie in Christines offenem Cabrio die A 29 Richtung Jever verließen. »Wie kommst du mit deinem Heuschnupfen klar?«

»Bislang hab ich Glück gehabt, weil der Frühling so spät dran war«, erwiderte Christine. »Meine Antihistamintabletten hab ich kaum gebraucht.«

Der Autobahnabzweiger führte sie auf die neue Umgehungsstraße von Schortens, eine breite, teilweise vierspurige Straße, die den Berufs- und Urlaubsverkehr nach Jever und zu den Ostfriesischen Inseln außerordentlich entspannte.

»Und sonst ist auch alles okay?« Oda sah bei diesen Worten nicht zu Christine hinüber, sondern ließ den Blick auf die Straße gerichtet. Neutral sein und beiläufig. Das war bei Christine das Beste. Die Landschaft flog an ihnen vorbei, das satte Grün der Felder und das kräftige Gelb des Rapses hätten dem Pinsel eines Malers entsprungen sein können.

»Wieso? Was meinst du damit?«

»Nur so. Irgendwie bist du anders.«

»Das täuscht.«

Ein älterer zitronengelber Twingo überholte sie mit sicher hundertdreißig Sachen, obwohl hier nur hundert erlaubt waren.

»Idioten gibt's«, meinte Christine etwas wortkarg und schüttelte den Kopf.

Nein, Oda irrte sich nicht, da war etwas im Busch. Sie kannte ihre Kollegin inzwischen ziemlich gut, und schließlich war es ihr Beruf, Menschen in Gesprächen durch das, was sie sagten oder eben nicht sagten, einzuschätzen. Bei Christine war nicht alles okay. Aber gut. Wenn sie keine Lust hatte, darüber zu reden … Oda konnte ihr ein Gespräch nur anbieten. Den Entschluss, das Angebot anzunehmen, musste ihre Kollegin allein fassen.

»Bin ganz schön lang nicht mehr hier gewesen«, stellte Oda fest, als sie die beiden kleinen Kreisel kurz hinter dem Ortseingangsschild passiert hatten und der Hauptstraße der gemütlichen Marienstadt folgten. »Stopp.«

Christine zuckte am Steuer zusammen, als Odas linke Hand vorschoss und direkt in ihr Blickfeld geriet.

»Du kannst hier parken. Dann laufen wir die paar Meter und können Jever noch etwas genießen.« Oda wies auf den großen Parkplatz vor dem Schlosscafé und dem weiß getünchten Gebäude der Volksbank. Dahinter sah man das Schloss mit dem großen, aus Kopfsteinpflaster bestehenden Vorplatz.

Schnell bog Christine links ab und lenkte das Cabrio zwischen zwei schwarze Kombis. Ein leicht würziger Geruch hing in der Luft.

»Kommt das von der Brauerei?«, fragte Christine.

»Oder vom Schlosscafé.« Oda schnüffelte und überlegte. »Nee, eher nicht. Wohl doch von der Brauerei. Riecht irgendwie nach Getreide. Wir können ja gleich mal fragen.«

Sie liefen die Straße an der Gracht entlang. Weiden reckten ihre langen grünen Äste bis fast ins Wasser, ein paar Enten schwammen herum, alles sah idyllisch und nach Urlaub aus.

»Wenn wir noch Zeit haben, müssen wir einen Kaffee im Eulencafé trinken«, schlug Oda vor. »Das ist im Schloss und total urig.«

Sie hatten die Brauerei am Elisabethufer erreicht und meldeten sich beim Pförtner in dem weißen Gebäude, das einen sicherlich bewusst gesetzten Kontrast zur teils gläsernen und rot geklinkerten Brauerei bot.

Während sie warteten, sahen sie, wie zwischen zwei anderen Brauereigebäuden ein Lkw unter einer Art Brücke mit etwas befüllt wurde, das wie eine Getreidemasse aussah. Ein Mann in gelber Signalweste stand neben dem Fahrzeug. Dämpfe stiegen auf, und der würzige Geruch, den sie eben wahrgenommen hatten, verstärkte sich.

»Was ist das?«, fragte Christine Oda, als ob die eine Ahnung vom Bierbrauen haben müsste. Oda trank gern mal ein Jever oder ein Schöfferhofer Grapefruit, aber Ahnung vom Bierbrauen hatte sie nicht. Jürgen hatte zwar vor etwa einem Jahr für ein Lifestylemagazin erforscht, ob Bier aus hellen, grünen oder braunen Flaschen besser schmeckte, aber Odas Interesse am Herstellungsprozess war bislang ziemlich gering gewesen.

»Ich denk, die brauen hier Bier. Da sind Hopfen, Malz und Getreide drin. Das sieht nach Getreideabfüllung aus.«

»Da haben Sie gar nicht so unrecht«, bestätigte eine angenehme männliche Stimme. Ein Mann trat zwischen sie. »Tammo Gerdes«, stellte er sich vor, »ich gehöre zur Geschäftsleitung. Sie sind sicher die beiden Damen von der Kripo? Einer Ihrer Kollegen hat Sie angekündigt.«

»Jo. Oda Wagner und Christine Cordes.« Sie begrüßten sich per Handschlag.

»Um auf Ihre Frage zurückzukommen: Das, was Sie da sehen, ist natürlich kein Bier, das ist Treber. So nennt man die Malzrückstände, die Spelzen und unlösliches Eiweiß enthalten. Man benutzt ihn als Futter für die Rinderzucht und um die Milchleistung der Kühe zu steigern.«

»Nee, ne?«, empörte sich Oda. »Da kriegen die Kühe so'n Abfallzeug? Wie soll denn da das Steak noch schmecken?«

Gerdes lachte. »Sie können ganz beruhigt sein. Das ist kein Abfall. Es ist ein hochwertiges und zertifiziertes Futtermittel. Für Landwirte stellt es nicht zuletzt in Zeiten von Maul- und Klauenseuche und BSE-Skandalen eine sichere Futterquelle dar.«

Oda sah ihn skeptisch an. »Und die kommen und holen sich das hier ab?«

»In der Regel kommen die Bauern nicht persönlich«, erklärte Gerdes, »obwohl das durchaus vorkommt, wie Sie hier gerade sehen. Der Hauptteil, so sechzig bis siebzig Prozent des Trebers, geht über Händler weg.«

»Lassen Sie das denn qualitativ prüfen, was hier rausgeht?«

»Natürlich. Es gibt für den Treber genauso Rückstellproben wie für das Bier.«

»Sollen wir dann jetzt vielleicht in Ihr Büro gehen?«, bat Christine. »Wir würden uns gern mit Ihnen über Andreas Schmidt unterhalten.«

»Selbstverständlich. Ich wollte nur Ihre Neugierde befriedigen.«

Gerdes ging voraus. Sie betraten das weiße Gebäude, stiegen die Treppen in den ersten Stock hinauf und gingen an gläsernen Regalen vorbei, in denen Jever-Pilsener-Flaschen in sämtlichen Variationen standen. Vor einer Magnumflasche blieb Oda stehen. »Da ist ja ein Sektkorken drauf. Gibt es auch Jever-Sekt?«

Gerdes schüttelte den Kopf. »Nein. Die Flasche ist mit Bier gefüllt. Die gibt's es nicht im Getränkemarkt, das ist eine Sonderabfüllung. Im Shop können Sie aber einen Bierbrand kaufen.« Er hielt ihnen die Tür zu einem Besprechungszimmer auf. Ein großer ovaler Tisch mit blau gepolsterten Stühlen stand auf einem blauen Teppich.

»Blau?«, fragte Oda amüsiert. »Ist das ein Tribut an den Zustand nach zu viel Bier?«

»Nein«, gab Gerdes lachend zurück, »das war vor ein paar Jahren einfach in. Muss ja nicht alles grün sein. Darf ich Ihnen einen Tee anbieten?«

Sowohl Oda als auch Christine lehnten dankend ab, Koffein hatten sie gerade schon ausgiebig genossen. Christines Dosierung des morgendlichen Kaffees war wieder einmal leicht überhöht gewesen, da brauchte man nicht obendrauf noch das Teein des echten Ostfriesentees, sonst wäre ein Herzkasper vorprogrammiert. Sie nahmen Platz, und augenblicklich wich die lockere Stimmung nüchternem Ernst.

»Grauenhaft, der Tod von Herrn Schmidt«, sagte Gerdes.

Jetzt erst kam Oda dazu, ihn genauer zu betrachten. Er musste Anfang sechzig sein, die dunkle Stimme und das volle Haar, das von vielen Silberfäden durchzogen war, wirkten freundlich.

»Ihr Kollege sprach am Telefon nur davon, dass Herr Schmidt ums Leben gekommen sei, sagte mir aber nicht, wie. Wenn Sie beide herkommen, war es sicher kein Autounfall?«

»Nein. Andreas Schmidt wurde erschossen. Aus nächster Entfernung«, gab Oda zurück.

»Furchtbar.«

»Stimmt. Damit haben wir auch nicht so oft zu tun, glauben Sie mir. Mein Kollege sprach schon von Mafia-Methoden.«

»Aber Schmidt hatte doch nichts mit der Mafia zu tun.«

»Warten wir ab. Manchmal wundert man sich, wie wenig man

wirklich über Leute weiß, die man genau zu kennen glaubt«, erwiderte Oda. »Kannten Sie Herrn Schmidt gut? Persönlich, meine ich.«

»Ich weiß nicht. Eher weniger. Aber natürlich kannte ich ihn, unser Betrieb hat gottlob noch eine sehr übersichtliche Größe. Seine direkten Kollegen wissen sicher mehr über ihn als ich. Doch was ich Ihnen beantworten kann, will ich gern erzählen. Fragen Sie nur.«

Obwohl Gerdes sich souverän gab, merkte Oda ihm an, dass ihn der Tod des Mitarbeiters tief traf.

Christine legte unverzüglich los.

»Sie sprachen gerade selbst die Kollegen an. Haben Sie das Gefühl, dass Schmidt ein gutes Verhältnis zur Belegschaft hatte? Was wissen Sie über sein Privatleben?«

»Über sein Privatleben kann ich Ihnen nichts sagen. Auch wenn ich selbst schon zwölf Jahre dabei bin, war der Kontakt doch rein beruflich. Er wurde von den Kollegen geschätzt. Er war jemand, der auch mal spontan für andere eine Schicht übernahm. Wenn ich ihm ein Zeugnis ausstellen müsste, wäre das voll des Lobes. Schmidt war zuverlässig, korrekt, ist fürsorglich mit Auszubildenden und Praktikanten umgegangen und hat sich mit den Kollegen verstanden. Ärger mit ihm gab es nie. In seiner Personalakte finden sich keine Hinweise auf Fehlverhalten, unentschuldigte Fehltage oder andere Vorkommnisse.«

»Also ein Vorzeigemitarbeiter.« Odas Nase kribbelte. Das tat sie nur, wenn ihr etwas nicht ganz geheuer vorkam.

»Wenn Sie so wollen, ja. Ich kann wirklich nichts Gegenteiliges über ihn sagen. Er war ein überaus geschätzter Mitarbeiter.«

»Gut. Dann fragen wir doch mal die Kollegen.« Oda stand auf, sie spürte eine innere Unruhe. »Wo müssen wir hin?«

»Bleiben Sie bitte sitzen. Ich rufe Herrn Frerichs her, der eng mit Schmidt zusammengearbeitet hat. Sie können hier ungestört miteinander reden.«

»Schade«, sagte Oda etwas enttäuscht, als Gerdes den Raum verlassen hatte. Zu gern wäre sie übers Betriebsgelände spaziert und hätte einen Blick in die Produktionshallen geworfen. Sie sollte vielleicht doch mal eine der Brauereiführungen mitmachen. Das wäre auch etwas, was Alex interessieren könnte. Ihr

Sohn würde sich bestimmt freuen, wenn sie ihn zu einer Brauereibesichtigung einlud. Und wenn sie ihm als Zugabe anbot, zurückzufahren, damit er nicht nur seine eigenen, sondern auch ihre beiden Freibierchen trinken konnte, wäre er sicher Feuer und Flamme.

Es dauerte nicht lang, bis ein Mann in gelber Signalweste in den Raum trat.

»Moin«, sagte er mit unbehaglichem Gesichtsausdruck und stellte sich als Heinz Frerichs vor. »Der Chef sagt, Sie wollen mit mir reden.« Wenn er einen Hut oder Bauarbeiterhelm in der Hand gehabt hätte, hätte er den sicherlich nervös vor seinem Bauch um die eigene Achse gedreht.

»Nehmen Sie doch Platz«, bat Oda, nachdem auch sie sich vorgestellt hatten. Der Mann setzte sich mit dem Hintern auf den vorderen Stuhlrand, ohne die Warnweste auszuziehen.

»Wir ermitteln im Mordfall Andreas Schmidt, und Herr Gerdes sagte, Sie hätten tagtäglich mit ihm zusammengearbeitet.« Oda gab Frerichs die Möglichkeit, zu reagieren, doch der schwieg.

»Uns interessiert, wie gut Sie Herrn Schmidt kannten«, ergänzte Christine in sanftem Ton.

»Wie gut?« Die Augen des Mannes taxierten sowohl Oda als auch Christine. »Is ja so ’ne Sache. Was man drunter versteht.«

»Herr Gerdes meinte, Sie hätten von allen Kollegen den engsten Kontakt zu ihm gehabt«, fuhr Christine fort.

»Ja … Wie das bei Kollegen eben so ist«, wiegelte Frerichs ab.

»Es wäre schön, wenn Sie uns unterstützen, wir haben nämlich leider keinen großen Einblick in sein Privatleben. Seine Mutter lebt in einem Seniorenheim?«

»Jo. Is’n privates Pflegeheim.« Frerichs schien freiwillig nichts preisgeben zu wollen.

»Wissen Sie, ob Ihr Kollege eine Freundin hatte?«, fragte Oda. »In seiner Wohnung haben wir zwar nichts gefunden, also keine zweite Zahnbürste oder Schminkzeug oder so was, aber es könnte ja trotzdem sein.«

»Nee. Davon weiß ich nix. So eng waren Andreas und ich nun auch nicht miteinander.« Frerichs wirkte jetzt offener.

»War er denn überhaupt mit einem der Kollegen befreundet oder stand einem von ihnen nahe? Gab es jemanden, mit dem er besonders gern die Schichten geteilt hat?«, fragte Christine, die ihren großen, in cognacfarbenes Krokoleder eingebundenen Schreibblock auf dem Schoß hatte und fleißig mitschrieb.

»Nee. Nicht dass ich wüsste. Andreas war ziemlich für sich. Ich meine, wir haben zwar in der Kantine mal 'nen Kaffee zusammen getrunken und auch hin und wieder Karten gespielt, aber dass er viel aus seinem Privatleben erzählt hat, kann ich nicht behaupten. Er ist Taxi gefahren, nebenbei. Das hat er erwähnt. Hatte in seiner Jugend den Taxi-Schein gemacht. Er sagte, beim Taxifahren kriegt man faszinierende Einblicke in das Leben anderer Leute. Das schien er spannend zu finden, ich fand das eher etwas pervers. Aber muss ja jeder selbst wissen, wie er seine Freizeit verbringt. Ich hab ihn gefragt, ob er ein Buch schreibt über die Erlebnisse eines Taxifahrers, aber da hat er nur gelacht und gesagt, man kann seine Erfahrungen auch anders umsetzen. Da wusste ich allerdings nicht, was er damit meint. Und nachgehakt hab ich nicht, ich wollte ja nicht, dass er mich für dumm hält.«

»Ach.« Oda war verblüfft, und auch Christine blickte auf. »Ihr Kollege fuhr Taxi? Sagen Sie bloß, der fuhr für Taxen Schultz in Wilhelmshaven?«

»Wie der Laden heißt, weiß ich nicht. Aber es ist bei ihm im Haus. Er wohnt oben, und die Zentrale ist unten, hat er gesagt. Da hat er auch gern mal seine Abende verbracht und mit einem ausm Kittchen gequatscht, der das Telefon bedient. Der hat kein leichtes Schicksal, hat Andreas gesagt. Ich hatte den Eindruck, dass er sich für den so'n büschen verantwortlich fühlte.«

Oda warf Christine einen kurzen Blick zu. Die nickte. Oda räusperte sich. »Lassen Sie uns doch mal überlegen. Ihr Kollege wurde erschossen. Er hat hier in der Brauerei, aber auch, wie Sie gerade sagten, für das Taxi-Unternehmen in seinem Wohnhaus gearbeitet. Da drängt sich die Frage auf, in welchem seiner beiden Jobs er sich Feinde gemacht haben könnte.«

Die Tür des Besprechungsraumes öffnete sich. Gerdes trat ein und setzte sich neben Frerichs. Der sah Oda überrascht an. »Wie meinen Sie das?«

»Na ja.« Oda lächelte. »Ist doch eigentlich ganz einfach. In einem seiner Jobs könnte Schmidt mit jemandem in Berührung gekommen sein, der zur Lösung eines Konfliktes eine Waffe nimmt. Und abdrückt. Ich denke, das ist recht klar formuliert, oder?« Sie registrierte Christines tadelnden Blick, die sich, noch bevor Frerichs antworten konnte, an Tammo Gerdes wandte.

»Warum ist Andreas Schmidt trotz seines Jobs in der Brauerei Taxi gefahren? Verdienen Ihre Angestellten so wenig?«

Was war das denn? Solch eine direkte Frage konnte doch eigentlich nur sie, Oda, stellen. Christine tastete sich normalerweise ganz anders heran. Nein, irgendwas stimmte ganz und gar nicht mit Christine.

»Es kommt natürlich darauf an, was Sie als schlecht oder gut bezeichnen und wo für jeden Einzelnen diese Grenze liegt. Ich kann Ihnen gern eine Kopie von Schmidts Gehaltsabrechnung geben lassen. Und Sie können Herrn Frerichs fragen, der verdient brutto das Gleiche. Nich, Heinz? Ist eben alles eine Sache des Anspruchs.«

Da hatte er natürlich recht. Wenn Oda sich in Erinnerung rief, wie ihre Schwester über Friseurbesuche dachte und wie sehr dieses Denken von ihrem eigenen abwich ... Inken trug die Haare lang. Das sei praktisch, erklärte sie gern, denn so konnte sie einen Zopf machen. Das tat sie seit ihrem vierzehnten Lebensjahr. Einen Friseur brauchte sie nicht, sie nahm einfach den Zopf, zog ihn nach vorn und schnitt mit einem großen Schnipp die Spitzen ab. Zur Not bat sie eine ihrer Freundinnen, die Schnittstelle etwas zu begradigen. Inken war acht Jahre älter als Oda, Oda aber hatte das Gefühl, dass es mindestens acht*zehn* Jahre waren. Und während sie selbst regelmäßig eine nicht gerade kleine Summe investierte, um die ersten grauen Ansätze ihrer Kurzhaarfrisur zu eliminieren, stand Inken zu ihren grauen Strähnen. Dabei war Oda fest davon überzeugt, dass ihre Schwester mit einem vernünftigen Haarschnitt wesentlich vorteilhafter aussehen würde.

»Könnte es vielleicht sein, dass er den Nebenjob aufgrund fehlender sozialer Kontakte annahm?«, wollte Christine von Frerichs wissen.

Der rieb sich unbehaglich mit den Händen über die Oberschenkel. »Also, da bin ich echt überfragt.« Sein Blick huschte zwischen

Oda und Christine hin und her. »Brauchen Sie mich noch? Ich würd sonst gern zurück ins Sudhaus. Da erledigt sich die Arbeit nicht von allein.«

»Danke. Wir sind so weit durch und melden uns, falls wir noch etwas wissen wollen. Aber Sie können uns jederzeit anrufen, wenn Ihnen noch etwas einfällt.« Oda fischte eine leicht zerknitterte Visitenkarte aus ihrer Jeans. Christine trug die Kärtchen stets in einem silbernen Visitenkartenbehälter in ihrer überdimensionalen Handtasche spazieren. Bis die eine in der Hand hatte, hatte Oda ihre schon dreimal gezückt.

Als Frerichs den Raum verlassen hatte und Oda und Christine sich gerade verabschieden wollten, sagte Gerdes: »Ich hab Ihnen Sicherheitswesten mitgebracht. Sie können einen kleinen Einblick in den Betrieb bekommen, wenn Sie möchten.«

Oda strahlte, zog sich schnell die Weste über und lief Gerdes neugierig hinterher. Christine folgte langsamer. Als sie die große Produktionshalle betraten, fiel Oda als Erstes eine Maschine auf, unter der ein riesiger Metallkorb voller Papier stand.

»Hier werden die Flaschen gespült, bevor sie neu befüllt werden«, erklärte Gerdes. »Und die Etiketten entfernt.«

»Irre«, sagte Oda. »Ich hätte nie gedacht, dass nur wegen der Etiketten solche Mengen an Altpapier entstehen.«

Gerdes nickte. »Ja, daran denken die meisten nicht. Was aber ein echtes Problem ist, ist die geringe Pfandrückgabe.«

Oda zog fragend die Nase kraus, während Christine interessiert das Geschehen in der Halle betrachtete. Die kleinen grünen Flaschen unternahmen auf kurvigen Laufbändern kilometerlange Fahrten. »Wie? Geringe Pfandrückgabe?«

»Das System rechnet sich, wenn die Flaschen im Mehrweg verwendet werden. Doch das Pfand für eine Mehrwegflasche aus Glas liegt bei gerade mal acht Eurocent. Sie glauben ja gar nicht, wie viele Einwegflaschen irgendwo weggeworfen oder zerbrochen werden und dem Mehrwegzyklus nicht wieder zur Verfügung stehen.«

Oda sah wieder auf die Unmengen an abgelösten Etiketten und erinnerte sich an das, was Nieksteit am Morgen gesagt hatte. An die Idee, abgelaufene, nicht verkaufte Flaschen mit neuem Haltbarkeitsdatum zu versehen. Doch so, wie sie es jetzt sah, war das eine Sache, die eine einzelne Person nicht bewerkstelligen könnte. Schmidt hätte Komplizen innerhalb der Brauerei gebraucht. Einen Moment zögerte sie, sprach Gerdes jedoch nicht auf diese Überlegung an. Das könnte sie immer noch tun.

***

Enno Hinrichs saß mit seinem Thermobecher Kaffee auf der weißen Gartenbank aus Plastik neben dem Scheunentor und bohrte in der Nase, als sein Handy klingelte. Seine Frau Frieda fand es zwar schöner, wenn er für die kleinen Kaffeepausen ins Wohnhaus kam, aber erstens wollte er mit seinen nach Stall und Kuhdung stinkenden Klamotten nicht die Luft im Haus verpesten und zog sich deshalb auch abends immer im Hauswirtschaftsraum um, bevor er die große Wohnküche betrat, zweitens liebte er es, hier zu sitzen und in den Himmel über Ostfriesland zu blicken, an dem die Wolken malerisch dahinzogen.

Schon Ennos Vater Edo und davor dessen Vater Onno hatten an genau diesem Fleck gesessen. Allerdings auf einer Holzbank, die war aber irgendwann so marode gewesen, dass sie nur noch fürs Osterfeuer getaugt hatte. Natürlich hatte Enno die marode Holzbank durch eine neue ersetzen wollen. Doch es war Tradition, dass die Bank von den Hinrichs-Männern persönlich gezimmert wurde, und dazu war Enno so schnell nicht gekommen. Also hatte er als Provisorium eine einfache weiße Kunststoffbank im Baumarkt gekauft. War ja nicht für lang, hatte er gedacht. Dieses »nicht für lang« währte inzwischen sechs Jahre.

Frieda trat mit einem Weidenkorb frisch gewaschener Wäsche aus dem Haus. Ennos Handy bimmelte immer noch.

»Dein Telefon klingelt«, sagte sie überflüssigerweise.

Enno schmierte sich den Popel in die Brusttasche seiner grünen Latzhose, zog dabei das Telefon heraus, stellte den Becher ab und nahm das Gespräch an.

»Jo.«

Frieda lief, den Korb in die rechte Hüfte gestemmt, zu den neben dem Haus gespannten Wäscheleinen, die er auch von seiner

Position aus noch sehen konnte. Wenn sie sich bückte, um ein Stück aus dem Korb zu nehmen, beulte ihr Hintern die Kittelschürze aus. Trotz ihrer vierundfünfzig Jahre hatte Frieda immer noch einen sehr knackigen Hintern.

»Ich bin's. Heinz.«

»Seh ich doch.«

Auch Friedas Brüste waren noch sehr reizvoll. Er sah seiner Frau gern zu, wenn sie die Wäsche aufhängte.

»Andreas ist tot.«

Frieda nahm das nächste Stück aus dem Wäschekorb, die rotweiß karierte Bluse, die er so gern an ihr leiden mochte.

»Enno?«

»Jo.«

Erst gestern hatte er ein Foto von Frieda in dieser Bluse gemacht, als sie gerade fröhlich mit Balko herumtollte. Dieses Foto drückte all die Leidenschaft aus, zu der seine Frau fähig war.

»Enno! Andreas ist tot.«

»Tot? Das ist ja furchtbar.« Enno riss sich von Friedas Anblick los. »Was ist denn passiert?«

»Er wurde erschossen. Die Polizei war gerade hier. Die haben gefragt, wie gut ich Andreas kannte.«

Enno konzentrierte sich nun voll auf das Telefonat. »Was hast du denen gesagt?«

»Ich war völlig durch den Wind. Hab gesagt, dass wir eben Kollegen waren, nicht mehr. Stell dir vor, ich hab nicht mal gesagt, dass Andreas Annikas Pate war, so aufgeregt bin ich gewesen.«

»Na ja. Annikas Taufe ist ja auch siebzehn Jahre her, da kann man so was schon mal vergessen. Weiß die Polizei, was genau passiert ist? Gibt es eine Spur?«

»Nee. Zumindest haben sie nicht viel verraten. Nur dass man Andreas tot in seiner Wohnung aufgefunden hat. Und nun suchen sie überall nach Informationen und Zeugen. Hier natürlich auch. War ja sein Arbeitsplatz.«

»Schon übel heutzutage«, meinte Enno, während Frieda mit Holzklammern einen Slip auf der Leine fixierte. »Da biste nicht mal mehr in deiner eigenen Wohnung sicher.«

»Du, da krieg ich schon etwas Schiss«, gab Heinz offen zu. »Einer von uns. Ermordet.«

»Ja. Aber wer weiß, was der so getrieben hat. In letzter Zeit fand ich ihn manchmal ziemlich sonderbar. Wenn wir ehrlich sind, gab es schon länger keine entspannten Skatabende mehr. Der war immer so … ja, so angefasst. Als ob der wegen irgendwas Ärger hatte.«

»Aber das hat doch nichts mit seinem Tod zu tun!« Heinz regte sich auf.

»Bist du dir da sicher? Ich mein, ich weiß es natürlich auch nicht, aber wie gesagt, ich finde, dass er sich seltsam verhalten hat. Na ja. Du sagst mir Bescheid, wenn du mehr erfährst?«

»Klar.«

Frieda nahm den leeren Korb auf und wollte zurück ins Haus gehen. Enno beendete das Gespräch und winkte seine Frau zu sich.

»Das war Heinz. Andreas ist tot«, sagte er, als sie neben ihm stand.

»Andreas ist tot«, plapperte seine Frau verständnislos wie ein Papagei nach und ließ sich neben ihn auf die Plastikbank fallen.

»Ja. Er wurde erschossen. Die Kripo war vorhin in der Brauerei.«

Frieda sah ihn erschrocken an.

***

Es war schwierig, einen Parkplatz zu finden. Nach ein paar Ehrenrunden gelang es Christine schließlich, in einer der Seitenstraßen den Wagen abzustellen. Sie liefen die kurze Strecke zu dem villenartigen Putzbau, in dem Oda überhaupt kein Pflegeheim vermutet hätte.

»Nobel, nobel«, sagte sie staunend, als sie die doppelflügelige Tür aus dunklem Holz öffneten und in ein großzügiges Foyer traten, dessen Belag Oda an alte Terrazzo-Böden erinnerte. Es war angenehm kühl, aber nicht kalt. Eine Frau mit dunkler Hornbrille und langem dunklem Flechtzopf trat aus einer der Türen, die vom Foyer abgingen.

»Guten Tag, was kann ich für Sie tun?«, fragte sie, ohne sich vorzustellen.

Hatte die sie gehört, oder gab es eine Videokamera, die den Eingangsbereich überwachte? Bevor Oda danach fragen konnte, sprach Christine bereits.

»Moin. Christine Cordes und Oda Wagner, Kripo Wilhelmshaven. Wir möchten zu Frau Schmidt.«

Die bebrillte Frau sah sie aufmerksam an. »Wenn Sie mir bitte folgen würden.«

Sie lief jedoch nicht voran in einen anderen Teil der Villa, sondern öffnete die Holztür, durch die sie gerade gekommen war. Ein ovales weißes Schild hing daneben, auf dem »Pflegedienstleitung – Frau Schneider« stand. Frau Schneider deutete auf die beiden Besucherstühle vor einem weißen Schreibtisch.

»Nehmen Sie bitte Platz. Weswegen möchten Sie Frau Schmidt denn sprechen?«

Oda ließ sich auf den Stuhl fallen, während Christine sich genauso stilvoll setzte wie die Schneider.

»Es geht um den Tod ihres Sohnes Andreas«, erklärte Oda kurz und sah Frau Schneider ernst an. »Er ist einem Verbrechen zum Opfer gefallen.«

»Andreas?«

»Ja. Andreas Schmidt.« Ganz so plietsch schien die gute Frau Schneider nicht zu sein.

»Entschuldigen Sie, natürlich. Ich dachte, Sie meinen eine andere Bewohnerin.« Sie stockte. »Andreas Schmidt ist tot?«

»Ja. Und in diesem Zusammenhang haben wir einige Fragen an seine Mutter«, ergänzte Christine. Ein wenig zu schroff, wie Oda fand, sodass sie ihr mit dem Fuß einen kleinen Tritt gegen die Wade verpasste.

»Mein Gott, wie furchtbar. Ein Gewaltverbrechen? Aber er war doch ein ganz normaler und netter Mann. Wie konnte das denn passieren?« Frau Schneider war sichtlich entsetzt.

»Das versuchen wir gerade herauszufinden. Und deswegen möchten wir ja auch mit seiner Mutter sprechen«, gab Christine zurück.

Oda beugte sich leicht zur Seite und raunte Christine zu: »Wahrscheinlich haben die hier so was wie eine Fürsorgepflicht.«

»Natürlich haben wir unseren Bewohnern gegenüber eine

Fürsorgepflicht«, bestätigte Frau Schneider sogleich. »Außerdem wollen wir sie natürlich beschützen. Viele von ihnen sind nicht mehr in der Lage, sich um ihre Angelegenheiten selbst zu kümmern. Andreas' Mutter gehört zu diesen Personen. Sie ist stark dement.« Frau Schneider atmete hörbar aus. »Ich kann es gar nicht glauben. Was ist denn passiert?«

Während Oda in kurzen Sätzen umriss, worum es ging, wurde Frau Schneider zunehmend blasser.

»Oh nein. Das ist ja grauenhaft. Andreas war nahezu jeden Tag hier und hat seine Mutter besucht. Es war rührend, zu sehen, wie eng die Beziehung der beiden war. Wissen Sie, wir erleben hier leider auch ganz andere Sachen. Das geht von sporadischen Pflichtbesuchen bis hin zu gar keinem persönlichen Kontakt, obwohl Kinder, Schwiegerkinder und Enkel in der Stadt leben. Jeden Tag, so wie Andreas seine Mutter besuchte, das haben wir nicht oft.«

Oda runzelte die Stirn. »Das Haus ist zwar nicht wahnsinnig groß, aber ich bin jetzt doch etwas verwundert. Wissen Sie denn von jedem Bewohner, wann, wie oft und von wem er Besuch bekommt?« Ohne dass sie es wollte, kamen ihr die wildesten Gedanken über Entmündigung im Alter und systematische Überwachung in Seniorenanlagen in den Sinn. »Und mit Herrn Schmidt scheinen Sie ja ziemlich vertraut gewesen zu sein, so oft, wie Sie gerade seinen Vornamen gesagt haben.«

Frau Schneider zeigte ein erstes Lächeln. »Nein, natürlich nicht, wir führen keine Besuchslisten. Andreas und ich sind zusammen zur Schule gegangen, deshalb kenne ich ihn und seine Mutter gewissermaßen privat. Wir haben immer mal ein paar Worte gewechselt, wenn er sie besuchte. Das ist schnell zu einer netten Gewohnheit geworden. Obwohl ich zunächst ganz schön überrascht war, als ich mitkriegte, dass seine Mutter bei uns wohnt.«

Oda sah die Pflegedienstleiterin skeptisch an. »Warum?«

»Weil sie während meines Urlaubs einzog. Da ist man mal drei Wochen weg – und schwups, läuft mir an meinem ersten Tag zurück im Dienst meine erste Liebe über den Weg.« Eine leichte Röte stieg Frau Schneider ins Gesicht. Sie lachte kurz, und dieses Lachen machte sie sehr sympathisch. »Gut, es war die

Grundschulliebe, und wenn wir nicht auf Facebook durch unsere Grundschulklassengruppe miteinander befreundet gewesen wären, hätte ich ihn vielleicht nicht einmal erkannt, aber es war schon ein eigenartiges Gefühl, dem kleinen Jungen, in den ich damals so verschossen war, nach all den Jahren mit einem Mal wieder persönlich gegenüberzustehen. Wir hatten uns seit damals nicht gesehen, obwohl Wilhelmshaven ja nun nicht so riesig ist. Aber er sagte, er mache sich nicht viel aus Weggehen und solchen Sachen. Er sitze lieber zu Hause mit einem guten Buch. Da trifft man natürlich nicht so viele Leute.«

Sie schüttelte den Kopf. »Doch das wollen Sie sicher alles gar nicht wissen, und es ist ja auch egal. Er ging jedenfalls sehr gut mit der Situation um, uns seine Mutter anzuvertrauen. Es ist für viele nicht einfach, die Eltern in die Obhut Fremder zu geben. Doch wenn es zu Hause nicht mehr geht und das Gehirn zu vergessen beginnt … Nein, das ist nicht leicht. Wir erleben es immer wieder. Den vertrauten Menschen ans Vergessen zu verlieren, ist schwer. Wir bieten den Angehörigen Gespräche zu diesem Thema an, und die werden auch gern angenommen. Na, das ist auch ein anderes Thema.«

Sie beugte sich leicht vor und sah Oda und Christine offen an. »Kommen wir zurück zu Ihrem Anliegen. Ich kann Sie natürlich nicht daran hindern, mit Andreas' Mutter zu sprechen, aber ich werde dabei sein und bitte Sie, ihr sanft vom Tod ihres Sohnes zu berichten. Antworten oder Hinweise auf etwas, das seinen Tod aufklären kann, wird sie Ihnen sowieso nicht geben können. Die Zeiten, in denen sie einem Gespräch folgen konnte, liegen lange hinter ihr.«

»Ist ja schlimm. Ist sie denn schon so alt?«, fragte Oda.

»Nein«, antwortete Frau Schneider bedauernd, »sie ist erst Ende siebzig. Aber vor einer Demenz ist man nie geschützt. Sie erinnert sich nur noch an Bruchstücke ihres Lebens, hat sogar vergessen, dass sie zweimal verheiratet war. Sie lebt in ihrer eigenen Welt. Manches, was wir sagen, dringt zu ihr durch, anderes nicht. Sie hat wohl im Zweiten Weltkrieg einiges miterleben müssen, daher weiß ich nicht, wie sie reagiert, wenn Sie ihr erzählen, dass Andreas Opfer eines Gewaltverbrechens geworden ist. Meistens ist sie aber friedlich. Wir haben da leider auch andere Bewohner. Also noch mal, gehen Sie bitte behutsam mit ihr um.« Sie erhob sich.

»Natürlich«, sagte Christine und stand ebenfalls auf.

»Folgen Sie mir bitte, wir müssen in den zweiten Stock, dort ist die Station mit den dementen Patienten.«

»Nach oben abgeschoben? Damit keiner der anderen mit ihnen in Kontakt kommt?« Oda konnte sich den Sarkasmus nicht verkneifen.

»Nein. Nicht abgeschoben. Vor sich selbst beschützt. Vom zweiten Stock aus unbemerkt ins Freie zu kommen, ist deutlich schwieriger, als aus dem Erdgeschoss nach draußen zu verschwinden und anschließend nicht mehr zu wissen, wohin man gehen muss oder wohin man gehört. So schützen wir unsere dementen Bewohner davor, auf der Straße herumzuirren.« Frau Schneider sprach sanft und voller Zuneigung.

»Ich frag mich gerade, ob Frau Schmidt bemerken würde, dass ihr Sohn sie nicht mehr besuchen kommt, wenn man es ihr nicht sagt«, meinte Oda, als sie mit dem Lift im zweiten Stockwerk angekommen waren.

»Vielleicht. Aber dann höchstens die ersten zwei, drei Tage. Wenn überhaupt.«

***

Tobias Kuhn hatte heute sowohl die Frühschicht als auch die Mittagsschicht übernommen, auch wenn das offiziell natürlich nicht gestattet war. Aber die Lütte seiner Kollegin Nadine war krank, und da hatte Nadine ihn gebeten, für sie einzuspringen. Abends lange zu arbeiten und morgens wieder früh rauszumüssen, machte ihm nichts aus.

Er brauchte nicht viel Schlaf, fand in seiner Zelle – obwohl man den großzügig geschnittenen Raum in der JVA nicht wirklich so bezeichnen konnte – sowieso keine richtige Ruhe. Denn sein Hüttenspanni Sören Egermann im Etagenbett über ihm schnarchte dermaßen, da brachten selbst Ohrstöpsel nichts. Vielleicht wäre er ausgeschlafener, wenn er morgens liegen bleiben könnte. Aber: »Man gewöhnt sich an alles« war seit Langem sein Motto, und so lebte er seit neun Jahren mit diesem Schlafdefizit. Seit er damals, als Achtzehnjähriger, verurteilt worden war. Dass es im Leben auch schöne Dinge gab, an die man sich gewöhnen konnte, wusste er erst seit Kurzem.

»Nich grad viel los heute, was?« Sören betrat die Zentrale und steckte einen kleinen Holzkeil unter die Eingangstür, damit sie offen blieb und die frische Frühlingsluft eine Chance hatte, sich mit der nikotinhaltigen in der Zentrale zu vermischen.

»Nä.«

Sören zündete sich eine Zigarette an und hielt Tobias die Schachtel hin. Der nahm gern eine. Gekaufte waren für ihn reiner Luxus, er drehte selbst.

»Wo hast du eigentlich immer die Kohle dafür her?«, wollte er wissen. Sören kaufte auffällig oft Zigarettenschachteln. Dabei stand ihm auch nicht mehr Geld zur Verfügung als Tobias.

»Trinkgelder.« Sören lehnte sich lässig an die Wand gegenüber dem Tresen. »War'n die Bullen noch mal hier?« Er blies den Rauch kunstvoll in Ringen in die Luft.

»Wieso sollten die denn noch mal herkommen? Ich hab denen doch gestern Abend alles gesagt.«

»Ich denk, du solltest dich darauf einstellen, dass die dich noch mehr in die Mangel nehmen«, meinte Sören. »Als Freigänger mit deiner Vergangenheit …« Interessiert betrachtete er die nikotingefärbten Fingerspitzen seiner linken Hand. »Mach dich besser drauf gefasst, dass die wiederkommen.«

Das Telefon klingelte.

»Taxen Schultz, guten Tag«, meldete sich Tobias.

»Tobi. Endlich. Was ist denn los?«

Astrid. Das passte jetzt gar nicht. In einem Anflug von Sentimentalität hatte er Sören zwar von Astrid erzählt, aber Tobias verspürte überhaupt keinen Drang, jetzt Sörens Grinsen zu sehen, wenn der merkte, dass er mit ihr sprach. Darum vermied er es, ihren Namen zu nennen.

»Hi. Tut mir leid, ich hab's total vergessen.« Astrid würde merken, dass er nicht frei sprechen konnte. »Gestern Abend boxte hier der Papst im Kettenhemd. Der Typ in der Wohnung über der Zentrale wurde erschossen, da kannst du dir vorstellen, was hier los war. Polizei, Spurensicherung, das volle Programm. Da konnt ich nach der Schicht nicht mehr zum Skatspielen kommen.«

»Du bist nicht allein?«

»Nä. Ging echt nicht.«

»Kannst du dich nachher melden? Bitte!«

»Klar. Beim nächsten Mal bin ich wieder dabei.« Er sprach forscher, als ihm zumute war. Sören beobachtete ihn. »Ja, gut. Also bis demnächst.« Tobias legte auf und tat so, als müsste er etwas notieren.

Sören steckte seine Kippe in den Vogelsand des Standaschenbechers, stieß sich an der Wand ab und trat an den Tresen.

»Skat? Nach der Spätschicht?« Er kräuselte die Lippen. »Wie kriegst du das denn hin?«

Sören ließ den Satz seltsam unbestimmt im Zigarettendunst der Taxi-Zentrale hängen. Dort blieb er, löste sich nicht auf, sondern schwebte wie eine fluoreszierende Lüge zwischen ihnen.

»Ich bin dabei, es zu lernen. Heimlich. Bitte verrat mich nicht«, bat Tobias. »Offiziell arbeite ich zwei Stunden länger. So hab ich wenigstens auch mal so was wie Freizeit. Und Schultz weiß das«, verteidigte er sich.

»Na dann … Sag mir Bescheid, wenn du das Spiel beherrschst.« Sören drehte sich auf seinen bestickten Cowboystiefeln um und verließ die Zentrale.

Tobias seufzte. Er wusste, dass Sören mit seiner Bemerkung nicht das Kartenspiel gemeint hatte.

***

Liebevoll arrangierte Silvia Steegmann die weißen Moosröschen in der gläsernen Vase. Aus dem Garten hatte sie Efeu- und Haselnusszweige abgeschnitten und fügte nun alles zu einem jener Blumensträuße zusammen, um die sie im gesamten Bekanntenkreis beneidet wurde.

»An dir ist eine Floristin verloren gegangen«, hatte ihre Freundin Heike am Wochenende bewundernd zu ihr gesagt, als Silvia sie und ein paar andere Freundinnen zum Schneiden des Haselbusches und anschließenden Binden von Kränzen zu sich in den Garten eingeladen hatte. Dazu hatte es Prosecco und ein wenig Fingerfood gegeben, etwas, was Silvia schnell aus dem zu zaubern vermochte, was ihr Kühlschrank hergab.

Sie und Carsten hatten immer ein offenes Haus geführt, gern und häufig Gäste bewirtet. Dass ein drohender Schatten über ihrer Ehe lag, hatte Silvia lange Zeit nicht gemerkt.

Doch noch war nicht alles verloren. Carsten liebte sie nach wie vor, sonst würden sie bei offiziellen Anlässen nicht mehr als Paar auftreten. Zwar hatte er in den vergangenen Monaten mehr und mehr Termine allein wahrgenommen, doch das bedeutete nichts. Er musste sich erst einmal wieder finden. Bei Männern war das eben so. Sie hatte es im Freundeskreis mehrmals erlebt.

Als Carsten damals – für Silvia zugegebenermaßen sehr überraschend – darauf bestanden hatte, in die leer stehende Wohnung im Obergeschoss zu ziehen, hatte sie sich nachgiebig und verständnisvoll gezeigt. Sie war überzeugt, dass Carsten sich lediglich in einer Midlife-Crisis befand und die Trennung von Tisch und Bett nur vorübergehend war. Zumal er abends nach wie vor häufig mit ihr, Carl und Marie am Abendbrottisch saß. Der siebenjährige Carl hatte sich auf seine Frage, warum der Papa nun oben schlief und dort auch ein eigenes Wohnzimmer hatte, mit einer eher halbherzigen Erklärung abspeisen lassen. Seine zehnjährige Schwester fragte da schon hartnäckiger nach. Carsten hatte mit seinen Kindern reden und ihnen alles erklären wollen. Er behauptete, sie seien alt genug, zu verstehen, wo sie doch selbst schon den einen oder anderen Streit mit ihren Freunden hinter sich hatten.

Silvia hatte jedoch darauf bestanden, die Kinder so lange wie möglich im Glauben zu lassen, alles sei wie immer, nur eben etwas anders. Sie hatte Marie erzählt, dass der Papa im Gericht so viel zu tun hatte, dass er die Wohnung oben brauchte, um in Ruhe arbeiten zu können. Das sei in den Familienräumen nicht möglich, weil Carl und Marie einfach zu laut seien.

Seitdem lud Marie keine Freunde mehr nach Hause ein und fragte mindestens einmal pro Woche, ob der Papa nicht wieder unten wohnen könne, wo sie doch gar keinen Krach mehr machte. Sie versuchte auch, Carl zu überreden, nur noch bei seinen Freunden zu spielen. Aber das wusste Silvia zu unterbinden, blieb ihr doch sonst keine glaubhafte Begründung mehr.

Sie nahm die Vase mit dem kunstvoll drapierten Blumenschmuck und trug sie aus der kleinen Dachgeschossküche hinüber in den großen Raum, der Carsten als Arbeitszimmer diente. Sein wuchtiger Schreibtisch aus Eichenholz, der noch vor gar nicht so langer Zeit das Büro im Erdgeschoss beinahe ausgefüllt hatte, wirkte hier geradezu dezent. Er stand vor dem raumhohen Gaubenfenster, das den Blick in den von altem Baumbestand gesäumten Garten freigab.

Sie stellte das Arrangement an die linke obere Seite des Tisches, lief zurück in die Küche und nahm den Eimer mit Putzutensilien aus dem Schrank unter der Spüle. Während in der Erdgeschosswohnung seit zehn Jahren eine Putzperle für Sauberkeit sorgte, ließ Silvia es sich nicht nehmen, die Reinigungsarbeiten hier oben selbst zu erledigen. Carsten war es egal gewesen, und genau darauf hatte Silvia gebaut. Sie wollte um jeden Preis verhindern, dass ihre treue und loyale Haushaltshilfe in Versuchung kam, über die privaten Verhältnisse im Hause Steegmann zu tratschen. Zusätzlich begriff Silvia das Putzen in Carstens Räumen nicht nur als Chance, ihm nach wie vor nahe zu sein, sie übte dadurch auch unterschwellig einen gewissen Druck auf ihren Mann aus.

Carsten würde es nicht wagen, eine andere Frau herzubringen, solange sie, Silvia, hier für Ordnung und Sauberkeit sorgte.

Mit dem Staubwedel aus echten Straußenfedern strich sie über das Regal mit dicken Gesetzestextbüchern, über die Wimpel der verschiedenen Segelvereine und über den gewaltigen Ficus Benjamini, den ihr Mann seinerzeit mit in die Beziehung gebracht hatte und den er wie seinen Augapfel hütete. Dieser Baum war die einzige Pflanze, um die er sich selbst kümmerte und bei der er eigenhändig mit einer Blumenspritze die Blätter befeuchtete, um sie anschließend einzeln abzuwischen. Unter der Schräge stand ein einfaches Sofa neben einem Glastisch, ein Flachbildschirmfernseher hing an der Wand. Ansonsten gab es nur noch den Schreibtisch und den dazugehörigen Sessel, der allerdings der neuen, den Rücken schonenden Generation angehörte.

Während Silvia über den Computerbildschirm und die Akten auf der ledernen Schreibtischunterlage wedelte, überlegte sie, wie sie Carsten dazu überreden konnte, einen Teil der Sommerferien mit ihr und den Kindern zu verbringen. Eigentlich hatte er keine wirkliche Bereitschaft signalisiert, aber die »Henriette«, Carstens Segelschiff, war groß genug für einen Familientörn zu den Ostfriesischen Inseln. Und mit einem solchen Törn würde sie Carstens lang gehegten Wunsch erfüllen. Wie oft hatte er ihr mit einem gemeinsamen Segelurlaub in den Ohren gelegen? Bislang hatte sich Silvia immer damit rausgeredet, dass ihr allein schon bei dem Gedanken an Seegang übel wurde. Sie sollte der Familie Priorität einräumen und über ihren Schatten springen.

Die Kinder segelten zwar gern mit ihrem Vater und verbrachten so manches Wochenende mit ihm auf der »Henriette«, aber eigentlich spekulierten sie dieses Jahr auf einen All-inclusive-Urlaub auf Mallorca, die entsprechenden Kataloge aus dem Reisebüro lagen schon im Wohnzimmer.

Doch sicherlich ließen sich Carl und Marie bestechen, aufs Segelboot zu gehen, statt nach Spanien zu fliegen. Carl mit einem neuen Computerspiel und Marie mit der Aussicht auf ein Zusammenleben als komplette Familie. Zur Not auch mit dem Versprechen, ihr die Stiefeletten zu kaufen, die sie so gern haben wollte, was Silvia aber mit dem Hinweis, sie seien zu teuer für heranwachsende Kinderfüße, abgelehnt hatte.

Silvia tauschte den Staubwedel gegen den Staubsauger und arbeitete sich durch den großen Raum. Irgendwie müsste sie Carsten heute dazu bringen, nach dem Abendessen noch zu bleiben und nicht fluchtartig die Wohnung zu verlassen, sobald Marie und Carl ihm Gute Nacht gesagt hatten. Sie stieß mit dem Staubsauger an das vordere rechte Schreibtischbein.

Verdammt. Konnte sie sich nicht mal aufs Saugen konzentrieren?

Sie legte das Staubsaugerrohr beiseite und ließ sich auf den bequemen Bürostuhl fallen. Ihr Blick fiel durchs Fenster in den Garten, der wunderschön aussah. Der Rasen allerdings müsste wieder gemäht werden. Vielleicht kam Carsten ja heute ausnahmsweise frühzeitig nach Hause und schnappte sich den Rasenmäher, statt sich auf seine Akten zu stürzen. Beiläufig schlug sie den gelben Pappordner auf, der zuoberst auf dem Stapel lag. Es dauerte keine drei Minuten, und sie war in der Lektüre gefangen.

***

Direkt vor der Taxi-Zentrale war ein Parkplatz frei, und die Art, in der Oda die Wagentür zuknallte, ließ keinen Zweifel daran, dass sie die Fahrt hierher genutzt hatte, um erneut stocksauer zu werden.

Christine konnte das verstehen. Oda fühlte sich verladen, denn auch die anderen Kollegen in der Brauerei hatten von Schmidts Nebenjob als Taxifahrer gewusst. Seit sie die Brauerei verlassen hatten, hatte Oda sich darauf gefreut, sich den »kleinen Wichser« vorzunehmen, der ihr diese nicht gerade unwichtige Kleinigkeit gestern Abend verschwiegen hatte. Am liebsten wäre sie ohne Umweg über das Seniorenstift hergefahren, doch Christine hatte darauf bestanden, zunächst die Mutter zu informieren.

Nun lief Oda bereits die drei Stufen zur Taxi-Zentrale hoch, während Christine noch ihr Cabrio verschloss. Sie blieb einen Augenblick stehen und sah an dem mehrgeschossigen Gebäude empor. Es war Teil eines zusammenhängenden Komplexes aus Häusern unterschiedlichster Fronten aus verschiedenen Baujahren und hatte sicherlich schon bessere Zeiten gesehen. Das Haus war verputzt, nebenan stand ein Klinkerbau. Allerdings konnte auch nur die Fassade verklinkert sein, Christine kannte sich auf dem Gebiet nicht aus. Im übernächsten Haus befand sich im Erdgeschoss ein kleines französisches Restaurant. Christine erinnerte sich, dass Oda in der Vergangenheit öfter davon gesprochen hatte, hier abends mit Jürgen noch auf einen Salat oder einfach nur einen Wein einkehren zu wollen, es lag ja auch quasi direkt um die Ecke ihrer Wohnung.

Auf der Gökerstraße herrschte inzwischen geschäftiges Treiben. Christine nahm ihre große Ledertasche vom Rücksitz – schließlich wollten sie nach einer kurzen Stippvisite in der Taxi-Zentrale hinauf in die Wohnung des Toten – und folgte ihrer Kollegin.

Der Raum wurde von dem brusthohen Tresen aus furniertem Holz dominiert und war ansonsten eher spärlich möbliert. Die Poster an den Wänden trafen nicht wirklich Christines Geschmack.

Oda stand an den Tresen gelehnt, die Arme aufgestützt, und unterhielt sich mit einem jungen Mann, der einen offenen und umgänglichen Eindruck machte. Die kurz geschorenen Haare hatte Oda bereits erwähnt, die großflächige Tätowierung auf dem linken Arm bis hinunter zum Handgelenk jedoch nicht. Wahrscheinlich hatte der Mann gestern ein langärmliges Shirt getragen. Wenn hier die ganze Zeit wie jetzt die Tür offen stand, zog irgendwann die nächtliche Kälte in den Raum.

»Wann ist Ihr Kollege denn zurück?«, fragte Oda gerade. Der Mann hinter dem Tresen sah sie gelangweilt an.

»Kann nicht mehr lange dauern. Er wollte nur schnell rüber zum Supermarkt und sich was für die Mittagspause kaufen.«

»Und Ihr Chef? Ist der da?«

»Nö. Der ist ein paar Tage unterwegs. Ich glaub, der kommt erst Montag wieder.«

»Haben Sie eine Telefonnummer, unter der wir ihn erreichen können?«

»Seine Handynummer kann ich Ihnen geben.« Er schrieb die Zahlen auf einen kleinen Zettel und legte ihn auf den Tresen.

»Danke. Sie kannten Herrn Schmidt sicherlich auch?«

»Klar. War ja ein Kollege. Da trifft man sich in der Schicht mal hier auf 'nen Kaffee, wenn grad nicht viel los ist.«

»Hatten Sie das Gefühl, dass er sich bedroht fühlte? Hat er irgendetwas gesagt, aus dem Sie schließen konnten, dass er Ärger hatte?«, fragte Christine.

»Nö. Interessiert mich auch nicht, was bei den anderen los ist.« Er kaute offensiv, wahrscheinlich hatte er ein Kaugummi im Mund. Das sah blöd aus, und warum manche Leute dabei auch noch schmatzten, konnte Christine nicht verstehen.

»Also gab es keine privaten Treffen mit Schmidt? Bot sich doch an, wo er eine Etage höher wohnte.«

»Nö. Hatte ich keinen Bock zu. Tobias schon, der ist öfter mal kurz bei Andreas gewesen.«

»Sie teilen sich die Arbeit in der Zentrale mit Herrn Kuhn?«, hakte Oda eher feststellend als fragend nach, und Christine realisierte, dass sie es hier entgegen ihrer Erwartung gar nicht mit dem Mitarbeiter von gestern Abend zu tun hatten.

»Nö. Ich fahr Taxi. Nur hier zu sitzen, ist mir zu langweilig.«

»Ihrem Kollegen scheint der Telefondienst aber Spaß zu machen. So wirkte es jedenfalls gestern auf mich.«

Der junge Mann lachte. »Es blieb ihm ja bis letzte Woche auch nichts anderes übrig.«

»Wie meinen Sie das?«

»Tobias hatte keinen Lappen. Er hat die MPU erst jetzt machen dürfen, im Zuge der Vorbereitung auf die Haftentlassung. Der Chef hat ihn aber irgendwann in den nächsten Tagen für ein paar erste Schichten eingeteilt.« Er zuckte mit den Schultern. »Obwohl ich ja finde, dass jemand, der absichtlich Leute über den Haufen fährt, den Führerschein nie wieder zurückkriegen dürfte.«

***

Von der gegenüberliegenden Straßenseite aus sah Tobias die Kommissarin in die Zentrale gehen. Eine andere Frau folgte ihr.

Verdammt. Was wollten die denn noch? Er hatte doch alle Fragen ehrlich beantwortet. Gut, er hatte nicht gesagt, dass Andreas mit zum Taxen-Team gehörte, aber danach hatte die Kommissarin auch nicht gefragt. Und wenn er eines im Knast gelernt hatte, dann, dass man den Bullen nur das sagen sollte, wonach sie einen fragten. Kein Stück mehr. Hatten die vielleicht irgendwas über Andreas herausgefunden? Hatte der krumme Dinger gedreht? Das konnte er sich nicht vorstellen.

Er kannte ihn als zuverlässigen Menschen, der nie auch nur für eine halbe Stunde einfach so abtauchte und nicht erreichbar war, wie das bei anderen Kollegen durchaus mal vorkam. Zumindest wenn nicht so viel los war. Meldete sich der eine Kollege nicht, nahm eben ein anderer die Tour an.

Tobias lehnte sich an die rote Klinkerwand des Gebäudes, zog das belegte Brötchen, das er sich eben gekauft hatte, aus der Bäckerei-Tüte und biss hinein. Salami aß er am liebsten, und man kannte ihn hier. Er musste gar nicht mehr bestellen. Kaum stand er an der Bäckereitheke, wanderte das Salamibrötchen in die Tüte. Mit zwei Servietten. Sina sagte »Servierten« dazu, das fand Tobias niedlich. Sina war sowieso eine ganz Süße. Blonde lange

Haare, zu einem Zopf zusammengebunden, schlank, aber nicht zu schlank, und ein wenig naiv. Sie vermittelte ihm das Gefühl, schlauer zu sein als sie, und das tat ihm gut. Wieder biss er ab und bedauerte es, keine Cola dazu gekauft zu haben. Aber das Sixpack vom Discounter stand drüben im Kühlschrank, und er hatte ja auch nur schnell das Brötchen holen wollen.

Als er aufgegessen hatte, die Polizistinnen aber noch nicht wieder erschienen waren, warf er die Brötchen-Pappe und die Bäckereitüte in den Mülleimer, zog sein Handy aus der Seitentasche seiner Lederweste und tippte Astrids Nummer ein. Nach dreimaligem Klingeln war sie dran.

»Hey«, sagte er. »Sorry, vorhin konnte ich nicht. Sören stand mir gegenüber.«

»Und jetzt kannst du vom Handy aus anrufen?« Astrid klang skeptisch. Manchmal hatte er den Eindruck, sie wolle ihn kontrollieren, alles über ihn wissen. So klasse er dieses Interesse an jeder Minute seines Tagesablaufes am Anfang ihrer Beziehung gefunden hatte, so sehr störte es ihn inzwischen. Aber vielleicht gehörte das in guten Beziehungen dazu. Dass der eine wusste, was der andere tat. Leider hatte er in dieser Hinsicht so gar keine Erfahrung.

»Hier war echt die Hölle los«, begann er in Kurzform zu berichten. »Hab ich ja vorhin schon gesagt. Andreas ist erschossen worden. Ich hab die Eingangstür noch zufallen hören, aber den Täter nicht gesehen. Rechnet ja auch niemand mit, dass da so'n Wildgewordener aus dem Haus stürmt.«

»Ich hab's auf den Internetseiten des ›Kurier‹« gelesen. Ist es *der* Andreas?«

Tobias hatte Astrid öfter von Andreas erzählt. Einfach deshalb, weil der immer mal auf einen Klönschnack zu ihm nach unten gekommen war. Da hatten sie sich nach und nach angefreundet. Andreas schien nicht viele Freunde gehabt zu haben. Einmal am Tag war er zu seiner Mutter gefahren, und in den Abendstunden hatte er gern bei Tobias in der Zentrale gehockt. Manchmal hatte Tobias auch bei ihm in der Wohnung vorbeigeschaut. Meist unterhielten sie sich über Fußball. Tobias war Bayern-Fan, Andreas stand voll zu Werder, auch wenn er es nicht verknusen konnte, wie schlecht die Bremer in der vergangenen Saison gespielt hatten.

Deswegen hatte sich Tobias mit seiner Freude über den Triple-Erfolg der Bayern auch etwas zurückgehalten.

»Jo. Dummerweise hab ich der Kommissarin gestern nicht gesagt, dass Andreas für uns gefahren ist. Und nun ist sie mit einer Kollegin da.«

»Und trotzdem kannst du reden?« Astrid schien ihm nicht zu glauben.

»Mensch, ich bin drüben beim Combi. Du musst doch die Autos rauschen hören. Ich hab mir mein Mittagsbrötchen gekauft und gesehen, wie die reingegangen sind. Sören vertritt mich am Telefon. Was meinste, soll ich warten, bis die Polizei wieder raus ist, oder soll ich rübergehen?«

»Natürlich gehst du rüber. Sofort. Sonst sieht es so aus, als ob du was verstecken willst. Wenn sie dich darauf ansprechen, redest du dich damit raus, dass du wegen Andreas einfach zu geschockt warst. Sei ganz offen, mach ein ehrliches Gesicht. Du hast nichts zu verbergen. Für das, was du getan hast, hast du deine Strafe erhalten und schon fast abgesessen. Es gibt nichts, was du verheimlichen musst.«

»Aber das mit uns …«

»Das müssen sie nicht erfahren. Du wirst ja nicht so dumm sein, ihnen das auf die Nase zu binden.«

»Natürlich nicht, ich wollt nur …«

»Nichts. Du willst nichts. Du gehst jetzt da rüber und sprichst ganz offen mit denen. Setz deinen Charme ein. Hörst du?«

»Ist gut.«

»Melde dich, wenn die weg sind.«

»Mach ich.«

***

Die Treppenstufen knarrten, als Oda und Christine in den ersten Stock hinaufstiegen. Die Wohnung von Andreas Schmidt war versiegelt. Beherzt durchtrennte Oda das Papier, sie würde es später durch ein Äquivalent ersetzen. Bestimmt hatte Christine, sorgsam, wie sie war, ein Siegel in ihrer großen Handtasche.

Auch im Wohnungsflur knarrten die Bodendielen. Metallisch hing der Geruch von getrocknetem Blut in der Luft, die Fenster waren geschlossen. Alles sah noch so aus, wie Oda es gestern nach dem Abtransport des Toten verlassen hatte. Sie ließ Christine den Vortritt. Sah zu, wie ihre Kollegin langsam durch den langen Flur schritt, in den das Tageslicht durch die geöffneten Zimmertüren helle Muster malte. In der Tür zur Küche blieb Christine stehen. Bestimmt zwei Minuten verstrichen, bevor sie sprach.

»War es ein Zufall, oder warum erschießt man jemanden in der Küche?«

Oda liebte Christines analytischen Verstand. Wo sie selbst mehr das Emotionale der Tat in den Vordergrund stellte, dachte Christine rational.

»Die haben bestimmt zusammen zu Abend gegessen. Es waren ja zwei Teller in der Spüle.«

»Im Protokoll stand, dass es nur ein einziges Glas gab.«

»Stimmt.« Oda näherte sich Christine, die das Ganze immer noch aus der Tür-Perspektive betrachtete. »Vielleicht hat einer der beiden keinen Durst gehabt. Warten wir ab, was die Analyse der Kriminaltechnik ergibt. Mitgenommen haben sie das ganze Zeug ja.«

»Der Täter hat vor dem Opfer gestanden.« Christine überlegte laut, während sie die Spurenlage betrachtete.

»Oder gesessen. Vielleicht hier am Tisch. Hab ich mir gestern Abend auch schon gedacht.« Diesen kleinen Seitenhieb konnte Oda sich nicht verkneifen.

Christine warf ihr einen kurzen Blick zu. »Du brauchst gar nicht sarkastisch zu werden.«

Oda griente, sagte aber nichts.

»Wenn man mit jemandem am Tisch sitzt und zusammen isst, rechnet man nicht damit, dass sein Gegenüber eine Waffe zieht.« Sie sah Oda mit ihrem Oberlehrerinnenblick an.

Was war nur los mit der? So zickig war die doch nur in der Anfangszeit ihrer beruflichen Beziehung gewesen. Inzwischen waren sie beinahe Freundinnen. Zumindest empfand Oda es so.

»Sag mal«, sagte sie, ließ den Fall einfach außen vor und zog Christine am Ärmel, damit die sich ihr zuwandte. »Was ist eigentlich los? Gestern bist du weder auf dem Festnetz noch auf dem Handy zu erreichen gewesen, heute machst du einen auf

Zickenalarm … Den Kram haben wir doch nun schon lange hinter uns. Was geht hier vor?«

Statt sich zu ihr umzudrehen, schniefte Christine plötzlich. Oda schwieg. Christine schniefte wieder. Oda wartete. Kurz darauf zuckten Christines Schultern. Was war das denn? Gefühle während der Arbeitszeit? So kannte Oda ihre Kollegin überhaupt nicht. Was war so heftig, dass Christine sich nicht unter Kontrolle hatte?

»Komm«, sagte Oda sanft, zog sie mit sich ins benachbarte Wohnzimmer, drückte sie in einen der beiden geblümten, ziemlich abgenutzten Stoffsessel und setzte sich ihr gegenüber. »Also?«

Christine zog noch einmal undamenhaft die Nase hoch, hatte sich jedoch schnell wieder im Griff. »Entschuldige«, sagte sie beherrscht. »Das müssen die Hormone sein.«

»Hormone.«

»Ja. Ich bin schwanger.«

Oda fiel beinahe die Kinnlade herunter. »Schwanger?«

»Ja.«

»Von Steegmann?«

»Ja.«

»Ich dachte, dieses Kapitel hättest du inzwischen beendet.«

»Na ja …«

»Okay. Du hast es nicht getan.« Oda hatte seit Weihnachten nicht mehr nach Steegmann gefragt, seit Christine mit ihr, Jürgen und den Patchwork-Kindern den Heiligabend, der zugegebenermaßen ein sehr lustiger Heiligabend gewesen war, verbracht hatte. Sie war davon ausgegangen, dass ihre Kollegin auch im Privatleben so konsequent war wie bei der Arbeit. Gut, das war also nicht der Fall. Aber es wäre ja auch direkt ein wenig unheimlich, wenn Christine in allen Bereichen perfekt wäre. »Wie weit bist du?«

»Im vierten Monat.«

»Uuups. Was sagt Steegmann denn dazu?«

»Ja … Also …«

»Brauchst nicht weiterzureden«, sagte Oda, um Christine weitere Peinlichkeiten zu ersparen. »Kann mir schon denken, wie der reagiert hat.«

Christine protestierte. Jedoch etwas zu halbherzig. »Nein. Er hat …«

»Liebelein, gib dir keine Mühe.« Immer wenn Oda eigentlich »kleiner Schwachkopf« meinte, benutzte sie das Wort »Liebelein«, das schon ihre aus dem Ruhrpott stammende Tante für derartige Situationen reserviert hatte. »Wenn du im vierten Monat bist und Steegmann noch immer so tut, als sei mit seiner Familie alles okay, brauchst du mir nix zu erklären. Ich bin ja nicht blöd. Du allerdings solltest endlich den Schleier von den Augen nehmen.«

»Hab ich.« Christine hörte auf, halbherzig zu antworten. In nur wenigen Sätzen berichtete sie Oda von ihren Überlegungen für und wider das Kind.

Oda war baff. Aber natürlich, so war Christine, wie hatte sie auch nur einen Moment annehmen können, dass ihre Kollegin sich von privaten Lebenseruptionen – Oda hatte mit diesem Wort erst vor Kurzem beim Scrabble fünfundsechzig Punkte gemacht – aus dem Konzept würde bringen lassen. Christine hatte sich wirklich alles reiflich überlegt. Und dass sie als Schwangere Gefühlsschwankungen unterworfen war, darauf hatte sie keinen Einfluss. Dass die unweigerlich auftauchten, war bekanntlich überliefert. Auch wenn Oda das bei Alex überhaupt nicht so empfunden hatte. Aber damals war sie natürlich um einiges jünger gewesen als Christine heute. Außerdem hatte sie in einer intakten Familie gelebt.

Oda lächelte Christine an. »Danke, dass du mich eingeweiht hast. Ich verrat's auch keinem. Aber ich würd mich freuen, wenn du, falls du jemals wieder in so eine Zwickmühle gerätst, eher mit mir redest. Ich meine, immerhin kennen wir uns inzwischen ziemlich gut. Da wär das doch normal.«

»Na, ich hoffe doch nicht, dass mir so was jemals wieder passiert!« Christine hatte ihren Humor zurück. »Ich muss jetzt erst mal sehen, wie ich damit klarkomme.« Sie klopfte leicht auf ihren Bauch.

Oda lachte. »Na, das kriegen wir schon hin. Und wenn's hart auf hart kommt, verdonnern wir einfach Niiksteit und Lemke zum Babysitten.« Sie stand auf. »Nun lass uns aber gucken, was uns hier noch für Überraschungseier erwarten.«

***

»Was haben die gewollt? Hattest du recht? Wollten die mich in die Mangel nehmen? Wo sind sie denn jetzt, wenn die so scharf auf mich waren?« Tobias konnte die Angriffslust in seiner Stimme nicht verhehlen.

»Ey, fahr mal wieder runter.« Sören schob das Kaugummi von der einen auf die andere Seite. »Klar wollten die mit dir sprechen, aber ich hab mir schon gedacht, dass du dich nicht reintraust, wenn die hier sind. Hab gesagt, dass du Mittagspause machst. Die sind jetzt erst mal hoch in Andis Wohnung. Aber du musst damit rechnen, dass die gleich wiederkommen. Wenn du willst, kann ich auch den Rest deiner Schicht übernehmen, und du gehst zurück in die JVA.« Sören lehnte sich mit überheblicher Miene auf dem Stuhl zurück.

Tobias schüttelte den Kopf. »So ein Quatsch. Das hatte nix mit Nichttrauen zu tun. Ich hab die zwar von drüben hier reingehen sehen, aber warum hätte ich auf dem Absatz kehrtmachen und zurückkommen sollen? Ergibt doch keinen Sinn. Also hab ich mein Brötchen gekauft und es in Ruhe gegessen. Wenn sie nun nicht mehr da sind, haben sie eben Pech gehabt.« Er bemühte sich um Lässigkeit, merkte jedoch, dass er die nicht wirklich rüberbrachte.

»Die wollten wissen, warum du ihnen gestern nicht gesagt hast, dass Andreas hier auch Kutscher war.« Immer noch saß Sören bequem zurückgelehnt im Stuhl, die Arme vor der Brust verschränkt. Das Telefon klingelte, er ignorierte es.

»Verdammt«, schimpfte Tobias, beugte sich über die Theke und nahm das Gespräch an. »Taxen Schultz, guten Tag.«

Keine Minute später war er um den Tresen herumgegangen und hatte Wagen vier in die Schillerstraße geschickt. »Was soll der Scheiß?« Er lehnte nun an der Arbeitsplatte, auf der die Telefone, die Funkanlage und die Unterlagen waren. »Was willst du mir damit beweisen, dass du die Anrufe nicht entgegennimmst?«

»Nix.« Sören zog eine Zigarette aus der Schachtel, die er oben im Schaft seines rechten Cowboystiefels deponiert hatte, und zündete sie an. »Die wollten übrigens einiges über dich wissen.«

Ah, daher wehte der Wind. Er wollte ein Geschäft daraus stricken: Ich sag nix, wenn du was für mich machst. Alte Knast-Regel. Tobias sah seinen Hüttenspanni kalt an. Sören konnte ihm keine

Angst mehr machen, diese Zeiten waren vorbei. »Ich hab der Alten gestern schon gesagt, dass ich Freigänger bin«, erwiderte er.

Sören lachte nachsichtig. »Sicher. Aber bis vorhin wussten die nicht, weswegen du verknackt worden bist.«

Tobias starrte Sören an. »Und du hast es ihnen gesagt?«

»Die haben mich gefragt, warum du nur in der Zentrale sitzt und nicht selbst fährst. Da ist doch immer noch zusätzliches Trinkgeld drin. Also hab ich ihnen gesagt, dass du bis vor Kurzem noch nicht wieder Auto fahren durftest.«

Tobias entglitten sämtliche Gesichtszüge. »Warum hast du das gemacht?«

»Ey, nimm's nicht persönlich.« Sören spuckte sein Kaugummi in den Papierkorb und schob sich ein neues in den Mund. »Die werden nicht nur deine, sondern auch meine Akte bis ins Hinterletzte durchackern. Da sollte man so was besser im Vorfeld sagen. Nicht dass die einem hinterher vorwerfen, man hätte was verschweigen wollen.«

»Hast recht«, gab Tobias zu. Hinter seinem Rücken kreuzte er zwei Finger. »Wir haben nichts zu verbergen.«

***

Seit dem Telefonat mit Tobias tobten wahre Gefühlsstürme in Astrid Kannowski. Mit einem Mal drohte einiges aus den Fugen zu geraten. Sie versuchte, sich mit den Akten abzulenken, die auf ihrem Schreibtisch lagen. Das half meistens. Arbeit gab es genug, Kollegen zu wenig. Egal wohin man blickte, überall wurde eingespart. Ging ein Kollege in den Ruhestand, versuchte man, die entstehende Lücke mit dem bestehenden Personal zu füllen. Aber das war ohne Qualitätsverlust einfach nicht machbar. Manchmal verfluchte Astrid ihre Vorgesetzten, die sich nur an Zahlen und Rentabilitätswerten orientierten. Einfühlungsvermögen und Menschlichkeit ließen die meisten von ihnen vermissen.

Sie starrte auf die Akte, die vor ihr lag, und doch sah sie statt der Einträge nur Tobias. Hörte seine Stimme – und die Angst, die darin mitgeschwungen hatte. Diese Angst hatte auch ihr Angst gemacht.

Natürlich hätte sie sich nicht auf ihn einlassen dürfen. Als Beamtin im allgemeinen Vollzugsdienst durfte man so etwas nicht. Distanz war wichtig, Abstand musste gewahrt werden, private Gefühle gehörten unterbunden. Doch das war bei dem, was sie mit Tobias erlebte, nicht möglich. Auch wenn sie auf der anderen Seite des Gesetzes stand oder wie immer man das bezeichnen wollte. All das war vollkommen nebensächlich, wenn sie mit Tobias zusammen war.

Sie hatten sich im Rahmen der Resozialisierungsmaßnahmen das erste Mal gesehen. Es war Astrids Job, jungen Menschen, die nach Wilhelmshaven in den offenen Vollzug kamen, Weichen zu stellen und Wege zu ebnen. Beim dritten oder vierten Treffen hatten sie bereits beide diese Schwingungen verspürt, die über reine Sympathie hinausgingen. Astrid hatte sich natürlich gesperrt. Weil so etwas einfach nicht ging. Sie müsste eine Beziehung zu jemandem wie Tobias erstens melden, zweitens war er deutlich jünger als sie. Das durfte man nicht zulassen. Sie war ja keins dieser pressegeilen Prominentenweiber, denen das Alter ihrer Liebhaber egal war. Nein. Astrid hatte stets ethische Ansprüche an sich und ihr Leben gestellt. Und ein Verhältnis zu einem deutlich jüngeren Gefangenen war mit diesen Ansprüchen unvereinbar.

Bis Tobias kam.

Seine Vergangenheit hatte sie angerührt. Seine Zurückhaltung, hinter der der unbändige Wunsch nach Liebe stand. Ganz behutsam hatte sie ihn unterstützen wollen. Doch er hatte sie mit seinen Gefühlen derart überrollt, dass sie sich, ohne es zunächst überhaupt mitzubekommen, schon bald nicht nur in einer sehr emotionalen, sondern auch sehr körperlichen Beziehung zu ihm befand.

Das hätte sie melden müssen.

Eine solche Meldung aber hätte unweigerlich ihre Versetzung zur Folge. Sie und Tobias würden sich nicht mehr wie bisher sehen können. Doch Tobias brauchte ihre Nähe. Mindestens so, wie sie die seine brauchte.

Sie musste ihn jetzt stützen. Er durfte nicht einbrechen. Er musste es durchstehen. Dann würde ihm nichts geschehen. Dafür würde sie sorgen.

***

»Halt. Schön langsam und der Reihe nach«, rief Siebelt, um Christines Redefluss zu stoppen.

Sie saßen mit Oda, Nieksteit und Lemke im Konferenzraum der Dienststelle zur Besprechung zusammen, und wie es ihr im Zuge von Ermittlungen leicht passierte, war Christine gleich in die Vollen gegangen und hatte einen wahren Informationsschwall auf die Kollegen niederprasseln lassen.

»Ihr seid also in der Brauerei gewesen und habt mit Schmidts Chef gesprochen.«

»Ja. Und mit seinen Kollegen. Danach waren wir im Heim bei Schmidts Mutter. Aber von ihr kriegen wir keine Informationen. Sie ist stark dement, man kann nicht mehr normal mit ihr reden.«

»Das ist natürlich bedauerlich. Für die Frau, aber auch für uns. Habt ihr Schmidts Chef auf Nieksteits Vermutung hinsichtlich eines Etikettenschwindels angesprochen?«

»Nicht direkt. Wir haben erst einmal mit ihm und Schmidts Kollegen gesprochen, da kam nicht viel, er war wohl mit keinem näher befreundet. Die Produktionshallen haben wir uns aber angesehen. Sehr beeindruckend. Allein die Halle, in der die Flaschen gewaschen und von den Etiketten befreit werden, ist riesig. Eine Aktion in größerem Umfang hätte Schmidt nie allein bewerkstelligen können, dazu hätte er nicht wenige Komplizen in der Brauerei gebraucht«, erklärte Oda. »Wenn man sich die Mengen anguckt, die da durchlaufen beziehungsweise durchlaufen müssten, damit aus einem kleinen Schwindel ein groß angelegter Betrug wird, muss man einkalkulieren, dass jemand aus der Geschäftsleitung darin verwickelt ist. Deswegen haben wir Herrn Gerdes zwar nicht direkt darauf angesprochen, aber Christine hat die Vermutung geäußert, dass es bei diesen Mengen bestimmt nicht auffällt, wenn immer mal Kisten verschwinden. Könnte ja sein, dass Schmidt sich nebenbei als kleiner Getränkehändler betätigt hat.«

Christine sah auf ihren Block und ergänzte: »Aber das hält Tammo Gerdes für unwahrscheinlich, denn in der Brauerei gibt es das sogenannte Vier-Augen-Prinzip. Heutzutage wird der Weg jeder Kiste, die die Brauerei verlässt, minutiös nachverfolgt. Früher, bevor die Computerlogistik in den Betrieben Einzug hielt, konnte durchaus mal ein ganzer Lkw ›verschwinden‹, aber daran ist heutzutage laut Gerdes nicht mehr zu denken.«

Siebelt kratzte sich hinter dem Ohr. »Könnte es sich vielleicht trotzdem um Betrug in ganz großem Stil handeln?«

»Ausschließen sollten wir nichts«, stimmte Christine den Überlegungen ihres Chefs zu. »Aber dann wäre Schmidt sicher nur ein kleines Rädchen im Getriebe gewesen. Warum hätte man ihn umbringen sollen? Man hätte ihn einfach entlassen und anzeigen können.«

»Vielleicht hat er selbst gar nichts damit zu tun, sondern die Angelegenheit lediglich entdeckt.« Siebelt sah sie an. »Man braucht ja nur an den Fall Snowden zu denken. Der war auch nur ein Rädchen im amerikanischen Geheimdienst und hat so viel ins Rollen gebracht.«

»Siebelt. Du kannst doch Schmidt nicht mit Snowden vergleichen«, warf Oda tadelnd ein.

»Man weiß nie, was sich unter der Spitze eines Eisbergs verbirgt«, orakelte Siebelt, und für einen Moment wurde Christine tatsächlich nachdenklich.

»Das Bild, das sich nach den Gesprächen mit seinem Vorgesetzten und den Kollegen ergibt, würde deine These zumindest nicht gleich ad absurdum führen«, gab sie zu. »Er schien überaus korrekt zu sein, vielleicht hätte er es tatsächlich gemeldet, wenn er irgendwelche Ungereimtheiten entdeckt hätte. In der Brauerei wusste man wenig über sein Privatleben. Er wurde als zurückhaltend beschrieben, als einer, der kaum etwas über sich erzählt, zwar an allen Betriebsfeiern teilnahm, allerdings auch stets der Erste war, der ging. Er hat keinen Schluck Alkohol getrunken – zumindest nicht in Gegenwart der Kollegen. Schmidt muss ein sehr verschlossener Typ gewesen sein.«

»Auch seine Telefonlisten waren nicht wirklich ergiebig«, ergänzte Lemke. »Ich meine, ich bin ja selbst nicht gerade ein Vieltelefonierer, aber er hat noch weniger Gespräche geführt als ich.«

»Irgendwas muss er in seiner Freizeit doch gemacht haben.« Siebelt regte sich schon wieder auf. »Jeder trifft sich mit irgendwem.« Er wandte sich an Niekstein, den Computerexperten der

Abteilung. »Hast du was in seinem Notebook gefunden? Die von der KTU haben das doch mitgenommen?«

»Jo, das Notebook hab ich. Aber da war bisher nichts, was uns weiterbringen könnte. Internetaktivitäten konnte ich keine feststellen. Entweder war der Typ verdammt schlau und hat jedes Mal beim Abmelden den Verlaufsspeicher gelöscht, oder er hat das zufällig kurz vor seinem Tod gemacht. Möglicherweise hatte auch noch wer anders Zugang zu seinem PC und hat den Verlauf und gegebenenfalls noch andere Dinge gelöscht. Ich versuche, die gelöschten Seiten und Dateien wiederherzustellen. Wenn da kein absoluter Profi am Werk war, krieg ich das auch hin. Und dann sehen wir, ob er was verbergen wollte oder ob da tatsächlich nichts ist. Er muss jedenfalls ein ausgesprochen langweiliger Mensch gewesen sein. Keine Computerspiele, keine Social Media, weder Facebook noch Twitter oder Xing. Er hatte auch kaum private E-Mails.«

Siebelt schüttelte den Kopf. »War er vielleicht in einem Sportverein? Golf kommt nicht in Frage, aus dem Club kenne ich ihn nicht. Also, zumindest nicht namentlich, aber natürlich könnte ich das Gesicht schon mal gesehen haben.«

»Er ist Taxi gefahren«, sagte Christine. Die Blicke der Kollegen flogen ihr zu. Sie stand auf, griff nach einem roten Edding und malte einen Kreis auf das Flipchart, auf dem bislang recht spärliche Informationen rund um den Toten notiert waren. »Taxi«, schrieb sie in den Kreis.

Siebelt, Lemke und Nieksteit starrten sie erstaunt an.

»Sag bloß, der ist für das Unternehmen im Erdgeschoss gefahren?«, fragte Siebelt.

»Du hast es erfasst«, bestätigte Oda. »Schmidt hat quasi rund um die Uhr malocht.«

»Aber warum?«, wollte Nieksteit wissen, der in seinen freien Stunden gern am PC zockte.

»Das müssen wir noch herausfinden.« Christine steckte die Kappe auf den Edding, legte den Stift auf die Ablage und setzte sich wieder an den Tisch.

»Vielleicht hat er beim Taxifahren subversive Gestalten kennengelernt und mit denen ein Ding gedreht«, schlug Nieksteit begeistert vor. Wahrscheinlich hatte er am Vorabend einen Actionfilm gesehen, auf so etwas stand er bekanntermaßen. »Und da hat er dann was gemacht, was die nicht verknusen konnten. Vielleicht wollte er jemanden verpfeifen. Muss ja niemand aus der Brauerei gewesen sein.«

»Niekstelt. Bitte. Du und deine Ideen. Erst vermutest du Etikettenschwindel und nun subversive Gestalten …« Manchmal hatte Christine das Gefühl, es mit einem Kindergarten zu tun zu haben. »Warum soll einer, nur weil er Taxi fährt, mit solchen Leuten in engem Kontakt stehen? Das ist doch unterstes Klischee.«

»Das kann auch das Leben sein, meine Liebe«, entgegnete Niekstelt nonchalant. »Immerhin ist Schmidt erschossen worden. So was passiert einem in der Regel nicht, weil man beim Skat beschissen hat. Ich sag nur: Mafia.«

»Jetzt auch noch die Mafia. Das wird ja immer bunter.« Oda zwinkerte ihm zu. »Also, ich möchte nicht, dass die hier auch noch aktiv werden. Reicht ja, was wir hier sonst alles an kriminellen Elementen haben.«

Siebelt und Lemke nickten.

»So oder so, wir werden es hoffentlich rausfinden«, sagte Christine. »Mit dem Chef des Taxi-Unternehmens haben wir noch nicht reden können, der ist für ein paar Tage verreist. Wir haben versucht, ihn über Handy zu erreichen, doch das war ausgestellt. Der andere junge Mann, den wir heute in der Taxi-Zentrale angetroffen haben, hat gesagt, Schmidt habe besonders gern Feiertagsschichten übernommen. Natürlich könnte man an solchen Tagen ein paar nicht ganz legale Dinge nebenbei erledigen. Aber das kann man an anderen Tagen auch.«

»Jo.« Enthusiastisch sprang Niekstelt auf diesen Zug auf. »Schmidt könnte seine Taxifahrerei als Tarnung für irgendwas benutzt haben.« Er blickte erst Siebelt, dann Christine, Lemke und Oda an. »Was meint ihr: Soll ich undercover ins Taxi-Geschäft einsteigen?«

»Undercover?«, fragte Oda amüsiert.

»Klar. Darauf hätte ich totalen Bock. Und ich würd bestimmt 'ne Menge rauskriegen.« Niekstelt richtete sich auf, er wirkte überaus energiegeladen.

»Hast du denn den Taxi-Schein?«, fragte Oda.

»Nö.«

»Na, dann hat sich dein Undercover-Einsatz ja schon erledigt.« Oda schmunzelte.

Blieb die Frage, warum Andreas Schmidt diesen vergleichsweise gering bezahlten Job nebenberuflich ausgeübt hatte. Ob und, wenn ja, wofür er als Alleinstehender das zusätzliche Geld benötigte. Hochwertige Einrichtungsgegenstände schieden schon mal aus. Oben war alles verdammt überholungsbedürftig gewesen, fand Christine, es gab ja nicht mal eine Einbauküche. Selbst Oda, die bei Weitem nicht die gleichen Ansprüche stellte wie sie, würde sich in so einer Wohnung nicht wohlfühlen. Nicht mehr mit Mitte vierzig. Finanziell musste Schmidt über ausreichende Mittel verfügt haben. Der Job in der Brauerei, die Taxifahrten nebenher …

»Wie ist das mit den Kontoauszügen? Habt ihr die, und wer geht sie durch?«, fragte sie.

»Die liegen bei mir«, sagte Nieksteit. »Ich hatte mir aber erst das Notebook vorgenommen. Meist erfährt man darüber ja jede Menge über die Leute.«

»Dann bleib dran, aber bitte vergiss die Kontoauszüge nicht. Ich möchte wissen, wie wichtig der Nebenjob für sein finanzielles Auskommen war. Wir sollten uns zudem nicht nur auf den mafiösen Kreis derer, mit denen Schmidt durch das Taxifahren recht unverfänglich Kontakt haben konnte, konzentrieren, sondern auch auf das allgemeine Umfeld in der Taxi-Zentrale«, schlug Christine vor. »Selbst wenn das jetzt vielleicht ein bisschen voreingenommen klingt.«

»Wie meinst du das?«, fragte Oda.

»Na ja. Du hast gestern Abend den jungen Freigänger befragt, und heute Mittag saß da ein anderer Freigänger.«

»Oh nee!« Oda war kurz davor, zu explodieren. »Nur weil das Unternehmen sozial eingestellt ist und Freigängern die Möglichkeit bietet, sich langsam wieder ins Berufsleben zu integrieren, unterstellst du, dass die zusammen mit Schmidt in schmutzige Geschäfte verwickelt waren? Wie antiquiert ist das denn?«

»So hab ich das doch gar nicht gemeint.«

Es klopfte, und eine Mitarbeiterin öffnete die Tür. »Eben kam ein Anruf vom LKA. Die haben beim automatischen Abgleich der daktyloskopischen Spuren zumindest schon mal zwei Treffer. Einige andere Spuren konnten sie allerdings nicht zuordnen. Sie schicken's gleich rüber.«

»Also doch Mafia!«, triumphierte Nieksteit, und die Kollegin zog sich kopfschüttelnd zurück. Für seine teilweise spleenigen Ideen war Nieksteit nicht nur im eigenen Dezernat bekannt.

»Oder irgendwelche zufällig aktenkundigen Bekannten. Vielleicht die beiden Freigänger«, entgegnete Oda leichthin. »Ist doch gut möglich, dass die oben in der Wohnung Fingerabdrücke hinterlassen haben, wir wissen ja, dass Kuhn ab und zu bei Schmidt oben war.«

»Auf jeden Fall sollten wir uns ihre Akten kommen lassen.«

***

Astrid Kannowski streichelte Tobias über den kurz geschorenen Schädel. Ob seine Haare dunkelbraun, schwarz oder nur dunkelblond waren, sah man bei den kurzen Stoppeln nicht. Sie saßen in Astrids Auto auf dem Parkplatz oberhalb des Molenfeuers. Tobias hatte spazieren gehen wollen, er brauche frische Luft, hatte er gesagt.

Astrid genoss es, Tobias so dicht bei sich zu spüren. Seine Hilfsbedürftigkeit gab ihr Kraft, machte sie stärker. »Lass uns am Wasser spazieren gehen«, schlug sie vor, und natürlich kam keine Widerrede.

Hier, wo andere Leute mit ihren Hunden die Strecke vom Molenfeuer zum Nassauhafen liefen, kam es Astrid manchmal so vor, als sei Tobias ihr Schoßhündchen. Ihr junger Rüde, auf den sie achtgeben musste. In verschiedenen Bereichen. Denn natürlich bemerkte sie, wie die jungen Mädchen und Frauen, die ihnen mit ihren kaum mehr als zweieinhalb Kilo schweren Handtaschen-Hündchen vom Typ Chihuahua oder Prager Rattler entgegenkamen, Tobias ansahen. Ihre Blicke waren durchaus begehrlich. Kein Wunder, Tobias war ein Bild von einem Mann. Muskulös, durchtrainiert und mit einem Lächeln, das Eisblöcke zum Schmelzen bringen könnte.

Als sie vor Kurzem draußen auf der Terrasse des Seglerheims einen Kaffee getrunken hatten und Tobias mal kurz zur Toilette gegangen war, war eines dieser Möchtegern-Models an ihren Tisch getreten. Sie traue sich nicht, Tobias direkt anzusprechen, hatte sie gesagt. »Aber wenn Sie Ihrem Sohn vielleicht meine Handynummer geben könnten, wäre das total lieb von Ihnen!« Das Mädel hatte Astrid einen Zettel in die Hand gedrückt, Tobias, der gerade zurückkehrte, verschämt zugelächelt und war wieder verschwunden, bevor er am Tisch stand.

»Was wollte die denn?«, hatte Tobias gefragt und der jungen Frau hinterhergesehen.

»Nichts. Sie kommt nicht von hier und wollte wissen, wo man in der Nähe gut Pizza essen kann.«

Das war keine besonders geglückte Lüge gewesen, und Tobias hatte sie etwas skeptisch angesehen, dann aber gelächelt. Er wusste, dass sie nicht über ihren Job reden durfte, und so hatte er nur kurz ihre Hand gestreichelt.

»Ist schon gut«, hatte er gesagt.

Den Zettel hatte sie zerknüllt und beim Aufstehen im Aschenbecher liegen lassen.

Als sie jetzt auf der Deichkrone in Richtung Nassauhafen liefen, verschränkte Tobias seine Hände auf dem Rücken.

»Sören hat der Polizei gesagt, weswegen ich im Knast bin.«

»Nimm das nicht so schwer«, beruhigte sie ihn. »Das hätten die auch allein rausgefunden. Du kannst deine Vergangenheit nicht verstecken. Du wirst immer mit ihr leben müssen. Aber du kannst allen zeigen, dass du aus dem, was war, gelernt hast. Du hast deine Strafe fast abgesessen, und deine Beurteilungen sind gut.«

Tobias sah sie an. »Nicht zuletzt dank dir.«

Die Art, in der er das sagte, schmeckte Astrid nicht. »Natürlich. Nicht zuletzt dank mir«, sagte sie und schob die spontane Eingebung beiseite, ihren Anteil an seinen positiven Bewertungen kleinzureden, damit er sich ihr nicht unterlegen fühlte. Er sollte sich ruhig darüber im Klaren sein, dass sie in der Lage war, die Qualität der über ihn abgegebenen Beurteilungen zu steuern.

»Er hätte es trotzdem nicht sagen müssen.« Tobias wurde wütend, schnaubte und lief schneller. Manchmal hatte er sich noch immer nicht unter Kontrolle, obwohl seine Wutausbrüche schon viel seltener geworden waren.

Astrid eilte hinter ihm her. Auf der Mole unweit der Einfahrt in den Nassauhafen standen zwei Angler. Die Luft war mild, der blaue Himmel von bilderbuchartigen Schäfchenwolken überzogen. Ein Segelschiff fuhr mit Motorkraft auf den Jadebusen hinaus, ein anderes hisste gerade den Spinnaker. In einiger Entfernung tuckerte die »MS Etta von Dangast« um den Leuchtturm Arngast. Ein Bild, wie der Augsburger Puppenkiste entsprungen. »Fahr wieder runter und entspann dich. Alles ist gut. Du hast nichts getan.«

Tobias blieb stehen und starrte sie an. »Ach ja? Woher willst du das denn wissen? Du warst doch nicht dabei. Was ist, wenn die Bullen denken, ich sei mal eben schnell hoch zu Andreas, hab ihn erschossen und mich zur Tarnung wieder ans Telefon gesetzt?«

Astrid lachte. »Manchmal bist du wirklich ein kleiner Schafskopf.« Sie gab ihm einen leichten Kuss. »Selbst wenn sie das denken, hätten sie deine Hände gestern Abend untersuchen müssen, um Schmauchspuren daran festzustellen. Da du dich immer sehr gründlich wäschst, werden sie keine Schmauchspuren mehr nachweisen können, selbst wenn sie heute noch kämen. Und deine Klamotten hast du sicher schon gewaschen.«

»Warum hätte ich das tun sollen?« Tobias sah sie argwöhnisch an. »Traust du mir zu, Andreas getötet und dann so getan zu haben, als hätte ich die ganze Zeit in der Zentrale gesessen?« Sein Blick wurde lauernd. »Woher hätte ich die Waffe haben und vor allem warum hätte ich das tun sollen?«

Mit einem Mal spürte Astrid, dass nicht länger sie diejenige war, die das Geschehen bestimmte.

***

Die Sonne ließ das Frühlingsgrün der Bäume leuchten. Möwen flogen keckernd über das frisch gepflügte Feld, ein paar Krähen jagten einen Bussard. Auf dem Acker daneben jagte ein dunkelblauer Mercedes älteren Baujahrs hinter einem ebenso alten silbernen her. Beide Fahrzeuge wiesen Beulen auf, der silberne Wagen deutlich mehr als der blaue. Beide Fahrer waren angeschnallt und trugen Helme. Dieselgeruch hing über dem Acker, ein paar Kaninchen hüpften aus ihrer Sasse, verärgert über die Störung.

»Gleich hab ich dich«, rief Enno Hinrichs und versuchte, das Gaspedal weiter als bis zum Anschlag durchzudrücken. Egal, was er durch den Spritverbrauch in diesem Augenblick an Geld verpulverte, Autorennen waren sein Hobby. Eine halbe Stunde über den Acker jagen, das brachte ihm neue Energie und den Schub, den er nach einem langen Arbeitstag als Ausgleich für seine doch eher ruhige Arbeit als Landwirt brauchte.

Zwanzig Minuten später fuhren beide Wagen am Misthaufen vorbei in den alten Stall, in dem die Arbeitsgeräte untergebracht waren. Heute hatten sie sich nicht angeditscht.

Zufrieden stieg Enno aus, ließ den Helm auf dem Beifahrersitz liegen und schlenderte die wenigen Meter hinüber zum silbernen Fahrzeug, neben dem Frieda stand und den Helm vom Kopf nahm. Sie sah ihn herausfordernd an.

»Tja, mein Lieber, du hattest keine Chance. Ich war heute einfach besser.« Sie ging an ihm vorbei und stupste ihn vor die Brust. »Ich mach jetzt Abendbrot.«

Ein Gefühl tiefer Dankbarkeit durchzog Enno. Er hatte so viel Glück in seinem Leben gehabt. Frieda war sein größtes Glück, auch wenn es zu Beginn ihrer Ehe vor fünfundzwanzig Jahren nicht wirklich danach ausgesehen hatte. Vor allem deshalb, weil er sich in der Hochzeitsnacht ziemlich danebenbenommen hatte. Das hatte sie ihm lange Jahre nicht verzeihen wollen. Irgendwann aber hatten sie sich arrangiert. Inzwischen unterstützte sie ihn in allem, was den ländlichen Betrieb betraf. Und sie hatte Spaß daran, sich mit ihm beim Ackerrennen zu messen. Doch, er würde ihre Ehe als überaus harmonisch bezeichnen. Da kannte er ganz andere Ehen.

Er warf einen Blick in den Stall – alles okay –, dann zog er im Vorraum des Wohnhauses die grüne Latzhose und den handgestrickten Pullover aus und schlüpfte in seine Filzpantoffeln.

Jetzt einen schönen heißen Tee und eine Stulle selbst gebackenes Graubrot mit Mettwurst.

***

Carsten Steegmann ließ den Wagen sanft auf die Auffahrt zur Doppelgarage seines Hauses rollen. Nicht nur Marie und Carl spielten gern auf der Straße Fußball. In letzter Zeit war eine Reihe anderer Familien mit kleineren Kindern hergezogen. Es fand ein Generationenwechsel statt, und darum musste man Rücksicht nehmen. Jederzeit konnte ein Ball auf die Straße rollen und ein kleiner Knirps hinterherlaufen.

Die Luft roch würzig. Ein Nachbar war dabei, den Rasen zu mähen. Eigentlich müsste er sich auch noch hinter den Rasenmäher klemmen, es sei denn, Silvia hätte sich ausnahmsweise dazu herabgelassen, das zu übernehmen. Doch er bezweifelte, dass Silvia überhaupt wusste, wie sie den Rasenmäher zum Laufen brachte. Christine hingegen machte die Gartenarbeit Spaß, erst kürzlich hatte er sie überraschen wollen und sie verschwitzt beim Mähen angetroffen, die Haare zerzaust am Hinterkopf hochgesteckt. Er hatte beim Küssen ihren salzigen Schweiß geschmeckt und bedauert, keine alte Jeans und ein Shirt bei ihr deponiert zu haben, das für die Gartenarbeit taugte. Zu zweit machten eben auch solche Dinge einfach mehr Spaß.

Heute Abend war die Luft phantastisch, sie verlockte dazu, sich noch ein Stündchen auf die Terrasse zu setzen und bei einem Glas Wein über den Tag und Gott und die Welt zu reden. Wie gern würde er das mit Christine tun. Die Nachricht, dass sie sein Kind erwartete, hatte ihn zunächst aus der Bahn geworfen. Die SMS hatte er gleich gelöscht, aus einem Reflex heraus. Als wäre es damit nicht mehr real. Letztlich hatte sie aber dazu geführt, dass er nachdenken und für sich eine Entscheidung darüber treffen musste, was er denn wollte.

Das wusste er inzwischen. Er wollte Christine. Das Kind nicht unbedingt, aber die Gefühle zu Christine waren tief. Allerdings nicht so tief wie die zu Carl und Marie, weswegen er sich auch noch nicht dazu durchgerungen hatte, die Ehe mit Silvia offiziell zu beenden. Er befand sich in einer Zwickmühle. Wenn er doch einfach Silvia durch Christine ersetzen könnte ... Nein, einfach war sein Leben derzeit wirklich nicht. Und so wartete nun Silvia statt Christine auf ihn.

Carsten drückte die Funktaste, die seinen Wagen verschloss, und lief auf das Haus zu. Sein Haus. Mit viel Liebe geplant, gebaut und eingerichtet. Aber er wohnte wie ein Mieter im Obergeschoss.

Marie kam auf ihn zugelaufen.

Augenscheinlich hatte sie wieder am Küchenfenster gelungert, um ihn abzupassen. Es schnitt Carsten jedes Mal von Neuem ins Herz, mit welch kindlicher Verzweiflung seine Tochter versuchte, ihn und Silvia zusammenzuführen. Vielleicht hätte er ausziehen, einen richtigen Schnitt machen sollen. Aber er wusste von anderen Männern, dass das Schlimmste, was ihnen widerfahren war, nicht die Trennung von der Ehefrau, sondern die Trennung von den Kindern gewesen war. Diesen Schmerz hatte er sowohl sich selbst als auch Carl und Marie ersparen wollen. Und doch war ihm das vor allem bei Marie nicht geglückt. Sie lud nur noch selten Freunde ein, und wo er bis vor einiger Zeit bei seinem Nachhausekommen munteres Mädchengebrabbel und -gekicher gehört hatte, gab es für Marie nur noch Lernen und Warten.

»Papa, ich hab eine Zwei im Diktat!«

Lachend hob Carsten seine Tochter hoch und wirbelte sie einmal herum. »Das ist ja wunderbar, mein Schatz«, sagte er und strich ihr über den brünetten Schopf.

»Sophie hat nur eine Drei.«

Marie und Sophie lieferten sich seit ihrer Einschulung ein Notenduell, obwohl sie die besten Freundinnen waren. Ein typisch weiblicher Charakterzug, da spielte es wohl keine Rolle, ob man zehn war oder vierzig. Carsten konnte sich jedenfalls nicht daran erinnern, dass er mit irgendeinem seiner Grundschulkameraden solche Gefechte ausgetragen hatte.

»Ist doch egal, was Sophie hat, die Hauptsache ist, du bist zufrieden.«

»Mama hat ja auch viel mit mir geübt.« Marie sah ihn aus großen Augen an.

»Ja. Ich weiß.«

»Das Abendbrot ist fertig.« Marie fasste ihn an der Hand und zog ihn ins Haus. Sie hatten bei der Planung damals spekuliert, dass entweder seine oder Silvias Eltern irgendwann die Oberwohnung beziehen würden, und sich deshalb für einen gemeinsamen Hauseingang entschieden. Das erwies sich nun als Kontrollmechanismus. Nicht nur Marie, auch Silvia hatte für jeden Schlüssel, der sich in der Haustür drehte, ihre Ohren gespitzt. Und so waren sie kaum eingetreten, als Silvia auch schon im Zugang zum Untergeschoss auftauchte. Schick sah sie aus in der hellen Hose, der weißen Bluse und dem lässig um den Hals gebundenen geblümten Tuch. Die Haare hatte sie am Hinterkopf hochgesteckt, ganz so, wie er es liebte. Ein ungutes Gefühl beschlich ihn.

»Wenn du magst, ich hab gerade den Abendbrottisch gedeckt«, sagte sie.

Carsten sah Silvias hoffnungsvollen Blick, sah die flehenden Augen seiner Tochter, und natürlich konnte er beide nicht enttäuschen.

»Prima«, antwortete er, obwohl sich ein herber Geschmack auf seine Zunge legte. »Ich bring nur eben meine Aktentasche hoch, dann komm ich.«

Silvia strahlte, genau wie Marie.

Carl hingegen war alles ziemlich egal. Er sah das so pragmatisch, wie Jungs gewisse Dinge eben sehen, wenn sie sieben Jahre alt sind. Sein Vater war jederzeit für ihn erreichbar, ob er nun oben wohnte oder unten. Im Gegenteil: Carl und Carsten hatten schon so manchen »Männerabend« zusammen verbracht. Und auch als Carl vor Kurzem von wild gewordenen Tiger-Lenkdrachen geträumt hatte, war er nicht zu Silvia ins Bett gekrabbelt, sondern die Marmortreppe ins Obergeschoss hochgelaufen und hatte bei Carsten Schutz gesucht.

Das Abendessen verlief beinahe harmonisch, wäre da nicht die spürbare Spannung des nicht Alltäglichen gewesen, die sich wohl nicht vermeiden ließ. Als die Kinder den Tisch verlassen durften, wollte auch Carsten aufstehen, doch Silvia bat ihn, noch zu bleiben.

»Vielleicht habe ich mich zu wenig für das interessiert, was du machst«, sagte sie, als Marie sich mit einem Kuss und Carl sich mit einem »High-Five« in Richtung der Kinderzimmer verabschiedet hatte.

»Wie meinst du das?«, fragte Carsten ungehalten. Er war diese Gespräche leid. So oft hatten sie in der Vergangenheit über ihre Beziehung gesprochen, alles, was jetzt kam, war ein Aufwärmen und änderte nichts.

»Ich will mich ja gar nicht mit dir streiten«, erklärte Silvia forsch und schenkte ihm eine weitere Tasse Ostfriesentee ein. »Lass uns doch einfach so tun, als ob das hier ein ganz normales Abendbrotgespräch zwischen zwei Menschen ist, die seit zwölf Jahren miteinander verheiratet sind.« Ohne ihn zu Wort kommen zu lassen, sprach sie weiter. »Ich hab heute früh beim Staubputzen zufällig einen Blick in die oberste Akte auf deinem Schreibtisch geworfen. Ist ja ganz schön heftig, was der Knabe in seinem jungen Alter schon auf dem Kerbholz hat.«

»Du hast auf meinem Schreibtisch rumgeschnüffelt?«

»Ich hab doch nicht geschnüffelt«, wehrte Silvia ab. Carsten wusste, dass sie so nur ihre Unsicherheit zu überspielen versuchte, und stellte mal wieder fest, wie weit sie mittlerweile voneinander entfernt waren. Es gab einfach keinen ungezwungenen Umgang mehr. »Ich hab lediglich Staub geputzt. Und mich für einen Moment auf deinen Schreibtischstuhl gesetzt. Da hab ich einfach ohne nachzudenken nach der Akte gegriffen. Und ehe ich mich versah, war ich darin vertieft. Ehrlich. Ich hab ja gar nicht wirklich gewusst, mit was für Schicksalen du dich tagtäglich beschäftigen musst. Da hab ich mich direkt dafür geschämt, in all den Jahren so wenig Interesse an deiner Arbeit gezeigt zu haben.« Sie sah ihn aus großen, ziemlich stark geschminkten Augen an, doch er glaubte ihr kein Wort. »Ich hätte deinem beruflichen Alltag mehr Aufmerksamkeit schenken müssen, das weiß ich jetzt. Aber das lässt sich doch ändern. Ich meine, wenn man weiß, woran etwas liegt, kann man es ändern.«

Es sei denn, der Zug ist längst abgefahren, dachte Carsten. »Ich habe dich gebeten, meinen Schreibtisch außen vor zu lassen, wenn du schon unbedingt Putzfrau spielen musst«, sagte er kühl. »Aber Frau Harms kann ebenso gut auch oben sauber machen. Ist ja nicht viel.«

»Nein. Das möchte ich nicht.«

Selbstverständlich wollte Silvia das nicht. Carl hatte ihm erzählt, dass sie auch das Ehebett noch immer auf beiden Seiten bezog und abwechselnd in dem einen und dem anderen Bett schlief, damit beide Seiten gleich benutzt aussahen. Carl fand das »quatschig«, und Carsten gab seinem Sohn insgeheim recht.

»Wirst du den Antrag auf vorzeitige Haftentlassung unterstützen?«, fragte Silvia, als hätte Carsten sie überhaupt nicht unterbrochen. »Also, ich finde, solch einen Typen darf man mit vorzeitiger Entlassung nicht auch noch belohnen.«

Carsten atmete tief durch. Nein, er würde sich nicht auf eine Diskussion mit Silvia einlassen. Und nein, er würde ihr nicht noch einmal zu verstehen geben, dass sie oben nichts zu suchen hatte, sondern es auf seine Weise regeln. Wobei er sich noch überlegen musste, wie er es taktisch geschickt anstellen konnte, das Schloss der Oberwohnung auswechseln zu lassen, ohne Silvia allzu sehr vor den Kopf zu stoßen.

Er schob seinen Stuhl zurück und stand auf. »Ich hab noch eine Menge zu arbeiten. Du hast den Aktenstapel ja gesehen.«

»Deinen Sarkasmus kannst du dir sparen.«

»War nicht so gemeint. Ist aber so. Es steht derzeit einfach eine Menge an.«

»Du kannst doch jetzt nicht einfach so gehen«, lamentierte Silvia in einer Lautstärke, die durchs ganze Untergeschoss drang. »Ich gebe mir solche Mühe, und du lässt mich einfach hier sitzen?«

Überrascht sah er sie an. Was für eine Show zog sie nun wieder ab?

Es dauerte tatsächlich nur Sekunden, bis Marie aus ihrem Zimmer geschossen kam und seinen Bauch umklammerte. »Papa, bleib doch noch. Bitte. Du hast mir auch noch gar keinen Gutenachtkuss gegeben.«

Mit sanfter Gewalt löste Carsten die Hände seiner Tochter von seinem Körper. »Ich wäre ja gleich noch in dein Zimmer gekommen.« Er drückte ihr einen Kuss aufs Haar und warf Silvia einen schneidenden Blick zu. Sie starrte ungerührt zurück, als wollte sie sagen: Einen Versuch war's wert.

Er gab Marie einen Klaps auf den Po. »Ich hab viel zu tun,

Prinzessin. Komm einfach nachher zum Gutenachtsagen zu mir hoch.« Mit steinerner Miene blickte er zurück zu Silvia. Diesen Auftritt hatte sie ganz klar auf Maries Kosten inszeniert. Und das war kein Punkt für sie. »Danke fürs Abendbrot.« Er bemühte sich, aus seiner Stimme nicht die Kälte herausklingen zu lassen, die er in diesem Augenblick für die Mutter seiner Kinder empfand.

***

Es war kurz vor halb sieben, als Tobias den Klingelschalter am großen Tor drückte, und nur wenige Sekunden später ertönte der Summton. Tobias drückte das metallene Tor auf. Er lief über den gepflasterten Hof, vorbei an dem Museumsbunker, in dem der Förderverein der JVA sinnigerweise schon Krimi-Lesungen veranstaltet hatte, und betrat mit einem knappen »n' Abend« das Gebäude. Sein Handy fischte er bereits im Gehen aus der Hosentasche und reichte es Mike Cramme, dem wachhabenden Beamten, der es den Richtlinien entsprechend einschloss, bis Tobias morgen die JVA wieder verließ.

Worin der Sinn lag, dass man innerhalb der Anstalt kein Handy benutzen durfte, draußen aber wohl, konnte Tobias nicht nachvollziehen. Am Anfang war er versucht gewesen, das Handy rein- und rauszuschmuggeln. Es gab sogar in Hochsicherheitsgefängnissen wie dem in Oldenburg, in dem er zuvor untergebracht worden war, »Kollegen«, die innerhalb des Knastes nicht nur mit Handys, sondern mit ebenfalls verbotenen Laptops agierten.

Doch dann hatte er sich gesagt, dass das Risiko, erwischt zu werden und sämtliche Privilegien zu verlieren, zu groß war. Wofür auch? Er konnte ja telefonieren. Nur eben außerhalb dieser Mauern, im Dienst und auf dem Weg dorthin. Die Zeit, die er noch abzusitzen hatte, war außerdem absehbar, und er hoffte auf vorzeitige Entlassung. Wenn man, so wie er, gute Sozialprognosen vorweisen konnte, sollte man es unbedingt versuchen, das hatte nicht nur Astrid, sondern auch Herr Cramme gesagt.

Heute war Tobias froh über die Kontakt-Zwangspause nach außen. Die vergangenen Stunden waren heftig gewesen.

Auf den Fluren kamen ihm andere Häftlinge entgegen. Auf

seiner Station war Sören gerade dabei, in der Küche Gemüse zu putzen. Sie verpflegten sich selbst. Dazu gehörte das Einkaufen, aber das Scanner-Piepsen an der Kasse stellte Tobias jedes Mal auf eine harte Probe. Mit jedem Piepsen explodierten in ihm Erinnerungen an die Durchleuchtungen im geschlossenen Vollzug, an die Angst, das beklemmende Gefühl. Da bekam er jedes Mal Schweißausbrüche.

»Kannst die Tomaten abziehen«, rief Sören ihm zu, aber Tobias schüttelte den Kopf.

»Ich brauch 'ne kurze Auszeit.« Schon stand er in dem Raum, den er sich mit Sören teilte, und ließ sich auf den Stuhl am Fenster fallen.

Andreas war sein Kollege gewesen. Mehr noch. Sein Freund. Hatte einer der Kunden ihn erschossen? Wenn ja, konnte es keine Übersprungshandlung gewesen sein, denn dann hätte man Andreas im Taxi gefunden. Also musste es eine andere Beziehung zwischen Andreas und seinem Mörder gegeben haben. Was aber war so heftig, dass man einen anderen erschoss?

Tobias stand auf, legte sich auf seine Matratze und schloss die Augen. Versuchte, sich mit autogenem Training abzulenken. Seine Gedanken schwangen jedoch unausweichlich zurück zu Andreas. Warum hatte er jemanden, der ihm gefährlich werden konnte, in seine Wohnung gelassen? Das machte doch keinen Sinn. Tobias' Gedanken ratterten. Er rief sich ins Gedächtnis, wie Andreas mit Kunden, Kollegen und mit ihm selbst umgegangen war.

Manchmal hatte eine gnadenlose Härte in Andreas' Stimme gelegen. Diese Härte kannte Tobias bislang nur von Sören und ein paar anderen, mit denen er im geschlossenen Vollzug gewesen war. Ihm gegenüber hatte sich Andreas aber stets als Freund gezeigt, als Vertrauter, als Zuhörer. Tobias war verwirrt. Wer war Andreas wirklich gewesen?

Er dachte an Astrid. Er hätte sie heute nicht so anfahren dürfen, er hatte die Angst in ihrem Gesicht gesehen. Dennoch. Manchmal vermittelte sie ihm das Gefühl, er sei nichts ohne sie, ohne ihre Hilfe. Das tat ihm weh. Denn obwohl ihm ihre Zuneigung viel bedeutete, durfte sie nicht so mit ihm umspringen. Niemand durfte das.

In letzter Zeit war ihm aufgefallen, dass sie ihn beobachtete. Anders als früher. Manchmal sah er ihren Wagen auf dem großen Parkplatz gegenüber. Stets parkte sie so, dass die Frontscheibe zur Gökerstraße zeigte. Damit man vom Auto aus die Taxi-Zentrale beobachten konnte. Er hatte Astrid darauf angesprochen. Sie hatte versucht abzuwiegeln und war in den darauffolgenden Tagen zumindest in seiner Schicht nicht mehr dort aufgetaucht. Zweifel hatten sich in ihm festgesetzt. Meinte sie es wirklich ernst, oder war er für sie nur ein Spielball? Testete sie aus, wie weit sie gehen konnte, weil sie Macht über ihn hatte?

Natürlich befand auch sie sich in einem ziemlichen Dilemma, wenn ihre Gefühle für ihn denn wirklich echt waren. Von Rechts wegen müsste sie ihre Beziehung an offizieller Stelle anzeigen. Astrid hatte ihm erklärt, nur dadurch, dass sie ihre Beziehung verheimlichten, konnten sie sie leben. Er glaubte ihr. Weil er ihr glauben wollte.

Der Zweifler in ihm stellte allerdings quälende Fragen: Nutzte Astrid seine Sehnsucht nach Liebe aus? Hatte sie es vor ihm mit anderen Freigängern ebenso gehalten? Hatte sie alle abgespeist und auf Distanz gehalten mit der plausiblen Erklärung, man dürfe die Beziehung nicht offiziell machen?

Von den Bediensteten konnte er keinen fragen, die würden ihm sowieso nicht die Wahrheit sagen. Er hatte versucht, mit Sören darüber zu reden, aber Sören war, was Gefühle betraf, ganz anders drauf. Deswegen hatte Tobias sich auch geärgert, Sören überhaupt in die Sache mit Astrid eingeweiht zu haben.

Mit Andreas dagegen hatte er über alles reden können. Ihm hatte er von seinen Zweifeln erzählt, Andreas hatte ihm zugehört. Und er hatte ihm zur Vorsicht geraten. Andreas hatte in seiner freien Zeit oft auf dem Barhocker jenseits des Tresens gesessen. Die Taxi-Zentrale war für ihn genau wie für Tobias ein zweites Zuhause gewesen. Andreas hatte Cola getrunken, Lucky Strikes geraucht, und sie hatten sich unterhalten. Dabei war er wie Tobias ein Einzelkämpfer gewesen, der sich anderen Leuten gegenüber nur schwer öffnete.

Vielleicht war es diese Gemeinsamkeit, die sie verbunden hatte. Jeder von ihnen hatte schon früh mit Verlusten zurechtkommen müssen. Bei Andreas war es der Tod der Schwester gewesen, bei Tobias die Tatsache, dass seine Mutter ihn ablehnte. Das alles hatten sie einander nur knapp und nach und nach preisgegeben. In kurzen Sätzen. Nicht in langen Erzählungen. Und doch hatte jeder verstanden, was der andere sagen wollte. Mit Andreas' Tod gab es nun niemanden mehr, mit dem er so offen reden konnte. Mit Sören schon gar nicht. Die Gespräche mit Sören waren mehr ein gegenseitiger Informationshandel: Sagst du mir was, sag ich dir was. Er stand also wieder allein vor den Fragen, die seine Seelenwelt betrafen.

Nein. Das stimmte nicht. Es gab noch jemanden, dem er erzählen konnte, was ihm auf der Seele brannte. Er glaubte, dass sie ihn sicherlich ebenso brauchte wie er sie, stellte sich das Strahlen ihrer Augen vor und lächelte. Ja. Sie würde ihm zuhören.

Freitag

Der Himmel leuchtete auch um zwanzig vor sechs schon blau, nur Schäfchenwolken zogen darüber und bildeten lustige Formationen. Tobias Kuhn meldete sich beim Wachhabenden ab und nahm sein Handy in Empfang.

»Der Mord an meinem Kollegen hat den ganzen Zeitplan durcheinandergeworfen. Aber ich hab nix gegen Sonderschichten, gibt ja mehr Geld«, sagte er und hoffte, dass die Bestürzung in seiner Stimme echt wirkte. Dass er sich durch Andreas' Tod zusätzliche Freizeit erflunkerte, stand auf einem ganz anderen Blatt. Man musste die Gelegenheiten nutzen, die sich einem boten. Wenn er eines in den vergangenen Jahren gelernt hatte, dann das. Und Kurt Schultz, sein Chef, würde ihn bestimmt unterstützen. Daran zweifelte Tobias keinen Moment. Als er durch das geöffnete Tor vom Gelände der JVA auf den Ölhafendamm lief, merkte er, wie langsam wieder Leben in jenen Tobias Kuhn kam, den es nur außerhalb der Gefängnismauern gab. Normalerweise schickte er Astrid sofort eine SMS, wenn er auf der Straße war. Heute jedoch stellte er das Handy auf lautlos und steckte es in die Tasche seiner Lederweste.

Heute war ein besonderer Tag.

Heute durfte er nach all den Jahren wieder allein am Steuer eines Autos sitzen. Seine Schichten im Telefondienst würde von nun an Barbara übernehmen, die Frau von Horst, dem Kollegen, der die Nachtschicht machte. Barbara war glücklich, einen neuen Job zu haben, wo doch der kleine Edeka-Markt geschlossen worden war, in dem sie über dreißig Jahre lang an der Kasse gesessen hatte. So hatte jede Veränderung auch etwas Gutes, und die kommenden frühen Stunden gehörten ausschließlich ihm. Ihm und den Fahrgästen. Diese Stunden wollte er nicht mit Astrid teilen.

Was hatte er in den vergangenen Monaten die Straßenpläne der Stadt studiert, wie oft war er alles mit dem Rad abgefahren. Er kannte sich aus. Immer wieder hatte er sich zwischendurch ans Steuer einer der Droschken gesetzt und über das Lenkrad gestrichen, voller Vorfreude darauf, wieder fahren zu dürfen. Ein

Gefühl der Genugtuung machte sich in ihm breit. Ja. Das Licht am Ende des Tunnels der vergangenen Jahre war nicht nur zu sehen, er befand sich kurz davor, den Tunnel zu verlassen.

***

In der Nacht musste es einen heftigen Regensturm gegeben haben. Als Oda am Morgen das Fahrrad aus dem Fahrradraum holte, staunte sie nicht schlecht über die abgerissenen Äste, die kreuz und quer auf der Holtermannstraße und der Kirchreihe lagen. Der Wagen ihres Vermieters hatte sogar einen dick begrünten Zweig auf der Motorhaube liegen.

Na, wenn das mal keine Beule gab. Inzwischen strahlte der Himmel wieder in kitschigem Babyblau, und die Temperaturen rechtfertigten es, dass Oda ihre Jacke auszog und in den Fahrradkorb legte. Sie hatte zunächst überlegt, die Jacke gleich ganz zu Hause zu lassen und sich nicht damit abzuschleppen, aber besser, man war vorbereitet. Hier an der Küste konnte das Wetter schnell umschlagen, so sonnig es auch gerade aussehen mochte. Während sie die Kirchreihe hochradelte, ins Brommygrün abbog und dann auf dem breiten Radweg der Mozartstraße unter dem Grün der Kastanien die letzten fünfhundert Meter zum Polizeigebäude fuhr, dachte sie an ihren Traum der letzten Nacht.

Es war ein unschöner Traum gewesen, in dem Christine die zentrale Rolle spielte. Sie hatten in großer Höhe über ein Metallgitter laufen müssen, durch das sie nach unten sehen konnten – was Oda nichts ausmachte, die stets kühle und rationale Christine jedoch in helle Panik verfallen ließ. »Ich kann das nicht«, hatte Christine im Traum zitternd zu Oda gesagt, »ich kann das nicht allein.« Oda war zu ihr getreten, hatte sie in den Arm genommen und ihr beruhigend zugeredet. Komisch, was für ein verrücktes Zeug man so träumen konnte. Garantiert lag das daran, dass Christine ihr von ihrer Schwangerschaft berichtet hatte. Die Schlucht, über die das löchrige Metallgitter führte, stand wohl für Christines etwas unsichere private Zukunft. Dieses arrogante Arschloch Steegmann bekannte sich nicht einmal jetzt zu Christine und dem Baby.

Aber gut, vielleicht hatte selbst er eine Chance verdient. Oda hatte mal irgendwo gelesen, dass jeder eine Aufgabe im Leben anderer zu erfüllen hatte. Das betete sie sich immer dann vor, wenn sie mal wieder von heftiger Wut gegen Typen wie Steegmann geplagt wurde. Dieses Mantra hatte sie vor Jahren gelernt. Nach der Scheidung von Thorsten.

Mit ihrer Freundin Petra hatte sie nahezu sämtliche Kurse in Esoterik und Selbstfindung besucht, die damals in ihrem näheren Umfeld angeboten worden waren. Man durfte sich ja nicht allem verschließen, und wer wusste schon, wofür es gut war. Einen neuen Partner – den Petra für sie in diesen Kursen zu finden hoffte, weil sie der Meinung war, Oda brauche einen Mann, der sensibler war als Thorsten – hatte Oda dabei zwar nicht gefunden, aber das war ihr eigentlich auch schon vorher klar gewesen. Solche Ommm-Typen waren einfach nicht nach ihrem Geschmack.

Sie brauchte etwas Handfestes. So einen wie Jürgen, selbst wenn sie sich recht häufig aneinander rieben. Aber das gehörte wohl dazu, wenn man sich jenseits der vierzig kennenlernte. Oda jedenfalls hatte für sich immer nur das aus den verschiedenen Kursen adaptiert, was ihr in den Kram passte.

Sie fuhr durch das große Tor auf den riesigen Garagenhof der Polizeiinspektion und schloss ihr Rad am Fahrradständer an. Eigentlich, dachte sie, müsste man die Räder unabgeschlossen stehen lassen können, so videoüberwacht, wie hier alles war. Vorsichtshalber schlang sie dennoch das dicke Stahlschloss um den Metallständer und das Hinterrad, bevor sie über den Parkplatz auf das Gebäude zulief.

Niekstеit saß bereits an seinem Schreibtisch. Er trug das gleiche T-Shirt wie am Vortag, heute sah es noch etwas verknitterter als gestern aus. Wer daraus schloss, Nieksteit habe die Nacht durchgearbeitet, der lag völlig daneben. Ihr Kollege kaufte nur alle Klamotten, die ihm gefielen, in dreifacher Ausführung. Darum konnte es vorkommen, dass er ein Shirt eine Woche lang trug, nur weil ihm gerade danach war. Und doch trug er nie dasselbe, sondern immer nur das gleiche. Behauptete er zumindest. Und

Oda glaubte ihm. Denn Niekstein roch nie nach Schweiß. Da gab es ganz andere Kollegen.

»Moin. Magste 'nen Kaffee?«, fragte Oda, als sie den Kopf ins offen stehende Büro ihres Kollegen streckte.

»Hab schon.« Niekstein hob seinen mit einem schwarzen Totenkopf verzierten St.-Pauli-Edelstahlbecher. »Aber das Wasser ist noch heiß. Ich glaub, ich hab das Nescafé-Glas neben dem Wasserkocher stehen lassen.«

Außerhalb der Besprechungen liebten er und Oda Instant-Kaffee. Weil man da so schön dosieren konnte. Und ebenso, wie sie in vielen anderen Dingen übereinstimmten, brauchten sie beide zu Beginn des Arbeitstages eine ordentliche Dosis Koffein, bevor sie in der Lage waren, vernünftig zu denken.

»Prima.« Oda schmiss ihre Jacke in das Büro, das sie sich mit Christine teilte, und gab in der Teeküche vier gehäufte Löffel in ihren Becher.

Den Kaffee in der Hand, lief sie zu Niekstein zurück.

»Haste schon was?« Sie setzte sich ihm gegenüber auf Heiko Lemkes Platz. Der kam freitags immer etwas später.

»Ja, die Tatwaffe war eine Walther PPK. Neun Millimeter. Das kam vorhin von der Ballistik rein.«

»Na, dann sind wir da ja schon ein Stückchen weiter. Und sonst?«

»Ich guck grad die Kontoauszüge vom Schmidt durch.« Niekstein grinste Oda mit seinem Lausbubenlächeln an. »Ist nicht wirklich viel, was da so abgebucht wird. Das Übliche. Miete, Gas- und E-Werk, Telefon, diverse Kleinigkeiten. Nur eine Sache ist auffällig: Schmidt hat jeden Monat eine nicht unerhebliche Summe auf das Konto einer gewissen Katharina Behrens überwiesen.«

Sofort stellten sich Odas Ermittlerantennen auf. »Aah! Meinst du, das könnte Unterhalt sein?« Sie plinkerte zufrieden mit den Lidern, und ihre Mundwinkel stießen fast an die Ohrläppchen, so griente sie, bevor sie resigniert mit den Schultern zuckte. »Aber dann hätte irgendeiner der Befragten uns bestimmt gesagt, dass es eine Exfrau gibt. In solchen Exbeziehungen kann ja immer auch ein Motiv liegen.«

Oda sprach gewissermaßen aus Erfahrung, denn in ihrer eigenen

Trennungs- und Scheidungsphase hatte es durchaus Momente gegeben, in denen sie den Vater ihres Sohnes hätte erwürgen können. Aber da die Strafe selbst bei einer Tat im Affekt hoch ausfiel und sie ihrem Sohn natürlich nicht den Vater durch Mord und die Mutter durch Knast nehmen wollte, hatte sie ihre Gefühle bei langen Radtouren abreagiert. Sie hatte sich absichtlich immer die Gegenwindrichtung ausgesucht und Thorsten in der Folge zwar weder erwürgt noch erdolcht, jede dieser Methoden und unzählig andere aber in Gedanken voller Inbrunst durchgespielt.

»Da steht nix von Unterhalt. Jedenfalls ist kein Verwendungszweck angegeben. Sind aber tausendfünfhundert Euro. Jeden Monat.«

»Mann, Mann, Mann. Was ist das nur für ein Typ gewesen? Geheimniskrämer hoch drei. Was da wohl dahintersteckt? Gibt's ja heutzutage gar nicht mehr, dass jemand so abgeschottet lebt. In seiner Wohnung gab's weder ein Foto einer Ex noch eines Kindes. Ich kann mir auch nicht vorstellen, dass das Unterhalt für ein Kind ist. Thorsten hat für Alex nie so viel gezahlt, und Thorsten verdient ja wirklich nicht schlecht.« Es hatte doch immer etwas für sich, aus eigener Erfahrung Vergleiche ziehen zu können, auch wenn Oda auf diese gern verzichtet hätte. »Es muss die Exfrau sein. Sonst hätte Gerdes erzählt, dass auf Schmidts Lohnsteuerkarte ein Kind eingetragen war.«

***

Es war doch jedes Mal das Gleiche. Wenn einmal was schieflief, lief alles schief. Warum sollte es ausgerechnet heute anders sein? Der Tagesbeginn mit der leeren Milchpackung im Kühlschrank und der fehlenden Reserve im Hauswirtschaftsraum hätte Silvia Warnung genug sein sollen. Solche Nachlässigkeiten passierten ihr erst seit einem Jahr. Früher nie, aber früher war ihr Leben ja auch in geregelten Bahnen verlaufen. Die gab es nicht mehr, seit Carsten in der Oberwohnung wohnte. Natürlich überwies er nach wie vor das monatliche Haushaltsgeld auf ihr Konto, und auch sonst lief finanziell alles wie bisher, aber es war eben nicht alles wie sonst.

Passend zum gestrigen Fiasko beim Abendessen, wo sie ihn auf einen Familiensegeltörn hatte einstimmen wollen, sprang heute ihr Auto nicht an und warf ihren gesamten Zeitplan über den Haufen. Um neun hatte sie den Termin beim Frauenarzt. Natürlich war sie wie immer sehr knapp dran – in Wilhelmshaven musste man ja keinen Stau einrechnen, und ihr Fahrrad stand seit bestimmt vier Wochen mit einem Platten am Hinterrad in der Garage.

Also blieb ihr nichts anderes übrig, als ein Taxi zu rufen. Sie hatte schon halb die Nummer des Unternehmens eingetippt, mit dem sie normalerweise fuhr, als ihr die Akte des Freigängers einfiel, die gestern auf Carstens Schreibtisch gelegen hatte. Die Telefonnummer des Arbeitgebers war darin aufgeführt und sehr eingängig gewesen, und aus einem Impuls heraus drückte sie diese Zahlen.

Erfreulicherweise traf das Taxi schnell ein, ein junger muskulöser Mann saß am Steuer. Silvia brauchte gar nicht groß zu fragen, sie sah sofort, dass er derjenige sein musste, dessen Akte sie gelesen hatte, schließlich war auch ein Foto darin gewesen. Neugierig ließ sie sich entgegen ihrer sonstigen Angewohnheit auf dem Beifahrersitz nieder und nannte dem Mann die Adresse ihres Frauenarztes. Die Art, wie der Mann souverän und auf eine ganz eigene Art mit dem Fahrzeug umging, die kein Angebergehabe barg, sondern vor animalischer Männlichkeit strotzte, gefiel Silvia. Da hatten selbst Tage, die mit Pech anfingen, noch Potenzial. Fasziniert sah sie dem Fahrer zu, dessen Muskeln unter dem qualitativ nicht wirklich hochwertigen T-Shirt mit offener Knopfleiste auf der Brust deutlich sichtbar waren.

Als er hielt, war sie überrascht, dass die Fahrt schon beendet war.

»Acht Euro siebzig«, sagte der junge Mann, der offenbar und Gott sei Dank nichts von dem mitbekommen hatte, was in den letzten Minuten durch Silvias Kopf gegeistert war.

Sie lächelte, öffnete den Reißverschluss ihrer Handtasche und hatte das Portemonnaie schon in der Hand, als sie aus dem Augenwinkel eine Gestalt wahrnahm, die sie zusammenzucken ließ.

Da vorn war Carsten. Was machte der denn hier? Silvia hielt in der Bewegung inne.

»Ist alles in Ordnung?« Die Frage des Taxifahrers klang eher routiniert als interessiert.

Silvia schüttelte kaum merklich den Kopf, sprechen konnte sie in diesem Moment nicht. Der Taxifahrer sah in die Richtung, in die Silvia starrte. Während er in diesem Augenblick sicher nur zwei Menschen wahrnahm, die sich auf den Mund küssten, sah Silvia mehr.

Sie sah ihren Ehemann, der eine andere Frau küsste. Eine Frau in einem naturfarbenen Kostüm und braunen Pumps, die ein hellblaues DIN-A5-Heft in der Hand hielt. Ein solches Heft hatte sie ebenfalls zweimal geführt. In den Schwangerschaften mit Marie und Carl.

Silvia brauchte nicht lange zu überlegen. Sie hatte schon länger die Befürchtung, dass ihr Mann eine außereheliche Affäre haben könnte. Silvia kannte das Passwort, mit dem Carsten sein Handy vor unbefugten Zugriffen schützte. Er war nachlässig, hatte es seit Jahren nicht geändert, sodass es ein Leichtes für sie war, ab und an seine Nachrichten zu kontrollieren. Leider wusste sie nicht, wer hinter dem Kürzel CC stand.

Sie schluckte und merkte, dass ihr das Schlucken schwerfiel.

»Ist alles in Ordnung?«, fragte der junge Taxifahrer erneut. Diesmal klang es weniger desinteressiert.

»Nein.« Die Bitterkeit in ihrer Stimme überraschte Silvia selbst. »Nichts ist in Ordnung. Gar nichts. Vielleicht wäre alles in Ordnung, wenn die da nicht wäre.«

Der Taxifahrer schien die Situation augenblicklich zu begreifen. »Ach so. Ehekrise.«

»Ja.«

»Und sie ist der Grund?«

»Ja.«

»Das kann man ändern.«

Silvia warf ihm einen irritierten Blick zu. »Wie meinen Sie das?«

»Nur so«, sagte der junge Mann und hielt seine Hand auf. »Ich krieg noch acht Euro siebzig.«

***

Kein Windhauch ging durch die Stadt, die Luft stand in den schmalen Gassen, die Temperaturen suggerierten Sommer, obwohl der noch weit entfernt war. Zumindest wenn man nach dem normalen Kalender ging. Tammo Gerdes lief hinüber ins Sudhaus. Heinz Frerichs hatte dort nach Schmidts Tod jede Menge zu tun, er hatte auch die Arbeit seines verstorbenen Kollegen stillschweigend übernommen. Das nötigte Gerdes Respekt ab und zeugte von der Verbundenheit, die die Mitarbeiter gegenüber der Brauerei empfanden – so wie die Brauerei im Gegenzug ja auch immer väterlicher Schutzschild für die Angestellten war. Für die meisten jedenfalls. Schwarze Schafe hatten auch hier keine Chance.

Er betrat das Sudhaus, das mit den großen Kesseln, die sich vom Eingangsbereich über die anderen Etagen zogen, noch jeden Besucher beeindruckt hatte, und lief auf das Büro zu, in dem Heinz Frerichs an der zentralen Steuerung saß.

»Wie geht's dir heute?«, fragte Gerdes. Andreas Schmidt und Heinz Frerichs hatten in diesem Bereich knapp zwanzig Jahre lang zusammengearbeitet. »Hast du es einigermaßen im Griff, oder soll ich dich ablösen lassen?«

»Nee. All up Stee.« Frerichs' Stimme klang brüchig.

»Wirklich?«

»Jo.«

Frerichs war ein typischer Ostfriese. Gefühle zeigte man nicht, zumindest nicht nach außen, alles wurde so knapp wie möglich behandelt und beantwortet.

»Wenn ich was für dich tun kann«, begann Gerdes, aber Frerichs ließ ihn gar nicht erst ausreden.

»Nun tu mal nicht so, als ob ich Andreas' Witwe wär«, polterte er los, wobei Gerdes die Trauer hinter der Grobheit hörte. »Ist alles im Lot. Muss jetzt eben 'n büschen mehr tun. Das passt schon.«

»Gut. Ist ja auch nur für 'ne Übergangszeit.«

»Ich hab gesagt, ich krieg das hin.«

Tammo Gerdes spürte deutlich die leichte Aggression, die von Frerichs ausging. »Die beiden Kriminalbeamtinnen machen auf mich einen kompetenten Eindruck«, sagte er in dem Versuch, ihn etwas aufzubauen. Frerichs zog allerdings skeptisch die Augenbrauen zusammen, und sofort schob Gerdes nach: »Ich glaub, die haben 'ne Menge Erfahrung und kriegen den Mistkerl bald, der das getan hat.«

»Jo.«

Über die Gegensprechanlage ertönte eine Stimme. »Eugen hier. Ich hab den Lader platziert. Könnt ihr den Treber rausjagen?«

Frerichs drückte die Sprechtaste. »Wie viel brauchste?« Eugen gab die Tonnen vor, und Frerichs tippte sie in seinen PC, der die Freigabe des Trebers auf Eugens Lkw, der zum Fuhrpark eines der großen Futtermittelhändler gehörte, veranlasste.

»Ist sonst noch was?« Er sah seinen Chef an.

»Nein.« Gerdes drehte sich um und verließ das Büro.

***

Erst als Carsten und die Unbekannte fort waren, stieg Silvia aus dem Taxi. Die letzten quälenden Minuten hatten weder sie noch der junge Mann etwas gesagt. Er hatte sich nur eine Zigarette aus der Ablage gefischt, sie auf Silvias Blick hin jedoch nicht angezündet. Jetzt lief sie schwerfällig die Stufen in den ersten Stock des Ärztehauses hinauf.

Carsten so unverhofft mit dieser Frau zu sehen, hatte sie tief getroffen. Bis heute wäre Silvia jede Wette eingegangen, dass die Nachricht von der Schwangerschaft einer Geliebten und die damit verbundene Verantwortung ihrem egozentrischen Gatten Anlass genug wäre, die Liaison zu beenden. Immerhin war es nicht das erste Verhältnis, dem sie auf die Schliche gekommen war. Vor ein paar Jahren hatte es schon einmal eine Affäre gegeben, aber damals hatte sie die Sache aussitzen können. Ob ihr das hier wieder gelingen würde, schien nach der gerade beobachteten Szene fraglich. Wenn er jetzt noch nicht das Weite gesucht hatte …

Sie drückte die gläserne Eingangstür zur Praxis auf, knipste ein strahlendes Lächeln an und näherte sich dem Empfangstresen. Silvia hatte die Auswahl ihres Frauenarztes natürlich auf Kompetenz gestützt, da sie aber mit Carl und Marie ihre Pflicht in puncto Nachkommenschaft erfüllt hatte, galt ihr Augenmerk nicht mehr der möglichen Betreuung während einer Schwangerschaft, sondern eher der Ausstattung der Praxis und den anderen Patientinnen. Hier traf man alle, die wichtig waren oder sich für wichtig hielten. Vielleicht, weil der Arzt trotz seiner etwas über sechzig Lenze in die Kategorie Frauenschwarm fiel.

»Guten Morgen. Steegmann. Ich habe einen Termin zur Kontrolluntersuchung«, sagte Silvia und reichte dem jungen Mädchen an der Anmeldung, das ein kleines Schild mit der Aufschrift »Ich lerne noch« am Kittel trug, ihre Versichertenkarte.

»Guten Morgen, Frau Steegmann.« Das Mädel lächelte. »Nehmen Sie bitte noch kurz im Wartezimmer Platz.«

Silvia tat so, als wollte sie die wenigen Schritte hinüber machen, zögerte und fragte wie beiläufig: »Ach, kann es sein, dass ich eben meine ehemalige Nachbarin habe rausgehen sehen? Wenn ich mich nicht irre, hatte sie einen Mutterpass in der Hand. Kriegt sie nun endlich den ersehnten Nachwuchs?«

»Ja.« Die Auszubildende strahlte sie an. »Frau Cordes war grad mit ihrem Mann da. Es ist ja auch für die Männer spannend, über Ultraschall zu sehen, wie das Baby im Bauch wächst.«

Tratschtante. In Sachen Datenschutz musste die noch einiges lernen. Silvia hoffte nur, dass man über sie nicht auch so eilfertig Auskunft erteilen würde.

Sie riss sich zusammen, immerhin hatte sie nun den Namen ihrer Rivalin erfahren. Frau Cordes. Mit Mann. Da versteckte sich Carsten also hinter dem Namen seiner Gespielin. »Na, das freut mich ja«, sagte sie unehrlich. »Ich setz mich dann ins Wartezimmer.«

»Ja.« Die Auszubildende reichte Silvia die Versichertenkarte zurück.

Eine Sprechstundenhilfe kam aus einem Raum hinter dem Empfangsbereich, grüßte, warf einen Blick auf den PC und lief mit Silvia zum Wartezimmer.

»Frau Hartmann, kommen Sie bitte zum Blutdruckmessen?«

Eine Frau von knapp sechzig stand auf, und Silvia nahm auf dem frei gewordenen Schwingsessel Platz. Sie griff zu einer Illustrierten, konzentrieren konnte sie sich jedoch nicht. Immer wieder erschien das Bild von Carsten und seiner Geliebten vor ihrem inneren Auge.

Als sie aus der Praxis trat, ins Taxi stieg und ihre Adresse nannte, drehte sich der Fahrer um. Es war derselbe Mann, der sie hergebracht hatte.

»Ich weiß, wo die beiden von hier aus hin sind, falls es Sie interessiert«, sagte er lax. »Den Namen der Frau habe ich auch. Den des Mannes brauche ich Ihnen ja nicht zu verraten.«

Am liebsten hätte Silvia fluchtartig das Taxi verlassen, doch sie blieb sitzen. Als ob der junge Mann ihre Gedanken gelesen hatte, gab er Gas und fädelte sich in den laufenden Verkehr ein.

***

Beschwingt lief Christine die wenigen Stufen ins Polizeigebäude hinauf, trällerte dabei den zwanzig Jahre alten Song »All That She Wants Is Another Baby« vor sich hin und fühlte sich richtig gut. Carsten war beim Arztbesuch dabei gewesen; es hatte sich angefühlt, als wären sie schon eine richtige Familie. In den vergangenen Wochen hatte sie ihm gegenüber mehrfach den Wunsch geäußert, ihn bei den Ultraschalluntersuchungen dabeizuhaben, damit er ebenso wie sie einen winzigen Augenblick lang ihrem Baby beim Wachsen zusehen konnte. Dass er ihrem Wunsch jedoch entsprechen würde, damit hatte sie nicht unbedingt gerechnet. Manchmal war Carsten ihr fremd, weil er keine stringente Linie fuhr und sie ihn und sein künftiges Verhalten dadurch nicht richtig einschätzen konnte. Vielleicht war diesem gemeinsamen Besuch beim Frauenarzt ja ein Umdenken seinerseits vorausgegangen, und es brachen endlich andere Zeiten an, in denen er offen an ihrer Seite stand. Das wäre phantastisch.

Immer noch das Lied auf den Lippen, kam sie auf dem Flur des K1 an, grüßte fröhlich ins Büro von Niekstelt und Lemke und eilte weiter in ihr eigenes, in dem Oda bereits intensiv auf den PC-Bildschirm starrte.

»Guten Morgen«, sang Christine, stellte mit Schwung ihre Ledertasche auf den Schreibtisch und fischte ihren Mutterpass heraus, in den sie das Ultraschallbild ihres Nachwuchses gelegt hatte. »Guck, so groß ist es schon. Und was es für eine niedliche Nase hat.«

Mit einem Lächeln nahm Oda das Bild entgegen. »Oh, wie süß«, stimmte sie zu. »Weißt du denn schon, was es wird?«

Christines Augen strahlten. »Ja. Wir haben es heute sehen können. Es wird ein Mädchen. Aber pssst … Keinem verraten!«

»Ein Mädchen. Wie schön.« Oda freute sich sichtlich. »Also, da übernehme ich gern die Patenschaft.«

»Oh ja. Das wär prima.«

»Aber …«

Natürlich, ohne ein Aber lief bei Oda hinsichtlich Christines Privatleben nichts.

»… wer ist denn ›wir‹?«

»Bitte?«

»Du sagtest, *ihr* hättet es heute sehen können. Und da du für dich normalerweise nicht den majestätischen Plural verwendest …« Oda ließ den Rest des Satzes unausgesprochen und hatte damit augenblicklich eine Nadel in Christines euphorischen Gefühlsballon gestochen, der nun schlagartig an Luft verlor.

Sie räusperte sich. »Carsten war mit.«

Oda zog nur fragend die Augenbrauen hoch.

»Ich hatte es mir gewünscht«, erklärte Christine beinahe trotzig, worüber sie sich im selben Augenblick maßlos ärgerte. Sie konnte zur Untersuchung mitnehmen, wen sie wollte, selbst wenn es Niesteit oder Lemke wäre.

»Ach so.« Ein undefinierbarer Blick traf Christine, dann reichte Oda das Bild zurück. »Sieht wirklich süß aus, deine kleine Maus. Hast du dir schon Namen überlegt?«

»Ja.« Christine steckte das Bild in den Mutterpass und diesen in ihre Handtasche. »Ich hab schon ein paar in der engeren Auswahl.« Über die hatte sie jedoch noch nicht mit Carsten gesprochen, und irgendwie war ihr dieses Thema nun doch etwas zu brisant, weshalb sie flugs auf Odas Bildschirm deutete. »Ist das eine von den Freigänger-Akten?«

»Jo. Die von Sören Egermann, dem Taxifahrer mit dem Unterarm-Tattoo. Der Knabe ist schon ein Früchtchen. Er ist nämlich doch in Schmidts Wohnung gewesen. Das beweisen seine Fingerabdrücke. Auch die von Tobias Kuhn hat das LKA eindeutig erkannt. Es lassen sich im Moment allerdings nicht alle Fingerabdrücke zuordnen, aber das werden wir auch noch rausfinden. Die Tatwaffe ist übrigens ’ne Walther PPK, hat die Ballistik gesagt. Und die Akte Kuhn hast du im Mail-Postfach.«

»Na, dann mache ich mich doch auch gleich an die Arbeit.«

Christine stellte die Tasche auf das niedrige Sideboard neben ihrem Schreibtisch. »Aber erst mal brauch ich einen Tee. Soll ich dir einen Kaffee mitbringen?«

»Unbedingt.« Oda hielt Christine ihren Becher hin.

***

Eine Kollegin also.

Der junge Mann hatte Silvia während der Fahrt berichtet, dass die Frau ihren Wagen auf dem Parkplatz der Polizei abgestellt hatte und mit einer Lässigkeit ins Gebäude gelaufen war, die darauf schließen ließ, dass sie das öfter tat. Sie war Polizistin.

Silvia zog eines der Einmalstaubputztücher aus der Pappschachtel im Schrank unter der Spüle und lief damit ins Wohnzimmer. Abwesend putzte sie den Schrank ab, den Wohnzimmertisch, nahm sich die silbernen Fotorahmen vor und wischte darüber, ohne die Bilder wirklich zu sehen.

Was sollte sie jetzt machen?

Nicht dass es etwas änderte, dass die Frau eine Kollegin und keine Geschäftsfrau war. Oder doch?

Ach, sie war einfach völlig konfus. Was wäre, wenn Carsten sich dieses Mal endgültig trennen und sich scheiden lassen würde? Wie stünde sie dann da? Ohne Ehemann, abgeschoben in die zweite Reihe. Einladungen würde es nur noch zu Frauengeburtstagen geben. Das kannte sie, sie selbst machte es ja nicht anders. Geschiedene Frauen wurden nur zu reinen Damenkränzchen eingeladen. Ein ungeschriebenes Gesetz. Es war doch allgemein bekannt, dass sich Frauen in ihrem Alter und sozialen Umfeld augenblicklich auf die Suche nach einem neuen Versorger machten, kaum dass der alte verabschiedet war. Denn so gut wie keine von ihnen war berufstätig geblieben, alle hatten sie die eigene Karriere für die Familie aufgegeben und sich gänzlich der Aufzucht der Kinder, der liebevollen Versorgung des Ehemannes und der Beaufsichtigung der Putzfrauen gewidmet. Sich selbst gönnte man frühestens, wenn die Kinder im Kindergarten und der Schule waren, ein paar freie Stunden in der Woche. Stunden, die Silvia aber nicht wie andere ihrer Freundinnen im Bridgeclub oder auf dem Golfplatz verbrachte. Sie stellte selbst diese Zeit in den Dienst der Kinder und betreute einmal wöchentlich die Schulcafeteria.

Wie würde es weitergehen?

Vielleicht kam es ja gar nicht zur Scheidung. Der Bauch dieser Zicke – Silvia verbot sich, den Namen der Frau überhaupt nur zu denken – hatte keine deutlich sichtbare Wölbung aufgewiesen. Also konnte die Schwangerschaft noch nicht weit fortgeschritten sein. Und was hatte der junge Taxifahrer noch gleich gesagt, als er ihre missliche Lage erkannt hatte? »Das kann sich ändern«?

Das stimmte natürlich. Gerade zu Beginn der Schwangerschaft konnte immer noch etwas schiefgehen.

***

Durch das auf Kipp gestellte Fenster drang das fröhliche Zwitschern der Vögel herein. Passanten unterhielten sich in einer Sprache, die Christine nicht verstand, und das Läuten einer Fahrradklingel verriet, dass irgendwer den Radweg blockierte. Doch sie nahm das alles nur am Rande wahr. Ihr Teebecher war noch zur Hälfte gefüllt, sie war nicht dazu gekommen, in Ruhe zu trinken, zu ergriffen war sie von dem, was in der Akte Tobias Kuhn stand. Sie bedauerte es, nicht selbst mit ihm gesprochen zu haben. Oda hatte erzählt, er habe einen sympathischen Eindruck gemacht. Aber man konnte eben keinem hinter die Stirn blicken, das hatte schon Christines Vater immer gesagt.

Sie schloss die Akte mit einem Mausklick, stützte das Kinn auf den aufgestellten Arm und spielte mit Daumen und Zeigefinger an ihrer Unterlippe, an der inzwischen kaum noch Lippenstift haftete. Der hatte sich längst für ihren Keramikbecher entschieden.

»Was grübelst du?«, fragte Oda, die einen kurzen Blick zu ihr herüberwarf, während sie auf der Tastatur ihres Rechners herumtippte.

»Ich versuche, die Informationen aus der Akte zu verdauen.«

»So heftig?«

»Ja.«

»Also, der Egermann ist auch kein Kind von Traurigkeit. Die Liste seiner Einträge im Bundeszentralregister ist länger als der

Einkaufszettel meiner Mutter zu Weihnachten. Einbruchdiebstähle, Überfälle, schwere Körperverletzung, die ganze Palette. Dass der nach seiner Freilassung tatsächlich auf der richtigen Seite des Gesetzes bleiben wird, wage ich zu bezweifeln. Er hat ausgesagt, er habe schon mit zehn, elf Jahren angefangen. Erst mit kleinen Diebstählen, dazu gelegentlich mal ein Feuer in einer Mülltonne gelegt, die Schule geschwänzt. Tiere hat er auch gequält. Frösche und Hühner. Eine Katze, die ihm über den Weg gelaufen war. Der kann wahrscheinlich gar nicht anders, als kriminell zu sein.«

»Tobias Kuhn ist nur einmal ausgerastet. Da aber richtig. Wenn du seine Geschichte liest, wird dir wirklich anders.«

»Erzähl.« Oda nahm die Finger von den Tasten und blickte interessiert zu Christine hinüber.

»Kurz gefasst ist Kuhn das Produkt einer Vergewaltigung. Seine Mutter war sechzehn, als sie auf dem Nachhauseweg von der Disco von einem Unbekannten zunächst belästigt und dann vergewaltigt wurde. Man hat diesen Mann nie gefasst, weil Kuhns Mutter keine Anzeige erstattete. Sie hatte ihren Eltern nämlich den Discobesuch verschwiegen und gelogen, sie werde bei einer Freundin schlafen. Da hat sie sich nicht getraut, ihnen die Wahrheit zu gestehen. Es muss verdammt schwer gewesen sein, mit der Vergewaltigung allein klarzukommen. Die Möglichkeit einer Schwangerschaft hat sie dabei wohl überhaupt nicht eingerechnet. Als sie dann feststellte, dass ihre Regelblutung ausblieb, hat sie sich immer noch nicht getraut, mit ihren Eltern zu reden, sondern wie eine Blöde Sport getrieben, war Ski laufen und hat sich immer wieder fallen lassen, um das Baby loszuwerden, aber irgendwann musste sie sich ihrer Mutter anvertrauen. Im Familienrat kam man überein, das Kind zur Adoption freizugeben. Keiner wollte etwas mit diesem Baby zu tun haben. Tobias' Mutter hat ihn sich nach der Geburt angeblich nicht einmal zeigen lassen. So kam er in eine Adoptivfamilie, die sich zwar liebevoll um ihn kümmerte und in der er sich auch wohlfühlte, die aber nicht unbelastet von Problemen blieb. Arbeitslosigkeit und Geldsorgen waren das eine, doch die Adoptivmutter bekam mit über vierzig noch unerwartet ein leibliches Kind. Obwohl sich die Eltern Mühe gaben, beide Kinder gleich zu behandeln, fühlte Tobias sich bald zurückgesetzt.

Er sagte laut damaligem Vernehmungsprotokoll, es seien Sätze gefallen, aus denen ihm schon früh klar geworden war, dass er andere Wurzeln hatte als sein Bruder. Dass er adoptiert war, erfuhr er allerdings erst nach seiner Konfirmation. Damals begann er, seiner leiblichen Mutter nachzuspüren. Er wollte ihre Liebe, glaubte, dass Mütter ihre Kinder automatisch lieben würden. Doch Ute Waldow fühlte sich bedroht und bedrängt, hatte selbst gerade erst Fuß gefasst in ihrem Erwachsenenleben und sich verliebt, was sie, so sagten es im Protokoll ihre Eltern, all die Jahre nicht gewagt hatte. Jedenfalls lehnte Ute Waldow jeglichen Kontakt zu ihrem Sohn ab, was der jedoch in zahlreichen Briefen und auflauernden Besuchen nicht akzeptieren wollte. Ute Waldows Eltern, die etwa im gleichen Alter wie die Kuhns waren, haben Kontakt zu Tobias' Adoptiveltern aufgenommen und sie gebeten, Tobias davon abzuhalten, Ute so massiv zu verfolgen. Das zeigte Wirkung. Ute Waldow berichtete ihren Eltern zwar, dass Tobias nach Feierabend ab und zu gegenüber ihrer Arbeitsstelle auf sie wartete, aber keine Versuche mehr unternahm, sich ihr zu nähern. So konnte sie sein Verhalten als unangenehm, aber nicht schlimm abtun, immerhin verband sie nichts mit diesem Menschen, wie ihre Eltern behaupteten.«

»Na ja. Man kann's ja auch verstehen«, meinte Oda. »Da wird ein junges Mädchen, das noch gar nicht weiß, wie ›Leben‹ überhaupt geschrieben wird, vergewaltigt und dadurch schwanger, da kann doch niemand erwarten, dass sie mütterliche Gefühle entwickelt.«

»Stimmt. Das kann niemand erwarten. Bis auf einen. Das ungewollte Kind.«

Oda zuckte mit den Schultern. »Ist wohl allgemein so. Man sagt, Kinder, die von ihren Eltern vernachlässigt werden, betteln geradezu um deren Liebe. Man versteht es zwar nicht, hört und beobachtet es aber ja immer wieder. Ich hätte Alex nicht so verwöhnen dürfen, dann wäre der sicher auch lieber zu mir.«

»Na, hör mal, du kannst dich doch über Alex nun wirklich nicht beklagen.«

»Stimmt.« Oda lachte. »Er ist schon ganz okay. Wenn er seine Bartstoppeln nach dem Rasieren nicht einfach im Waschbecken liegen lassen würde. Oder in seinem Zimmer schmutziges Geschirr mit Pizzaresten sammelt. Aber um zurück zum Fall zu kommen: Wegen was ist Kuhn denn nun verurteilt worden?«

»Er hat seine Mutter überfahren.«

»Was?«

»Ja. Und es kommt noch schlimmer. Als er sie überfuhr, war Ute Waldow im siebten Monat schwanger. Kuhn hat angegeben, er habe an dem Tag nur mit ihr reden wollen, habe sie angefleht, ihn als ihren Sohn anzuerkennen, sie müsse ihn doch auch lieben können, wenn sie sich auf das neue Baby freuen würde, er sei doch ebenso ein Teil von ihr. Aber sie hat ihn wohl wieder einmal brüsk abgewiesen. Er gab zu Protokoll, er sei dann ins Auto gestiegen. Als sie die Straße überquerte, habe er gesehen, wie sie die Hände auf ihren gewölbten Bauch legte. In diesem Moment dachte er, sie wollte sein Geschwisterchen vor ihm beschützen. Aber er hatte doch überhaupt nichts gemacht! Er war ein Mensch, der Liebe ebenso sehr verdiente wie alle anderen, und konnte ja selbst am wenigsten dafür, wie er gezeugt worden war. Dann hat er aufs Gaspedal gedrückt. Wenn seine Mutter *ihm* keine Liebe schenken wollte, sollte das Ungeborene diese Liebe auch nicht kriegen.« Christine räusperte sich. »So jedenfalls steht es in der Akte.«

Einige Sekunden verstrichen, bevor Oda antwortete. »Scheiße.«

***

Die Maisonne besaß eine enorme Kraft. Silvia genoss es, auf der Lounge-Garnitur unter der alten Eiche im Schatten zu sitzen. Das Mähen des Rasens, eigentlich ganz und gar nicht ihr Aufgabenbereich, hatte sie Kraft gekostet. Aber sie wollte Carsten zeigen, dass sie auf ihn eingehen, ihn unterstützen konnte, dass sie beide ein gutes Team bildeten.

Auf dem niedrigen Tisch in dunkler Flechtoptik mit Glasoberfläche stand ein Glas und im Kühler eine Flasche selbst gemachtes Limettenwasser neben einem frischen Blumenarrangement und einer brennenden rosafarbenen Stumpenkerze in einem hohen Glas. Silvia hatte sich der langen Hose mit den praktischen Taschen entledigt, die sie beim Gärtnern trug, und einen luftigen Rock zu ihrer legeren Bluse angezogen. Die Familiensaga, in die sie gerade völlig vertieft war, führte sie weit weg nach England, in eine Welt, die nicht ihre war und deren mehr oder weniger kleine Probleme sie von ihrer eigenen Misere ablenkten.

Marie brütete in ihrem Zimmer über den Schulbüchern. Silvia hatte es aufgegeben, sie anzuspornen, sich doch mal wieder mit Freundinnen zu verabreden. Sicher kam das über kurz oder lang von allein zurück. Carl war bei einem Freund. Für zwei, drei Stunden konnte Silvia sich entspannen, musste kein Klischee erfüllen, weder das der sich bemühenden Ehefrau noch das der aufopfernden Mutter, obwohl sie Letzteres tatsächlich als ihren Lebensinhalt betrachtete.

Ein Spatz landete keck auf der seitlichen Lehne der Flechtcouch, auf deren weißen Polstern sie es sich gemütlich gemacht hatte, und sah sie neugierig an. Vielleicht hoffte er auf Brot – oder Kekskrümel, doch mit beidem konnte Silvia nicht dienen. Sie achtete sehr auf ihre Figur.

Natürlich kochte sie für die Kinder ausgewogen. Sie selbst aß weder zu Mittag noch zu Abend, nur in Carstens Gegenwart gönnte sie sich eine Scheibe Vollkornbrot mit Tomate. Und das auch nur, damit er das gemeinsame abendliche Essen nicht schmiss und sie so vor den Kindern den Eindruck erwecken konnte, alles befinde sich auf einem guten Weg, wieder hin zur Familie. Ihr schmeckte schon lange nichts mehr. Und sie war fest davon überzeugt, dass Carsten sie längst verlassen hätte, wenn sie sich nicht so beharrlich auf Kleidergröße sechsunddreißig gehalten hätte. Er legte von jeher großen Wert aufs äußere Erscheinungsbild. Mit ihr hatte er sich immer überall blicken lassen können, und sie hatte gespürt, wie er die anerkennenden Blicke anderer Männer genoss, deren Frauen längst zu Matronen geworden waren.

Manchmal hatte er sie gebeten, nicht allzu viel zu sagen, sondern den Menschen, die sie trafen, einfach nur zuzuhören. Das würde Interesse simulieren und positiv auf sie zurückfallen – vor allem auf ihn, der ja mit dieser intelligenten Frau gesegnet war. Natürlich war sie seinen Anweisungen gefolgt. Und es hatte sie mit Stolz erfüllt, wenn Carsten ein paar Tage später berichten konnte, ihre Gesprächspartner seien von der interessanten Unterhaltung sehr angetan gewesen, obwohl sie doch nichts anderes getan hatte, als ihnen zuzuhören. Insgeheim hatte Silvia über diese Männer den Kopf geschüttelt. Egomanen, Egozentriker, alle zusammen. Aber so waren die Männer wohl. Hauptsache, sie konnten von sich erzählen.

Carsten hatte nach Feierabend auch immer viel erzählt. Er wollte sie auf diese Weise wohl in seinen Job einbinden. Silvia allerdings hatte sein Mitteilungsbedürfnis als Belästigung empfunden und ihm nie richtig zugehört. Immerhin hatten sie klar definierte Aufgabenbereiche: Er war fürs Geldverdienen zuständig, sie für die familiären Angelegenheiten. Dass sie ihrem Mann besser hätte zuhören sollen, war ihr nun klar geworden.

Heute Abend würde sie ihn auf den Urlaub ansprechen. Darauf, dass sie, Marie und Carl gern mit ihm einen Segeltörn machen würden. Denn so einfach wollte sie es ihm nicht machen, sich aus allem rauszuwinden.

Der Spatz blinzelte sie noch einmal an, dann flog er davon, sicher enttäuscht darüber, nicht mal einen Krümel ergattert zu haben. Silvia schmunzelte. In was für einem Paradies sie doch lebte. Spatzen tummelten sich, Insekten flogen herum. Zwar könnte sie auf den Maulwurf verzichten, der penetrant sämtliche Fallen umging und sich sicher heimlich ins Fäustchen lachte, wenn er einen ohnehin schon großen Hügel noch weiter ansteigen ließ, aber letztlich gehörte auch er zu diesem herrlichen Fleck Erde, den sie ihr Zuhause nannte.

Sie hatte sich gerade ein weiteres Glas Limettenlimonade eingeschenkt, als sie über die Lautsprecheranlage das Klingeln an der vorderen Haustür hörte. Widerwillig stand sie auf. Besuch war nicht angekündigt, bestellt hatte sie nichts, sicher war es DHL oder UPS mit einem Paket für die Nachbarn. Man half sich untereinander, das machte das Leben in diesem Viertel angenehm. Man kannte sich, hing sich jedoch nicht ständig auf der Pelle, akzeptierte die Privatsphäre der anderen.

Sie staunte nicht schlecht, als der muskulöse Taxifahrer von heute Morgen vor ihr stand. Argwöhnisch blickte sie ihn an. »Habe ich etwas im Wagen vergessen?«

»Nein.« Sein selbstbewusstes, charmantes Lächeln irritierte sie, gleichzeitig fühlte sie sich unwohl. Beinahe nackt mit den unbestrumpften Beinen unter dem kurzen Rock.

»Weswegen sind Sie sonst hier?«

»Ich habe nachgedacht. Über heute Morgen. Über das, was Sie gesagt haben. Sie wissen schon. Als Sie Ihren Mann und diese Frau gesehen haben.« Er sah sie an und schwieg. Sie schwieg ebenfalls. Nach schier endlosen Momenten ergänzte er: »Sie haben gesagt: ›Wenn die nicht wäre …‹«

»Ja und?«

»Was wäre es Ihnen denn wert?«

»Wie, was wäre es mir wert?«

»Na, was wäre es Ihnen wert, dass die nicht mehr ist?«

»Sie sind ja nicht recht bei Trost.« Silvia war schockiert.

»Sie können es sich ja überlegen.« Er verzog amüsiert die Lippen. Das wirkte beinahe überheblich. »Wenn er sich für die neue Frau entscheidet, der Herr Staatsanwalt, und Sie dieses nette Anwesen verlassen müssen, sehen Sie das vielleicht anders.« Das Lächeln in seinem Gesicht reichte vom Mund bis hoch zu seinen stahlblauen Augen. Er zog einen Zettel aus der Vordertasche seiner Jeans. »Falls Sie mögen, rufen Sie mich einfach an. Schönen Abend noch.« Er tippte sich grüßend an die Stirn, drehte sich um und ging lässig davon.

Vollkommen überfordert blieb Silvia in der Tür stehen, bevor sie sie langsam schloss.

Den Zettel zerknüllte sie in ihrer Hand und warf ihn in den Altpapierkorb in der Küche.

***

Kaum ein Lüftchen wehte, die Vögel tirilierten unbekümmert ihre frühlingshaften Balzsymphonien, als Tobias das alte Sportfahrrad, das stets auf dem Hinterhof der Taxi-Zentrale für alle Fälle abgestellt war und dessen hinteres Schutzblech mehr von Rost denn von irgendetwas anderem zusammengehalten wurde, vor der Villa anschloss. Kurz darauf hielt er leicht verschwitzt die Hand der Frau, wegen der er hier war. Sie sah ihn aus großen Augen an, ohne etwas zu sagen.

Der Linoleumboden des Zimmers musste frisch gewischt worden sein, er glänzte noch feucht, und ein leichter Geruch nach Putzmitteln hing in der Luft.

»Entschuldige, ich bin heute etwas später dran«, sagte er, nachdem er sie zärtlich auf die Stirn geküsst hatte. »In der Firma war eine Menge los. Die Polizei war da. Hat Fragen über Fragen gestellt, und du weißt ja, wenn der Chef nicht im Haus ist, bin ich der Ansprechpartner für alle, besonders jetzt, wo Andreas ums Leben gekommen ist.«

Ein Stöhnen kam aus dem Bett, zu mehr war die Frau nicht in der Lage. Lange schon lag sie hier, konnte nicht leben und nicht sterben. Tobias strich ihr über die Stirn. »Keine Angst. Ich bin ja bei dir.«

Etwas ermattet ließ er sich auf den Stuhl sinken, den er neben ihr Pflegebett geschoben hatte. Hielt ihre Hand, streichelte die knochigen Finger. Es tat ihm gut, bei ihr zu sein. Auch wenn sie ihm nicht antworten, auf nichts, was er sagte, wirklich reagieren konnte, war dieser Raum ihm doch ein Zuhause. Hauptsache, er konnte hier bei ihr sein. Zärtlich strichen seine Finger über ihre dünne Hand. Er fühlte, wie ihm das Herz weit wurde vor Glück.

***

Der Vormittag war aufwühlend gewesen, da hatte selbst die Dreiviertelstunde Autofahrt von Wilhelmshaven in sein Büro nach Oldenburg keine Distanz schaffen können. Carsten hatte sich bemüht und zumindest die heute anstehenden Termine vernünftig abgearbeitet, doch auch am Schreibtisch in seinem Büro kreisten seine Gedanken, selbst wenn das Telefon mal nicht ständig klingelte und der Mailverkehr sich ausnahmsweise im Rahmen hielt. Er steckte in einem Zwiespalt, fühlte sich wie die Nordsee, hin- und hergerissen zwischen Ebbe und Flut. Ebbe, das war Silvia, Flut mit all ihrer Kraft und Unbändigkeit Christine.

Resigniert packte Carsten die Akten in seine Tasche. Hier würde er heute nicht mehr konzentriert arbeiten können, doch das war es, was er den Angeklagten schuldig war, deren Akten er zu studieren und über deren Vergehen er sich ein Urteil hinsichtlich des Strafmaßes zu bilden hatte. Vielleicht fand er zu Hause mehr Ruhe.

»Schönen Feierabend«, sagte er. Sein Kollege sah verdutzt auf. Carsten wartete die Antwort nicht mehr ab. Während er das

Gebäude der Staatsanwaltschaft verließ und auf sein Auto zulief, geisterte das Bild des kleinen Wesens durch seine Gedanken, dessen Herztöne, die einem glucksenden Schlagen im Wasser glichen, er heute gehört hatte. Er ließ sich auf den Fahrersitz fallen, startete den Motor und fädelte sich in den Oldenburger Straßenverkehr ein. Als er auf die Autobahn fuhr, drückte er das Gaspedal durch. Eigene Aufmerksamkeit durch hohe Geschwindigkeit erzwingen, das hatte bei ihm schon immer funktioniert. Er schaltete das Abblendlicht ein und setzte den linken Blinker. Der Tacho zeigte zweihundertzehn. Die Autos auf der rechten Spur flogen an ihm vorbei. Ebenso Büsche und Bäume. Einmal musste er stark in die Eisen steigen. Irgendein Vollidiot überholte mit Tempo hundertzwanzig ein anderes Fahrzeug. Hatte der keinen Rückspiegel? Carsten drückte auf die Hupe. Gab Gas. Setzte sich vor den Vollidioten. Bremste ab, um augenblicklich wieder Gas zu geben. Im Rückspiegel sah er das Entsetzen im Gesicht des Fahrers. Gut so. Dem hatte er eine Lektion erteilt. Der würde es sich in Zukunft garantiert zweimal überlegen, ohne Blick in den Rückspiegel auf die linke Spur zu wechseln.

Als er die Autobahn verließ, drängten sich die Bilder und Gedanken zurück in sein Bewusstsein. Das Spiel war aus. Er musste endlich eine Wahl treffen. Konnte sich nicht, wie vor ein paar Jahren bei Brigitte, nach siebzehn Monaten einfach aus der Affäre herauswinden. Die Sache mit Christine war von Beginn an anders gewesen. Ernster.

Weder Carl noch Marie kamen ihm entgegengelaufen, als er seinen Wagen auf der Auffahrt abstellte. Ein gutes Zeichen. Er hoffte, beide waren an diesem frühsommerlichen Tag mit Freunden verabredet und tollten herum, wie es sich für Kinder ihres Alters gehörte.

Er steckte den Schlüssel ins Schloss und wollte gerade die Treppe hinaufgehen, als Silvia im Eingang zum Untergeschoss auftauchte. Sie trug einen kurzen Rock, der ihre schlanken Beine betonte. Immer noch konnte sie derartige Kleidung tragen. Zudem unterstrich der Rock ihre schmale Figur. Christine hingegen würde in den kommenden Monaten … Er verbot sich diesen geschmacklosen Vergleich. Christine war schwanger.

»Ich hab Limettenlimonade gemacht«, sagte Silvia, »die trinkst du doch so gern.« Wenn sie überrascht war, ihn zu dieser unüblichen Zeit zu Hause zu sehen, zeigte sie es nicht. »Setzt du dich einen Moment zu mir unter die Eiche, bevor du dich wieder deinen Akten widmest?«

Warum nicht?, dachte Carsten, stellte seine Tasche auf die Treppe, lockerte die Krawatte und folgte Silvia hinaus in den Garten. Überrascht stellte er fest, dass der Rasen gemäht war. Auf dem Tisch stand eines ihrer kunstvollen Blumenarrangements aus den derzeit im Garten wachsenden Blüten und Gräsern, in einem großen Glas brannte eine Kerze. Silvia kam mit einem Glas für ihn aus der Küche, Eiswürfel klirrten darin. Sie goss die Limonade darüber.

»Bitte. So magst du sie am liebsten. Eisgekühlt.«

Er sah sie skeptisch an, während er sich setzte. »Hast du einen Gärtner beauftragt?«

»Einen Gärtner?«

»Der Rasen?« Er konnte den sarkastischen Unterton in seiner Stimme nicht vermeiden.

Silvia lächelte unsicher. »Ach so. Nein. Ich hab ja gemerkt, wie viel du zu tun hast, und da dachte ich, ich entlaste dich ein wenig.«

Er schüttelte unmerklich den Kopf. Was bezweckte sie damit?

»Wie kommt es, dass du heute so früh zu Hause bist?«, fragte Silvia interessiert und setzte sich trotz des kurzen Rockes so gekonnt, dass alles korrekt saß.

»Es gab ein bisschen zu viel Ablenkung heute. Danke für die Limonade.« Carsten trank einen Schluck und hatte den Eindruck, als würde Silvia für einen Moment die Zähne aufeinanderbeißen. Das ließ ihn innerlich aufstöhnen. Konnte es mit dieser Frau denn gar keinen auch noch so kurzen entspannten Moment mehr geben?

Nein. Wahrscheinlich so lange nicht, bis er klare Fronten geschaffen hatte. Und warum das nicht jetzt gleich tun, wo weder Marie noch Carl in der Nähe waren?

»Weißt du …«, begannen beide gleichzeitig, stoppten und sahen sich an.

»Du zuerst«, sagte Carsten, ganz Gentleman und froh darüber, einen kleinen Aufschub erhalten zu haben.

»Weißt du«, wiederholte Silvia und sah ihn aus großen Augen an. »Ich habe mit Carl und Marie gesprochen. Über die Sommerferien. Sie würden gern mit uns zusammen auf der ›Henriette‹ die Ostfriesischen Inseln entlangsegeln.«

Überrascht stellte Carsten sein Glas auf den Tisch, dass es klirrte. »Wie bitte?« Das konnte nicht Silvias Ernst sein. Seit Jahren wünschte er sich, mit Frau und Kindern auf der »Henriette« Urlaub zu machen, stets hatte Silvia abgelehnt, weil sie angeblich furchtbar seekrank war. Und nun wollte sie gleich den kompletten Sommerurlaub auf dem Boot verbringen? Das stank doch zum Himmel. Kalt sah er sie an. »Was soll das, was hast du vor?«

»Nichts.« Silvia schien auf der Couch zurückzuweichen. »Ich habe nur gedacht, das könnte eine Chance für uns sein. Wenn wir alle zusammen den Urlaub verbringen, den du dir immer gewünscht hast. Ich möchte einfach alles tun, damit wir wieder eine Familie werden.«

Abrupt sprang Carsten auf. Wenn er eines am heutigen Tag nicht gebrauchen konnte, dann eine Silvia, die, Verständnis heuchelnd, um ihn herumscharwenzelte. Heute nicht. Seit heute Morgen waren die Weichen neu gestellt, auch wenn ihn diese neue Weichenstellung kolossal belastete. Sein Handy klingelte. Er zog es aus der Innentasche seines Sakkos.

Christine. Einen unpassenderen Augenblick hätte sie sich nicht aussuchen können, obwohl sie natürlich nicht ahnen konnte, dass er um diese Uhrzeit ausnahmsweise schon zu Hause und nicht mehr im Büro war. Völlig überfordert nahm er das Gespräch an. »Ich kann gerade nicht. Ich melde mich später.« Er drückte den roten Hörer, und das Gespräch erstarb. Er würde Christine später alles erklären.

»Das war sie, nicht wahr?« Silvias Ton klang fauchend.

»Bitte?« Carsten versuchte, einen kühlen Kopf zu bewahren.

»Das war deine Geliebte, habe ich recht?« Silvias sonst wohlmodellierte Stimme klang schräg, als würde man auf einer Säge geigen.

»Ich weiß nicht, was du meinst.«

»Ich habe euch gesehen.« Silvia lehnte sich zurück, ihre Augen sprühten wütende Funken. »Aber wenn du denkst, du kannst mich und die Kinder wegen so einer abservieren, dann hast du dich getäuscht. Das lasse ich nicht zu. Ich kämpfe um dich. Deine Kinder und ich kämpfen um dich. Darum, dass wir wieder eine Familie werden. Und wenn nicht, mein Lieber, werde ich dich finanziell ausbluten lassen, dass du nie wieder auf einen grünen Zweig kommst.« Sie schnaufte, als habe sie eine lange Strecke rennen müssen.

Carsten sah sie schweigend an. Bestimmt anderthalb Minuten vergingen, ohne dass einer von ihnen einen Ton sagte. Nur Silvias lautes Atmen mischte sich ins Konzert der Vögel und Insekten.

Mit einem Mal wusste Carsten, was er zu tun hatte. »Du hast recht«, sagte er. »Es gibt eine andere Frau in meinem Leben. Natürlich bin ich immer für die Kinder da. Aber wenn du es schon so direkt ansprichst, kann ich es dir auch ebenso direkt sagen: Ich lasse mich scheiden.«

***

»Ich glaub, ich guck jetzt gleich schon in die andere Akte, schickst du sie mir mal rüber?« Christine blickte Oda an. »Die Zusammenfassung über Kuhn hab ich in die Ermittlungsakte getippt.«

»Brauchst nicht die ganze Akte zu studieren, meine Zusammenfassung über Egermann ist auch schon gespeichert«, gab Oda zurück.

»Sei mir nicht böse, aber ich möchte trotzdem gern das Original studieren.« Anders als manche ihrer Kollegen, die diesbezüglich gern schummelten und die Zusammenfassungen als »Informationsabkürzung« bezeichneten, bevorzugte Christine es, die Details zu kennen.

»Das hat doch Zeit bis Montag«, meinte Oda, die bereits dabei war, ihren Schreibtisch aufzuräumen. »Ist eh spät genug. Niesteit und Lemke sind auch schon weg. Mach dir ein schönes Wochenende. Das Wetter soll ja mitspielen, zumindest soll es trocken bleiben.«

Christine sah Oda nur an.

»Brauchst gar nicht diesen Blick aufzusetzen«, entgegnete Oda, »ich mach jedenfalls Feierabend. Jürgen und ich wollen heute

Abend ins ›Nautimo‹. Saunieren. Haben wir uns verdient nach dem Stress, den wir der letzten Zeit hatten.«

»Ist Laura denn schon weg?« Christine schämte sich ein bisschen, dass sie angesichts ihrer eigenen Probleme den Überblick über Odas privates Patchwork-Chaos verloren hatte. Oda und Jürgen hatten zusammenziehen wollen, als von jetzt auf gleich Jürgens fünfzehnjährige Tochter Laura – das Resultat einer kurzen, aber für Jürgen schicksalsträchtigen Affäre – beschlossen hatte, aus Berlin zu ihrem leiblichen Vater zu ziehen, den sie bis dahin überhaupt nicht gekannt hatte.

Da Oda bis zu jenem Zeitpunkt keine Ahnung von Lauras Existenz gehabt hatte, war es zu einer Belastungsprobe für ihre Beziehung gekommen, die Jürgen und sie jedoch gemeistert hatten. Nur mit dem Zusammenziehen hatte es nicht geklappt, denn für eine Familie mit zwei fast schon erwachsenen Kindern, von denen das eine die anderen drei Familienmitglieder überhaupt nicht kannte, war die neue Wohnung nicht ausgelegt. So lebten sie eben weiterhin in getrennten Wohnungen. Egal, die Hauptsache war, dass ihre Beziehung überlebt hatte. Oda sah das ganz nüchtern.

Christine glaubte, dass Oda insgeheim sogar erleichtert darüber war, nicht mit einer ihr unbekannten revoltierenden Fünfzehnjährigen Bad, Küche und Mann teilen zu müssen. So waren alle zufrieden. Christine gönnte es Oda. Hoffte sie selbst doch auch, irgendwann von Carstens Kindern gemocht zu werden.

»Nee. Die geht erst mit Beginn der Sommerferien zurück nach Berlin. Jürgen und Martha sind sich einig, dass sie das Schuljahr hier noch zu Ende machen und nicht glauben soll, sie könne ständig von einem zum anderen wechseln. So was muss man strikt durchziehen, hat Jürgen gesagt. Als erzieherisches Moment. Andernfalls täte man Laura keinen Gefallen für ihr weiteres Leben.«

»Womit er recht hat.«

»Was ist, kommste mit?« Oda schloss das auf Kipp gestellte Bürofenster, und augenblicklich verstummten die Geräusche von außen.

»Nein, ich möchte mir die andere Akte wirklich noch ansehen. Es kommt mir auffällig vor, dass unser Opfer gemeinsam mit zwei Freigängern in einem Taxi-Unternehmen gearbeitet hat.

Vielleicht ist das kein Zufall, und es gibt eine Verbindung. Nimm nur mal Niecksteits Mafia-Szenario. Du hast erzählt, Egermann sei ebenfalls nicht von schlechten Eltern. Vielleicht haben die drei, Egermann, Kuhn und Schmidt, übers Taxifahren irgendwas am Laufen gehabt. In den Akten könnte es einen Hinweis geben, der uns zum Täter führt. Die Spurensicherung hat ja unter anderem auch die Fingerabdrücke von Kuhn und Egermann in Schmidts Wohnung gefunden.«

»Tu, was du nicht lassen kannst, ich hab jedenfalls jetzt Wochenende. Es sei denn, irgendjemand murkst noch einen aus dem Umfeld der Taxi-Zentrale ab. Ansonsten sehen wir uns Montag in alter Frische.« Oda hob grüßend die Hand, als sie das Büro verließ.

Christine öffnete Egermanns Akte. Doch schon nach wenigen Minuten überlegte sie es sich anders, schloss die Datei per Mausklick, griff zum Telefon und drückte die Ziffern von Kuhns Handynummer. Ein Gespräch mit ihm schien ihr wichtiger zu sein.

Keine Viertelstunde später saß sie Tobias Kuhn im kleinen Supermarktcafé auf der anderen Straßenseite der Taxi-Zentrale gegenüber. Der junge Mann wirkte reserviert.

»Ich hab Ihrer Kollegin doch schon alles gesagt. Was woll'n Sie denn noch von mir?«

»Erst mal möchte ich wissen, wie Sie die Beziehung zwischen Andreas Schmidt und Sören Egermann einschätzen«, begann Christine.

»Warum?«

»Weil Sie in diesem Fall ein Zeuge sind und ich in unseren Protokollen keinen Hinweis darauf gefunden habe, dass Sie sich dazu geäußert haben.«

»Ach so.« Tobias Kuhn entspannte sich. »Also, die waren nur Kollegen. Nicht so wie Andreas und ich, wir kannten uns besser.«

»Also war Sören Egermann nie in Schmidts Wohnung?«

»Ah, daher weht der Wind.« Kuhn sah sie argwöhnisch an.

»War er?«

Ihr Gegenüber stieß nachdenklich die Luft aus. »Doch, ich glaub schon, dass er mal auf ein Bier mit oben war. Aber nicht oft.«

»Okay. Danke.«

Kuhn zog die Stirn kraus. »Das war alles?«

»Nein. Ich habe Ihre Akte gelesen und wollte gern einen persönlichen Eindruck gewinnen.« Oh nein, das war jetzt absolut nicht professionell. Was war nur los mit ihr?

»Sie wollten gucken, wie einer aussieht, der seine schwangere Mutter totgefahren hat, stimmt's?«

Automatisch legten sich Christines Hände schützend über ihren Bauch. Kuhn sortierte diese Bewegung auf Anhieb richtig ein.

»Ach, Sie sind selbst schwanger? Deshalb dieses Interesse an mir?« Er lächelte ironisch. »Ich hoffe, Sie haben einen Eindruck gewonnen, der zu Ihren Annahmen passt.« Er schlürfte beinahe provokativ den Kaffee aus dem weißen Wilhelmshaven-Pott mit rotem Leuchtturm. »Trauen Sie es mir zu? Sind Sie zufrieden mit dem, was ich Ihnen biete?«

»Darum ging es mir nicht«, sagte Christine ruhig. »Eine Tat, wie Sie sie begangen haben, entsteht nur unter hoher emotionaler Belastung. Ich habe das Vernehmungsprotokoll gelesen, in dem all Ihre Pein deutlich wurde. Jetzt haben Sie ausgesagt, zu Andreas Schmidt ein freundschaftliches, ein geradezu vertrauliches Verhältnis gehabt zu haben.«

»Und deswegen hab ich ihn umgebracht, oder was?«

»Nein, das habe ich überhaupt nicht sagen wollen. Ich stelle mir nur vor, wie das für Sie sein muss. Nach all den Jahren, nach Ihrer Vorgeschichte, bauen Sie eine enge Beziehung zu einem Menschen auf, und der wird getötet. Ich frage mich, inwieweit die Trauer und Wut darüber, diesen Menschen verloren zu haben, der damaligen Wut auf Ihre Mutter gleicht.«

»Also halten Sie mich doch für einen Mörder, oder wie?«

»Nein. Ich glaube nur, dass Sie sich gerade wieder in einer ziemlich extremen emotionalen Situation befinden. Und ich möchte, dass Sie wissen, dass Sie sich jederzeit an meine Kollegin und mich wenden können, wenn Sie merken, dass etwas in Ihnen zu explodieren droht. Wir sorgen dann dafür, dass Sie schnell therapeutische Hilfe bekommen, ich glaube nämlich nicht, dass Sie ein eiskalter Killer sind.«

»Was Sie so alles in mich hineininterpretieren … Ihre therapeutische Hilfe können Sie sich sonst wohin stecken. Da geht nix durch in mir, garantiert nicht. Warum auch? Andreas war ein guter Kumpel. Nun isser tot. Scheiße gelaufen, aber das hat nix mit mir zu tun. Warum sollte ich einem Kumpel so was antun? Woher hätte ich 'ne Waffe kriegen sollen? Und überhaupt: Es dauert nicht mehr lang, und dann bin ich raus. Das wird allerdings kaum passieren, wenn die befürchten, in mir könnte was explodieren.« Er schüttelte den Kopf. »Nee, nee. Das vergessen Sie mal schön wieder. Mit mir ist alles in Ordnung.« Er sah sie mit eiskaltem Blick eindringlich an. »Haben Sie das verstanden? Mit mir ist alles in Ordnung.«

Er ließ den halb vollen Becher stehen, als er aufstand und wütend davonging.

***

Die Nächte waren immer noch empfindlich kühl. Und das Haus alt. Man müsste mehr in die Isolierung investieren, hatte sein Neffe Jan gesagt, der als Ingenieur tätig war. Dann könnte man eine Menge Energiekosten sparen. Aber davon wollte Enno nichts wissen. Keiner seiner Vorfahren war aufgrund mangelnder Isolierung gestorben, und schließlich benutzten sie in den kühleren Jahreszeiten die dicken Daunendecken, gefüllt mit den Federn eigener Gänse.

Die Außentemperaturen lagen heute nur bei knapp fünfzehn Grad, und Frieda hatte gefroren, deshalb war sie ausnahmsweise schon kurz vor dem ZDF Heute Journal ins Bett gegangen, den Roman »Kaltblut« von Manfred C. Schmidt als E-Book dabei. Sie war ganz gebannt, als Enno ins Schlafzimmer trat.

»Du schläfst ja noch gar nicht.« Er legte seinen dunkelblauen Bademantel mit Flaggenmuster am Kragen auf dem stummen Diener ab.

»Ich kann nicht. Immer wenn ich die Augen zumache,muss ich an Andreas denken. Ist ja noch gar nicht lang her, dass ihr hier Skat gespielt habe. Und nun ist er tot. Deswegen lenke ich mich ab.« Sie setzte sich auf und lehnte sich an das hölzerne Kopfteil des Ehebettes, in dessen Mitte sich eine geschnitzte Blume befand.

»Jo.« Enno streifte seine Socken ab, hob die karierte Jersey-Bettwäsche an und schlüpfte darunter. »Furchtbar, das alles. Haben sich Heinz oder Hilke noch mal gemeldet? Wissen die schon mehr? Also, ich meine, weiß die Polizei schon mehr?«

»Nein.« Frieda legte den E-Book-Reader auf ihren Nachttisch und kuschelte sich an Enno. Der grunzte kurz, rutschte dann ebenfalls in die Horizontale und zog sie an sich. »Müssen wir Angst haben, Enno?«, fragte Frieda, als er seine Hand unter ihr Nachthemd wandern ließ.

»Nein. Es kommt immer wieder vor, dass Menschen Verbrechen zum Opfer fallen.« Seine Hand strich über ihren Bauch, glitt hoch zu den Brüsten. »Es ist reiner Zufall, dass es mit Andreas ausgerechnet jemanden erwischt hat, den wir kennen. Statistisch gesehen ist die Möglichkeit, dass einer aus dem eigenen Freundeskreis einem Verbrechen zum Opfer fällt, verschwindend gering. Und war er überhaupt ein Freund? Haben wir ihn wirklich gut gekannt? Schließlich ist er nur durch Heinz in die Kartenrunde gekommen. Der hat ihn wesentlich besser gekannt als wir. Meinst du nicht?« Ruckartig fuhr Enno mit seiner Hand nach unten. Dorthin, wo Frieda keinen Slip trug. Seine Finger stießen zwischen ihre Beine.

Sie zuckte zusammen.

Montag

Das Wochenende war ein einziges Grauen gewesen. Wie zu Beginn ihrer Schwangerschaft mit Marie hatte Silvia sich permanent übergeben müssen. Sie war in diesen zwei Tagen um vier Kilo abgemagert. Carsten war ihr aus dem Weg gegangen, hatte sich allerdings so viel Zeit für Marie und Carl genommen, dass beide Kinder hellhörig geworden waren und gefragt hatten, was denn los sei. Marie, die gerade miterlebt hatte, dass die Oma ihrer Freundin nach längerer Krebserkrankung und Chemotherapie verstorben war, hatte sich ängstlich an Silvia geschmiegt, als sie wieder einmal nach einer Übelkeitsattacke aus dem Bad geschlichen kam.

»Mama, aber du bist doch nicht so krank wie Helens Oma?«

Silvia hatte versucht, ihre Tochter zu beruhigen, bezweifelte jedoch, dass es ihr tatsächlich geglückt war. Zu sehr war sie in ihrem Elend gefangen. Zu sehr ekelte sie sich vor sich selbst, verabscheute sich dafür, Carsten hinterhergelaufen zu sein.

In der Nacht auf Samstag hatte sie sich mit einer ganzen Flasche »Südzentrale«-Rotwein Mut angetrunken, eines der sündhaft teuren Negligés, die sie schon seit acht Jahren nicht mehr getragen hatte, aus dem Schrank gezogen und war die Treppen hinauf in Carstens Wohnung gestolpert. Hatte gehofft, sie würde ihn schlafend im Bett erwischen und sich einfach zu ihm legen und ihn streicheln können.

Doch er hatte noch vollständig bekleidet in seinem Büro-Wohnzimmer gesessen und telefoniert. Sicherlich mit seiner Geliebten. Seinen entsetzten Blick würde sie zeit ihres Lebens nicht mehr vergessen. Wie ein geprügelter Hund war sie nach unten geschlichen, hatte sich im Schlafzimmer auf den Fußboden gelegt und hemmungslos geweint. Den Samstag hatte sie im Bett verbracht und es Carsten überlassen, sich um die Kinder zu kümmern. Da konnte er schon mal einen Eindruck davon bekommen, was es hieß, künftig alle vierzehn Tage die eine zum Reiten, den anderen zum Fußball zu fahren, andere Kinder mitzunehmen und entsprechende Gespräche mit Eltern zu führen, selbst wenn man seine Freizeit normalerweise nicht mit ihnen verbringen würde.

Auch den Sonntag hatte Silvia im Bett verbracht. Und darauf gewartet, dass Carsten zu ihr kommen, mit ihr reden würde. Sie hatte gehofft, er würde erkennen, was er mit seinem Verhalten aufs Spiel setzte. Stattdessen hatte sie ihn in der Küche mit den Kindern scherzen gehört, fröhlich und unbeschwert lachend. Etwas musste dabei zu Bruch gegangen sein, doch auf Carls entsetztes »Oh, Papa, das gibt Ärger« hatte Carsten völlig entspannt reagiert und seinen Sohn zum Ausgleich auf einen Burger zu McDonald's eingeladen. Als Silvia kurz darauf Carstens Wagen von der Auffahrt hatte fahren sehen, den begeisterten Carl auf dem Beifahrersitz, war sie in die Küche geschlichen.

Sie hatte den zerknüllten Zettel aus dem halb gefüllten Altpapierkorb geklaubt, sich auf einen Küchenstuhl fallen lassen und die Zahlenfolge gewählt, die darauf notiert war.

Der junge Mann schien ihren Anruf erwartet zu haben.

»Einen kleinen Unfall soll sie haben«, hatte sie ihm gesagt. »Im Prinzip soll ihr nichts geschehen, aber wenn sie dabei das Baby verliert … Das passiert zu Anfang einer Schwangerschaft recht schnell und wird keine Ermittlungen zur Folge haben … glaub ich.«

»In Ordnung. Was ist Ihnen die Sache wert?«

»Fünftausend?«

»Achttausendsechshundertdreiundvierzig.«

»Bitte?«

»Achttausendsechshundertdreiundvierzig. Das ist eine nette Summe. Die gefällt mir. Ich hab sie gewürfelt.«

Bei diesem Satz war Silvia die Absurdität dessen bewusst geworden, was sie zu tun beabsichtigte.

»Vergessen Sie, dass ich angerufen habe. Ich möchte das doch nicht. Vergessen Sie's einfach.«

Schnell hatte sie aufgelegt. Nein. So tief konnte sie gar nicht sinken, sich auf eine solche Sache einzulassen.

Ein weiterer Abend und die Nacht waren vergangen, ohne dass Carsten das Gespräch mit ihr gesucht hatte. Sie lag da und starrte auf den Wecker. In weniger als fünf Minuten würde er klingeln. Sie sammelte sich, bereitete sich darauf vor, ihre Kinder zu wecken, sie zum Anziehen zu animieren, ihnen das Frühstück zuzubereiten und die Schulbrote zu schmieren. Wappnete sich für die tägliche Diskussion mit Marie, die keine Lust verspürte, ihren kleinen Bruder im Schlepptau zu haben, während sie mit ihren Freundinnen auf dem Schulweg Mädchengespräche führte.

Die Ziffern des Digitalweckers sprangen auf sechs Uhr fünfundzwanzig, als sie hörte, dass Carsten das Haus verließ.

***

Astrid Kannowski war unsicher. Seit dem Tod von Andreas Schmidt benahm sich Tobias eigenartig. Er war ihr gegenüber distanziert. Und anders als sonst wusste sie nicht mehr, was er in seinen freien Stunden unternahm. Hatte er doch etwas mit dem Mord zu tun? An eine Waffe zu gelangen, war für einen Mann, der einige Jahre in einem Hochsicherheitsgefängnis gesessen hatte, kein Problem, da gab sie sich überhaupt keinen Illusionen hin. Aber Tobias hatte keinen Vorteil durch den Tod des Mannes, und Astrid wusste auch keinen anderen Grund, weswegen er Schmidt umgebracht haben sollte.

Sie wählte Tobias' Handynummer. Er nahm nicht ab.

Vielleicht hörte sie auch nur die kriminellen Flöhe husten, und in Wirklichkeit bewegte sich Tobias nach wie vor auf der richtigen Seite des Gesetzes. Dann musste es einen anderen Grund für sein verändertes Verhalten geben. Diesen Grund wiederum glaubte Astrid zu kennen. Er hieß Sina, war Bäckereiverkäuferin und arbeitete in dem Laden gegenüber der Taxi-Zentrale. Astrid wusste, dass Tobias heute wieder Schicht fahren durfte. Von daher gab es für sie nur eine Möglichkeit, zu überprüfen, was Tobias tat. Sie musste ihn aufspüren.

Sie versuchte erneut, ihn zu erreichen. Natürlich wusste sie, dass man während des Autofahrens nicht telefonieren durfte. Aber das war ihr in diesem Moment scheißegal.

Tobias nahm noch immer nicht ab.

Rasant fuhr sie auf den Parkplatz des Supermarktes, stürmte beinahe in den Laden und blieb abrupt stehen. Hinter dem Tresen stand eine dunkelhaarige Frau mittleren Alters, die sie freundlich ansah. »Was kann ich für Sie tun?«

»Ich suche Ihre junge Kollegin. Die Blonde. Die mit dem Pferdeschwanz«, stammelte Astrid und kam sich bescheuert vor.

»Die hat erst heute Nachmittag Dienst. Soll ich ihr etwas ausrichten?« Die Dunkelhaarige sah sie neugierig an, garantiert witterte sie, dass etwas Besonderes in der Luft lag. Peinlich war das.

»Nein. Ist schon gut.« Astrid beeilte sich, den Laden zu verlassen, bevor sich die Brünette merken konnte, wie sie aussah. Während sie auf ihr Auto zustürmte, sah sie Tobias ganz links in der Reihe der Mietwagen in eine dunkelblaue Limousine steigen.

Ob auch er in der Bäckerei nach Sina gefragt hatte? Wusste er, wo sie wohnte, und wollte zu ihr fahren? Schnell setzte sie sich in ihren Wagen und startete den Motor, wartete jedoch, bis die dunkle Limousine sich in den Straßenverkehr eingefädelt hatte. Sie wollte Tobias heimlich verfolgen.

***

»Ist Christine noch nicht da?« Niiksteit stiefelte in Odas Büro, als hätte er Langeweile.

»Nö.« Sie sah vom Bildschirm ihres PCs hoch. »Oder siehst du sie hier irgendwo?«

»Was ist dir denn über die Leber gelaufen?«, fragte Nieksteit und setzte sich neugierig auf Christines Schreibtisch. »Haste Stress mit Jürgen?«

Manchmal ärgerte sich Oda darüber, im Umgang mit ihren Kollegen stets offen zu sein. Heute zumindest war es wieder so. Man sollte sein Privatleben komplett vom Beruflichen trennen. Das ersparte einem kleine Macken in der Seele und verhinderte unqualifizierte Fragen.

Mit einem Blick, der eine frisch gebratene Currywurst in den Tiefkühlzustand versetzt hätte, antwortete Oda: »Gibt's was Wichtiges? Dann kannst du es auch mir erzählen. Willst du nur tratschen, musst du warten, bis sie hier ist.« Sie deutete mit dem Kinn auf die Zettelbox auf Christines Schreibtisch. »Oder schreib einfach auf, was du von ihr willst, sie wird sich schon melden.«

»Ich wollte sie fragen, ob sie mit zur Volksbank kommt. Da hat

Katharina Behrens ihr Konto, und Freitag war schon dicht, als ich nach dem Mittagessen hinwollte. Lemke ist nämlich auch noch nicht da.«

»Ach, und mit mir willst du da nicht hin?« Oda fühlte sich zurückgesetzt; eigentlich waren sie und Nieksteit immer ein gutes Team gewesen.

»Doch, ich nehm dich gern mit«, erwiderte Nieksteit und lachte. »Da können wir die in der Bank richtig aufmischen, denn wenn *wir* zwei da reinstiefeln, denken die garantiert an alles Mögliche, aber nicht an Bullen.«

»Wir sind die Kripo.«

»Sag ich doch. Also, kommst du mit?«

»Unbedingt.«

***

Wahrscheinlich lag es an den Hormonen, dass Christine in der letzten Zeit morgens extreme Schwierigkeiten hatte, den Wecker zu hören und aufzustehen. Heute hatte sie schon wieder so oft im Halbschlaf auf die Snooze-Taste gedrückt, dass sie erst mit einer Zeitverzögerung von einer halben Stunde aufgestanden war. Sie musste unbedingt mit ihrem Arzt darüber reden. Denn es war sicher auch nicht gut fürs Kind, wenn sie ständig müde war. Dennoch hatte sie – ohne sich unter Druck zu setzen – die Zeitung gelesen und in Ruhe ein Müsli mit frischen Früchten gefrühstückt. Ihrem Baby sollte es an nichts mangeln. Schließlich hatte sie Gleitzeit und sowieso jede Menge Überstunden angehäuft. In Anbetracht des phantastischen Wetters und weil es ja allgemein gesund war, hatte sie sich spontan dazu entschlossen, zum Dienst zu radeln. Das tat sie im Frühling und Sommer öfter. Mehr als zwanzig Minuten brauchte sie ohnehin nicht in die Stadt. Außerdem spielte die Überlegung, dass man in einer Schwangerschaft zwangsläufig zunahm, manche Frauen sogar mehr als unbedingt nötig, eine nicht unerhebliche Rolle.

Es war ein entspanntes Wochenende gewesen, sie hatte nur wenig im Garten getan, ein bisschen Unkraut gejätet, die Kräuterspirale neu bepflanzt, ein paar der sich wild verbreitenden

Pfefferminzpflänzchen dezimiert und auf der Terrasse im Liegestuhl gelegen. Hatte gelesen, mit dem altmodischen Walkman Musik gehört und sich gefreut, als Carsten am Samstagabend überraschend mit frischen Forellen aufgetaucht und ein paar Stunden geblieben war. Sie hatten den Fisch mit Kräutern gefüllt und auf der Terrasse gegrillt, dazu gab es einen kleinen Tomaten-Zwiebel-Basilikum-Petersilie-Salat – mehr hatte Christines Kühlschrank nicht hergegeben. Sie hatten satt und zufrieden in den Liegestühlen gelegen, als Carsten in einem kurzen Nebensatz erwähnte, er habe Silvia darüber informiert, dass er sich scheiden lassen würde.

Christine wäre am liebsten jauchzend aufgesprungen, hätte eine Flasche Champagner geköpft, sich wild mit Carsten auf dem Rasen, dem Bett oder sonst wo getummelt, aber das gehörte sich natürlich nicht. Immerhin gab es Marie und Carl, an denen Carsten sehr hing, und eine Scheidung beziehungsweise das Ende einer Ehe war schlichtweg kein Grund zum Jubilieren. Jedenfalls nicht für die jeweiligen Ehepartner. Im Normalfall.

So hatte sie sich still gefreut und Carsten mit einem innigen Kuss zu verstehen gegeben, was er mit diesen Worten in ihr auslöste. Danach hatten sie wieder in den Liegestühlen gesessen, sich unterhalten und über die Fälle gesprochen, mit denen sie gerade beschäftigt waren. Wobei sie feststellten, dass Christines aktueller Fall sich in einer der Akten spiegelte, die Carsten zu bearbeiten hatte.

Es tat gut, sich miteinander austauschen zu können. Mit Frank hatte es diese intensiven Gespräche nicht gegeben. Entweder hatte er in seiner Kanzlei keine interessanten Fälle bearbeitet oder keine Lust verspürt, nach Feierabend darüber zu reden. Mit Carsten waren es fast schon kreative Gespräche. Sie loteten gemeinsam die Möglichkeiten aus, die das Gesetz vorgab, und gerade den Fall des jungen Mannes, der die vorzeitige Entlassung beantragt hatte, konnte man aufgrund der unterschiedlichen Berichte durchaus differenziert betrachten.

Christine steckte die Frischhaltebox mit der in Scheiben geschnittenen Cantaloupe-Melone in ihre Ledertasche und holte das Sportrad aus der Garage. Am Himmel war keine Wolke zu sehen. Sie hoffte, das würde den ganzen Tag so bleiben, und war diesbezüglich auch recht zuversichtlich, hatte sie sich doch im Internet über die Wetterprognose für Wilhelmshaven informiert.

Ein Wagen fuhr vorbei. Dunkelblau. Ein älteres Modell. Sicher ein Taxi, sonst sah man solch alte Fahrzeuge kaum noch im Straßenverkehr.

***

Von der Polizeiinspektion hinüber zur Hauptgeschäftsstelle der Volksbank an der Virchowstraße waren es nur wenige Fußminuten.

»Ich weiß inzwischen übrigens, womit Schmidt seine Freizeit verbracht hat«, sagte Niesteit und strahlte Oda an. »Du glaubst es echt nicht.«

»So schlimm?«

»Nö. So easy. Da kommt keiner drauf. Rate.«

»Nieksteit. Du weißt, dass ich immer nur an das Schlimmste denken kann.«

»Nee, nix mit Pädophilie. Der ist ganz harmlos.«

»Karnickelverein?«

»Nee.«

»Briefmarken?«

Nieksteit lachte. »Auch nicht. Du wirst es kaum glauben: Schmidt war eine Leseratte. Der hat ganz einfach Bücher verschlungen.«

Sie stoppten an der Ampelkreuzung beim Theater.

»Er hat *gelesen*?« Oda sah ihren Kollegen an.

»Jo. Ist grün.« Sie liefen los. »Er hatte einen Mitgliedsausweis der Stadtbibliothek und muss wohl jede Menge Bücher da rausgeschleppt haben. Schmidt gehörte zu den Stammkunden und kam jede Woche mindestens ein Mal. Hat viel an medizinischen Büchern über Demenz und so gelesen, aber auch Krimis. Nicht die hardcoremäßigen, sondern solche, die hier in der Region spielen. Am liebsten die von Klaus-Peter Wolf. Ich hab seinen Computer noch mal auf Bücher hin angeguckt. Er hat jede Menge Rezensionen bei Amazon und auf anderen Buchportalen geschrieben.«

Nieksteit öffnete die gläserne Tür zur Bank. Durch die weitläufige Halle gingen sie auf eines der Stehpulte zu, hinter dem eine in ein dunkelblaues Kostüm gekleidete junge Frau sie freundlich anlächelte. Ihr Parfümgeruch wehte zu Oda herüber, aber Gott sei Dank hatte sie normale Fingernägel und nicht diese künstlichen langen und bunt gestylten Krallen, die heutzutage in Mode waren.

Oda nickte Niksteit zu. Sollte der sich mal ins Zeug legen. Vielleicht konnte er das Nützliche mit dem Praktischen verbinden. Es wurde langsam Zeit, dass er ein Mädel dauerhaft für sich begeisterte. Der Jüngste war er mit Anfang dreißig schließlich auch nicht mehr, und eine feste Beziehung würde ihm garantiert nicht schaden.

»Moin, Niksteit, Kripo Wilhelmshaven, das ist meine Kollegin Oda Wagner.« Er kramte in seiner Jeans, erfolglos, wie es schien, denn nachdem er aus seinen Taschen hinten und vorn das Handy, seinen Schlüsselbund, ein benutztes Tempo und einen Einkaufszettel gezogen hatte, seinen Dienstausweis jedoch nicht, regelte Oda die Sache mit einem Griff zur Plastikkarte in ihrer eigenen Hosentasche.

»Es geht um das Konto von Frau Katharina Behrens«, erklärte sie der jungen Dame, die ihnen amüsiert zusah. »Sie erhält monatlich Geld von einem Andreas Schmidt. Herr Schmidt ist einem Gewaltverbrechen zum Opfer gefallen, und wir hätten gern die Adressdaten von Frau Behrens, damit wir sie befragen können.«

»Einen Moment bitte. Ich bin sofort wieder bei Ihnen.« Die junge Frau nahm Odas Dienstausweis und lief auf eine Schiebetür aus Milchglas zu, hinter der sie verschwand. Als sie kurz darauf zurückkam, reichte sie Oda den Ausweis und einen Ausdruck. »Bitte sehr. Frau Behrens wohnt in der Seniorenresidenz ›Wattenmeerblick‹. Sie verfügt allerdings nicht selbst über ihre Konten, das erledigt ihr Sohn. Andreas Schmidt.«

»Andreas Schmidt?«, fragte Oda ungläubig. »*Unser* Andreas Schmidt? Also … der Tote?« Sie sah Niksteit verärgert an. Was war das denn für eine schlampige Arbeit, er hätte doch längst herausfinden müssen, dass Katharina Behrens die Mutter des Toten war. Und im Seniorenstift hatte die Pflegedienstleiterin auch kein Wort darüber verloren, dass Frau Schmidt nicht Frau Schmidt, sondern Behrens hieß.

»Ja«, erwiderte die Bankangestellte mit strahlendem Zahnpastalächeln, »Herr Schmidt ist ihr Sohn aus erster Ehe. Er hat einen Dauerauftrag zugunsten des Kontos seiner Mutter eingerichtet, da sie sich sonst das Privatsanatorium, in dem sie betreut wird, nicht leisten könnte.«

»Na, herzlichen Dank, das erklärt einiges«, sagte Oda zynisch, wobei sie eher Niksteit und sich selbst meinte als die junge Dame, die das auch ganz richtig einordnete. Sie lächelte bedauernd. »Dann lass uns mal«, forderte Oda ihren Kollegen auf, drehte sich um und hörte, wie die Bankangestellte Nieksteit verschwörerisch zuflüsterte: »Regen Sie sich nicht auf. Kleine Fehler passieren jedem von uns. Ich gebe Ihnen mal meine Karte. Falls Sie eine Beratung in Bankangelegenheiten wünschen, können Sie sich gern an mich wenden. Sie sind noch kein Kunde der Volksbank Wilhelmshaven?«

Oda griente. So was nannte man wohl progressive Kundenwerbung; sympathisch war die junge Frau allemal. Sie fragte sich, ob Nieksteit sie in naher Zukunft anrufen würde. Obwohl sie sich bei aller Liebe keine Kombination aus verknüllten Motiv-T-Shirts und adrettem Kostüm vorstellen konnte. Wie nebenbei warf sie einen Blick auf ihre Uhr. Gleich neun. Sie könnten den kleinen Schlenker über die Marktstraße machen und belegte Brötchen mit ins Büro nehmen. Christine war sicher inzwischen da und würde sich freuen, ein wenig verwöhnt zu werden.

***

Die Fußgängerampel zeigte Rot. Christine hielt, drückte den Sensor und wartete. Der Berufsverkehr rauschte an ihr vorbei, passend dazu rauschten die Blätter der Platanen im Wind, der heute von Südosten kam. Auf dem Heimweg würde er sie dort, wo er sich ihr jetzt in den Weg stellte, nach Hause schieben. Falls er seine Richtung am Nachmittag nicht wieder änderte. Der Küstenwind war launisch und nicht wirklich berechenbar.

Die Ampel sprang auf Grün. Christine schwang sich wieder auf den Sattel, trat in die Pedale. Sie war gespannt wie ein Flitzebogen, was Oda zu der Neuigkeit sagen würde, dass Carsten sich nun endlich scheiden lassen wollte. Vielleicht stieg er dadurch auf Odas Sympathieleiter, das würde Christine sehr freuen. Es war so viel einfacher, wenn der Partner und die Kollegin sich mochten. In Gedanken sah sie schon Oda, Jürgen, Carsten und sich auf der Terrasse bei einem leckeren Essen zusammensitzen. Fröhlich pfeifend radelte sie los. Parallel zu ihr bog die dunkle Limousine ebenfalls in ihre Richtung ab.

***

»Ich ruf mal bei Christine an. Ist doch komisch, dass sie noch nicht hier ist.« Oda und Nieksteit waren mit einer Tüte belegter Körnerbrötchen ins Büro zurückgekehrt, doch obwohl Lemke inzwischen über seinen Akten brütete, fehlte von Christine jegliche Spur.

»Die hat bestimmt verschlafen«, vermutete Nieksteit, dem das selbst auch schon das eine oder andere Mal passiert war. Oda wusste, dass er morgens nur schwer aus dem Bett kam und am Wochenende selten vor halb zwölf aufstand. Solche Zeiten brachte sonst nur Alex nach einer Zechtour mit Kumpeln zustande. Aber Alex war auch knapp dreizehn Jahre jünger als Nieksteit.

Sie legte die Brötchentüte auf Christines verwaisten Schreibtisch und drückte die Tasten auf dem Diensttelefon.

»Ich setz schon mal Wasser auf«, sagte Nieksteit und ging in die Teeküche.

Nach fünfmaligem Klingeln sprang Christines unpersönliche Mailbox an. »Guten Tag, Sie haben den Anschluss …« Oda legte auf. Sie nahm ihr Handy vom Schreibtisch und drückte die Fünf. Auch auf dem Handy sprang die Mailbox an. »Keine Chance«, murmelte Oda. »Wer weiß, wo Christine gerade steckt und was sie macht.« Dabei dachte sie an Steegmann, und dieser Gedanke trug nicht dazu bei, ihre Laune zu heben.

***

Astrid Kannowski hatte Mühe, den Wagen im Auge zu behalten. Warum fuhr er auch im dichten Berufsverkehr, hätte er nicht die weniger befahrenen Seitenstraßen benutzen können? Bislang hatte Tobias noch keinen einzigen Fahrgast eingesammelt. Zwischendurch hatte sie kurz befürchtet, ihn verloren zu haben, denn es waren mit einem Mal zwei dunkelblaue Limousinen vor ihr gewesen, die unterschiedlich abgebogen waren. In der Hektik war sie ihrem Instinkt und dem in den Maadebogen einbiegenden Wagen gefolgt. Sie hatte geglaubt, er werde dort endlich einen Fahrgast aufnehmen. Ihr Herzschlag hatte sich beruhigt. Doch auch durch dieses Viertel war der Wagen langsam durchgefahren, ohne zu halten.

Irgendetwas stimmte nicht.

Warum fuhr Tobias durch eine Einfamilienhaussiedlung, in der er damit rechnen musste, dass schwangere Frauen ihre älteren Kinder in den Kindergarten oder zur Schule brachten? Musste er sich so quälen?

Jetzt hielt er an der Zufahrt zum Fußballverein am Rande des Stadtparks. Was sollte das? Verunsichert stoppte auch sie in einiger Entfernung. Starrte den Wagen an. Sollte sie aussteigen und hinübergehen? Vielleicht saß Tobias gerade hilflos hinter dem Steuer, von Erinnerungen überwältigt, von Ängsten geplagt und nicht in der Lage, weiterzufahren. Dann müsste sie helfen. Doch wie würde er reagieren, wenn er nur eine kleine Pause machte? Würde er ihr vorwerfen, ihn beobachtet zu haben? Sie war hin- und hergerissen. Dabei hatte sie sich längst zurechtgelegt, sich damit herauszureden, dass sie ihm beistehen wollte, sollte er wider Erwarten und trotz der vielen ihn auf diese Situation vorbereitenden Gespräche Angstzustände bekommen.

***

»Sie geht nicht ran. Wer weiß, wo sie sich gerade rumtreibt.« Oda versuchte, sich ihre Besorgnis nicht anmerken zu lassen, doch Niesteit, der sowohl Oda als auch Christine recht gut kannte, spürte die Schwingungen, die in der Luft lagen.

»Es gibt Probleme, die nichts mit dem Fall zu tun haben, stimmt's?«

»Kann sein«, gab Oda unwillig zu. »Aber wie du schon sagst, das hat nichts mit dem Fall zu tun.«

»Kann ich helfen?«

»Nee.« Wieder wählte Oda Christines Handynummer.

***

Christines Handy läutete, als sie im Stadtpark an einer Gruppe joggender Frauen vorbeiradelte. Sie ignorierte es. Sie würde in der Polizeiinspektion aufs Telefon schauen. Es dauerte höchstens noch zehn Minuten, bis sie da war. Man musste nicht überall erreichbar sein. Sowieso hatten Handys irgendwie die Eigenart, immer dann zu klingeln, wenn man es am wenigsten brauchte. Im Straßenverkehr oder im Supermarkt an der Kasse.

Sie bog in den Neuengrodener Weg ein. Hier war wenig los. Nur ein dunkelblauer Mercedes kam von links, so einer, wie sie ihn vorhin gesehen hatte. Sie schmunzelte. Normalerweise fielen ihr solche Wagen nie auf. Heute sah sie schon den zweiten.

***

Anscheinend hatte Tobias sich wieder gefangen. Die Limousine fuhr langsam an. Astrid atmete erleichtert auf und folgte ihr. Tobias war traumatisiert, doch er hatte hart an sich gearbeitet und wusste, worauf es ankam. Was Resozialisierung bedeutete. Er war so weit.

Eine Radfahrerin bog aus dem Stadtpark in Richtung Innenstadt auf die Straße. Die Frau radelte zügig. Die dunkle Limousine beschleunigte. Hielt nach rechts. Auf den Radweg zu.

Astrid schrie unwillkürlich auf, als der Wagen die Radfahrerin rammte.

***

Den Aufprall bekam sie nur vage mit. Sie wollte gerade anhalten und absteigen, weil ihr Handy wieder klingelte, als sie einen stechenden Schmerz wahrnahm. Zeitgleich einen dumpfen Knall. Etwas riss sie vom Rad. Bevor sie registrieren konnte, was geschah, flog sie über den Lenker. Auf einen dicken Baumstamm zu.

Das Baby, dachte sie.

Als sie nach der Kollision mit dem Baum, aus einer Kopfwunde blutend, auf dem gepflasterten Radweg zu liegen kam, war sie schon nicht mehr bei Bewusstsein.

***

Astrids Hände zitterten, als sie ihren Polo zum Stehen brachte. Sie starrte durch die Frontscheibe. Der dunkelblaue Mercedes setzte zurück, kuppelte neu ein und fuhr davon. Als sei nichts geschehen.

Sie bebte am ganzen Körper. Ohne dass sie etwas dagegen tun konnte, strömten Tränen aus ihren Augen. Sie blinzelte. Blickte geradeaus und sah, dass sich die Gestalt am Baum nicht bewegte. Sie wusste, sie musste hingehen. Musste helfen. Doch dann hing sie mit drin. Sie würde aussagen müssen. Das durfte sie nicht tun. Wie automatisch fuhr ihre Hand in die Handtasche auf dem Beifahrersitz. Sie ertastete das Prepaidhandy, das sie auf einen falschen Namen angemeldet hatte und das sie für ihre Gespräche mit Tobias benutzte. Den leblosen Körper der Frau im Blick, wählte sie den Notruf.

Stockend gab sie die Details durch: Unfall mit Fahrerflucht. Am Eingang Stadtpark vom Neuengrodener Weg aus. Unfallopfer bewegt sich nicht mehr. Ihr Name? Statt zu antworten, legte sie auf.

Sie warf einen letzten Blick auf die reglose Frau neben dem deformierten Fahrrad, wendete und nahm die erste Möglichkeit links. In der Ferne hörte sie bereits die Sirene des Rettungswagens.

***

»Dann müssen wir uns wieder vermehrt auf die Brauerei und das Taxi-Unternehmen konzentrieren«, fasste Niesteit die bisherige Sachlage zusammen. »Die vermeintliche Exfrau ist die Mutter. Hätte die Tante vom Heim ja ruhig mal erwähnen können, dass die Schmidt nicht Schmidt, sondern Schmidt-Behrens heißt.« Er saß Oda gegenüber und biss herzhaft in sein Salamibrötchen, sodass die Remoulade an den Seiten hervorquoll.

»Tja, mein Lieber, da hast du ziemlich schlampig gearbeitet«, stellte Oda fest. »Das hätten wir schon vorher wissen können. Und nimm die Serviette, nicht dass die ganze Soße auf Christines Schreibtisch landet.«

Lemke, der ein belegtes Brötchen abgelehnt hatte und neben dem Schreibtisch stand, nickte. Ihm wäre ein solcher Fehler nicht passiert, das wusste Oda.

»Sicher hätte die Schneider das erwähnen können«, bekräftigte sie, »und sie war ja zunächst auch irritiert, als wir nach Frau Schmidt fragten, aber dann hat die Nachricht von Andreas Schmidts Tod ihre ganze Aufmerksamkeit beansprucht. Hätten wir mit einer anderen Person als Schmidts Grundschulliebe gesprochen, wäre es womöglich eher klar geworden. Kann man nichts machen. Ist eben dumm gelaufen.«

Oda kratzte sich nachdenklich am Kopf. »Lass uns doch noch mal ganz zurückgehen. Zum Tatort. Schmidt lag am Boden, erschossen, wir haben zwei Teller, zweimal Besteck, ein Glas.« Sie spürte wieder den leichten Luftzug, der über die Leiche ging. »Moment mal, der Luftzug. Genau! Das Fenster stand offen.«

»Ja. So steht's im Bericht der KTU von Donnerstag. Fenster geöffnet, zwei Teller, zweimal Besteck, ein Glas, jede Menge Fingerabdrücke, aber keine Waffe.« Niedsteit runzelte die Stirn. »Aber durchs Fenster kann der Täter nicht verschwunden sein. Zu hoch zum Springen, nix zum Runterklettern.«

Oda ließ ihren Kugelschreiber wie einen kleinen Taktstock hin- und herschwingen, während ihr etwas einfiel. »Die Waffe.«

»Wie?«

»Unterhalb des Fensters gibt es einen kleinen Teich. Und einen Sandkasten. Und ein Schaukelgestell.« Oda merkte, wie ihr Adrenalinspiegel stieg. »Hast du den Bericht der Spurensicherung noch parat? Haben die den Teich untersucht?«

Für einen Sekundenbruchteil erhellte eine unsichtbare Glühbirne Niedsteits Schädel, dann jedoch schüttelte er den Kopf. »Nee. Die Kollegen haben alles abgesucht: Teich, Sandkasten und den ganzen Bereich hinter dem Haus, aber da war nix.«

»Schade.« Oda fuhr sich mit Zeigefinger und Daumen der rechten Hand über ihr Kinn. »Kommen wir noch mal zu den Mitarbeitern der Taxi-Zentrale. Hat es da schon mit allen daktyloskopische Abgleiche gegeben? Uns fehlt doch noch eine Zuordnung.«

»Nee. Gab ja kein Verdachtsmoment. Nur weil die im Unternehmen arbeiten, das im selben Haus ist … das ist ein bisschen dünn, findest du nicht? Da könnten wir die Spuren ebenso gut mit der DNA der Brauerei-Kollegen vergleichen.«

»Dann machen wir das doch. Wir sollten Schmidts Taxi- und Brauerei-Kollegen einfach bitten, einen Stäbchentest und Fingerabdrücke abzuliefern. Irgendwo müssen die Spuren doch herkommen. Was meinste?«

»Na ja. Wenn die nichts zu verbergen haben, machen sie mit.«

»Und wenn sie nicht mitmachen …« Oda feixte, als das Telefon klingelte. Das Lachen noch auf den Lippen, nahm sie das Gespräch an. »Jo?«, meldete sie sich, denn sie hatte auf dem Display die Nummer der Zentrale erkannt.

»Herz hier«, hörte Oda ihren netten jungen Kollegen sagen.

»Ja, Herzchen, was gibt's denn? Schieß los.«

»Gerade kam ein Anruf der Notaufnahme des Nieter-Krankenhauses rein.« Herzchens Stimme hörte sich irgendwie nicht gut an. Ihr Lächeln schwand.

»Ja?«

»Man hat deine Kollegin Christine eingeliefert. Schwer verletzt. Ein Unfall mit Fahrerflucht. Sie operieren sie gerade. Es sieht wohl nicht gut aus.«

»Nicht gut?« Oda hörte selbst, dass ihre Stimme kaum Kraft hatte.

»Nein. Sie war bei der Einlieferung schon nicht mehr bei Bewusstsein. Sonst weiß ich aber auch nichts, die von der Klinik haben uns nur informieren wollen, sie hatte ja ihren Dienstausweis dabei.«

***

Nach dem Stress der letzten Tage hatte Heinz Frerichs die Ruhe am Wochenende dringend gebraucht. Durch Andreas' Tod, vor allem wegen der Umstände seines Todes, war er regelrecht aus den Pantinen gekippt.

Unfassbar. Natürlich wäre Heinz auch fertig gewesen, wenn Andreas an einem Herzinfarkt oder an einem Schlaganfall gestorben wäre, denn so etwas war ja zumindest irgendwie normal. Aber erschossen? Das war ja wie im Film. Vor allem: Warum?

Gut, Andreas war ein Eigenbrötler gewesen und nicht immer einfach, aber das war doch kein Grund, ihn einfach in seiner Wohnung abzuknallen!

Heinz saß im Büro der Brauerei und starrte den leeren Schreibtisch an, an dem Andreas jetzt eigentlich sitzen müsste. Was war bloß mit ihm gewesen? Irgendetwas hatte ihn so verändert, dass Heinz nicht mehr richtig an ihn herangekommen war. Enno hatte das ja auch bemerkt, dass Andreas so verändert gewesen war. Da hatte es seit Kurzem diese Verbohrtheit gegeben. Andreas hatte ihn irgendwie abgedrängt, auflaufen lassen, beinahe ignoriert. Heinz hatte versucht, mit Andreas zu reden, es gab schließlich für alles Lösungen, aber Andreas war richtig feindselig geworden.

Das hatte Heinz tief getroffen. Enno vermutete, das alles müsse mit Andreas' Mutter zusammenhängen, der es zunehmend schlechter ging. Sie hatte kaum noch klare Momente. Selbst in der Skatrunde hatten sie bei Weitem nicht mehr so viel geblödelt und gelacht wie früher. Schon vor zwei Monaten hatte Enno gesagt, es mache ihm keinen Spaß mehr, mit Andreas zu spielen.

Dennoch hatten sie Enno überreden können, dabeizubleiben. In guten wie in schlechten Zeiten, das galt auch für eine Skat-Runde. Peter hatte gewitzelt, Andreas könnte eine Frau kennengelernt haben, die seiner Mutter nicht gefiel, und sich deshalb in einem Zwiespalt befinden, weil er sich zwischen ihr und der neuen Liebe entscheiden müsste. Was natürlich Nonsens war, denn Mutter Schmidt kriegte ja nix mehr mit. Meist ja nicht mal, dass Andreas da war. Vielleicht hatte ihm aber auch genau das zu schaffen gemacht. Einzelkind, keine Frau, keine Kinder, nur die Mutter, die sich in ihre Erinnerungen und Vergesslichkeit zurückzog.

Andreas war gesellschaftlich noch nie sehr umtriebig gewesen, er hatte einfach mehr Spaß daran gehabt, Bücher aus der Stadtbibliothek zu leihen. Seiner Mutter las er Mädchenbücher von früher vor. »Nesthäkchen« zum Beispiel. Das war schon rührend. Die Bücher von Else Ury hatte Andreas' Mutter anscheinend ihr

Leben lang wie einen Schatz gehortet. Heinz' jüngere Schwester war von den Eltern auch immer Nesthäkchen genannt worden, und er hatte sich deshalb zurückgesetzt gefühlt.

Als ob er als erstgeborener Sohn nicht wichtig genug war. Das Nesthäkchen schien wertvoller. Wahrscheinlich war ihm diese Mädchenromanreihe deshalb im Gedächtnis geblieben. Vielleicht aber auch, weil seine ältere Schwester Frieda diese Bücher ebenfalls verschlungen hatte. Heinz hatte sich einen Titel dieser Mädchenbuchreihe besonders gut merken können, denn den fand er bescheuert: »Nesthäkchen im weißen Haar«. Wie konnte ein Nesthäkchen weiße Haare haben? Frieda hatte ihn damals ausgelacht. Die Annemarie sei in dem Buch doch bereits siebzig und schon längst Oma, hatte sie ihn aufgezogen und sich auf der breiten und niedrigen Fensterbank im elterlichen Wohnzimmer auf eines der dicken Kissen gesetzt, das muffig riechende Buch aus dem Fundus der eigenen Mutter in den Händen.

Heinz hatte Friedas Mitgefühl für ihre Romanheldinnen nicht nachvollziehen können, aber er war eben auch kein pubertierendes Mädchen gewesen. Ihm hatte gar kein Buch gefallen. Bücher zu lesen, bedeutete Zeitverschwendung, wo man seine Phantasien doch stattdessen wahrhaftig ausleben konnte. Mit Freunden wie Enno hatte er sich damals lieber im Upjeverschen Forst getroffen und mit Holzschwert und Steckenpferd ihre Abenteuer ausgefochten. Ennos Eltern hatten dort die Gaststätte »Brauner Hirsch« bewirtschaftet, für die Ennos Vater als Jäger in der Saison stets selbst das frische Wild beschafft hatte.

Das alles war über vierzig Jahre her. Inzwischen war Enno nicht mehr nur sein Kumpel aus Kindheitstagen, sondern auch sein Schwager. Sie empfanden füreinander wie Brüder. Was Heinz mit seiner Frau Hilke nicht besprechen konnte, das besprach er mit Enno. Auch die aktuellen Ereignisse besprach Heinz lieber mit seinem Schwager als mit seiner Frau, und so griff er nun zum Telefon und wählte dessen Nummer.

»Ich bin's«, sagte er kurz darauf, denn Enno hatte sein Handy stets am Mann, ob er im Kuhstall oder mit dem Trecker auf der Weide war. »Du glaubst es nicht. Jetzt kommen die von der Polizei her und wollen unsere Fingerabdrücke nehmen.«

»Unsere?«

»Mensch, die von mir und den anderen Kollegen. Und seinen Arbeitsbereich wollen die auch unter die Lupe nehmen.

»Gibt's denn Anhaltspunkte, dass Andreas' Tod was mit der Brauerei zu tun hat?«, fragte Enno aufgeregt. Als habe Heinz ihm verkündet, es werde eine Fernsehreportage gedreht und er und Enno würden darin ausführlich zu Wort kommen.

»Nee. Also ich weiß zumindest nichts davon. Aber die binden einem ja auch nicht alles auf die Nase, was die rausfinden. Ist auf jeden Fall ganz schön verwirrend. Wollen die uns nervös machen?«

»Ich glaub eher, die tappen noch voll im Dunkeln, wollen das aber nicht zugeben.« Enno klang wieder normal. »Sie werden Fingerabdrücke in Andreas' Wohnung gefunden haben, die sie noch nicht zuordnen können. Ich seh so was ja immer im Fernsehen. Da sammeln die alles an Fingerabdrücken zusammen, was sie finden können. Brauchst aber keine Angst zu haben. Wenn deine Fingerabdrücke nicht mit denen übereinstimmen, die sie gefunden haben, dann löschen sie die wieder. Ist nicht so, als wärst du danach so'n Registrierter. Das dürfen die nicht. Wegen dem Datenschutz.«

Gut, dass Enno das alles wusste.

Eigentlich hatte Enno nach der Schule studieren und Rechtsanwalt werden wollen, aber da war der Hof, und seine Eltern erwarteten, dass ihr einziger Sohn den übernahm. Damals, das hatte Enno Heinz in einer bierseligen Laune verraten, hatte Enno seine Eltern dafür gehasst, dass sie es bei ihm als Einzelkind belassen und ihm die ganze Familienbürde aufgedrückt hatten. So war Enno nichts anderes übrig geblieben, als den Hof zu übernehmen. Heinz vermutete, dass Enno Frieda aus diesem Trotz heraus geheiratet hatte. Frieda war verfügbar gewesen und hatte Enno ohnehin angehimmelt, da musste er sich nicht mal großartig anstrengen. Kein Traumjob, keine Traumfrau, eher die Überlegung: Okay, dann heiraten wir, es passt ja ganz gut.

Es war eine typische Ostfriesenhochzeit gewesen. Polterabend mit ordentlich viel Bier und Köm; die Nachbarn hatten den Rosenbogen gebastelt. Die Zeremonie war kurz und schmerzlos gewesen, sowohl Enno als auch Frieda hatten zufrieden in die

Runde geguckt, nachdem der Standesbeamte sie zu Mann und Frau erklärt hatte. Die Hochzeitsnacht hatte Enno dann feuchtfröhlich mit seinen Kumpels verbracht, während Frieda – wie Lilo Pulver in »Kohlhiesels Töchter« – in freudiger Erwartung im Hotelzimmer gewartet hatte, bis sie in den Morgenstunden enttäuscht eingeschlafen war.

Heinz gab es nur ungern zu, aber er glaubte, dass sich diese Enttäuschung sehr lange durch Ennos und Friedas Ehe gezogen hatte und Frieda einfach aus Trotz nicht hatte schwanger werden wollen. Inzwischen aber machten die beiden den Eindruck eines sehr glücklichen Paares, und das war gut so.

»Weißt du denn, ob einer von den anderen Kollegen mit Andreas befreundet war?«, wollte Enno wissen.

»Nö. Wüsste ich nicht.«

»Es muss ja auch nicht unbedingt ein *Kollege* gewesen sein.«

»Wie meinst du das?«

»Na, Andreas machte ja rein optisch schon was her. Und wer weiß … es gibt vielleicht auch die eine oder andere Kollegin … wenn er seinen Charme hat spielen lassen …«

»Nee. Andreas nicht. Der nicht.«

Sofort wurde auch Enno wieder kühl. »Stimmt. War nur so ein Gedanke. Klar. Andreas und charmantes Herumscharwenzeln … das passt nicht.«

Für einen Moment war es still in der Leitung. Dann hörte Heinz Enno mit einem Mal angestrengt auflachen.

»Es gibt nichts zu lachen, Enno«, sagte er rigide.

»Ich weiß«, gab Enno zurück und legte auf.

***

Oda hätte ein Dienstfahrzeug benutzen können, um ins Krankenhaus zu fahren, doch sie hatte sich für ihren Drahtesel entschieden. Mit dem war sie genauso schnell, konnte Strecken abkürzen, indem sie durch die städtischen Grünanlagen fuhr.

In einem Affenzahn und einer gefühlten Rekordzeit erreichte sie das Krankenhaus, schloss das Rad im dafür vorgesehenen Bereich an, hechtete die Stufen und die Auffahrt hinauf, quetschte sich durch die Drehtür und hielt der Frau am Info-Tresen keuchend ihren Polizeiausweis hin.

»Kripo Wilhelmshaven, Oda Wagner. Meine Kollegin Christine Cordes ist vorhin eingeliefert worden und wird operiert. Ich brauche Details.«

Die junge Frau hinter dem Tresen nahm gelassen Odas Ausweis und studierte ihn aufmerksam. Während sie das tat, sagte sie: »Da vorn ist ein Wasserspender. Vielleicht tut Ihnen ein Schluck gut?«

Oda sah sie entgeistert an. »Hör mal, Mädel, ich brauche kein Wasser, meine Kollegin ist schwer verletzt eingeliefert worden. Ich brauch jemanden, der mir Auskunft gibt. Es geht um polizeiliche Ermittlungen, nicht um einen Krankenbesuch. Haben wir uns verstanden?« Odas Tonfall war messerscharf.

»Ja, ja. Alles klar«, beeilte sich das Tresenmäuschen zu sagen. »Entschuldigen Sie. Ich ruf sofort in der Notaufnahme an.« Sie warf einen Blick hinüber in den Wartebereich. »Wenn Sie allerdings doch einen Schluck Wasser möchten …«

»Nein.«

Die junge Frau griff zum Telefon. Kurz darauf saß Oda im Wartebereich der Notaufnahme. Es dauerte eine gefühlte Ewigkeit. Sie wagte es nicht, sich aus der Cafeteria einen Kaffee zu holen, aus Angst, sie könnte aufgerufen werden. Die Zeiger der Uhr schlichen unendlich langsam. Menschen kamen und gingen. Als endlich eine junge Frau in blauer Krankenhauskleidung die Doppeltür öffnete und fragte: »Frau Wagner?«, waren vier Stunden vergangen.

***

Diese dumme Dampfbügelstation! Hätte sie sich doch nie dazu überreden lassen, sich statt des herkömmlichen Bügeleisens ein solches Teil anzuschaffen. Viel besser hätte sie die Freizeithosen und Oberhemden in die Reinigung geben können, das wäre auf Dauer zwar kostspieliger gewesen, hätte das Haushaltsbudget aber nur unwesentlich belastet.

Die T-Shirts der Kinder und ihre eigenen Blusen hatte sie auch mit dem bisherigen Bügeleisen glatt gekriegt. Da hatte sie beim Bügeln aber wenigstens noch mit Freundinnen telefonieren können. Das ging nun gar nicht mehr, denn der Dampf, den sie erzeugen musste, um auch die letzte Falte aus irgendeiner Textilie herauszuplätten, machte so laute Geräusche, dass man dabei einfach nicht telefonieren konnte.

Silvia seufzte. Wieder eine Anschaffung, die sie übereilt getätigt hatte. Und wofür? Die Tatsache, dass seine Hemden nun noch glatter im Schrank hingen, würde Carsten sicher nicht dazu veranlassen, umgehend wieder ins Familienleben einzutauchen. Sie würde ihrer Putzkraft die Bügelstation geben, vielleicht hatte die Spaß daran, sich nebenbei noch den einen oder anderen Euro durchs Bügeln dazuzuverdienen, dann hätte Silvia zwei Fliegen mit einer Klappe geschlagen. Frau Harms würde die Arbeit erledigen, und sie könnte, statt zu bügeln, beim Telefonieren entspannt auf der Couch oder auf der Terrasse sitzen.

Sie nahm die khakifarbene Outdoor-Hose mit den kompliziert zu bügelnden Taschen vom Brett und legte sie vorsichtig zusammen. Dass Carsten neuerdings solche Hosen in seiner Freizeit trug, konnte sie überhaupt nicht verstehen. Ob er meinte, dadurch in der Jugend verpasste Gelegenheiten nachzuholen? Er war über vierzig! Und in exponierter beruflicher Stellung. Da trug man so etwas nicht.

Nein, in den letzten Monaten hatte sie das Gefühl, den Mann, den sie vor zwölf Jahren geheiratet hatte, überhaupt nicht mehr zu kennen. Dieses Gefühl war nicht schön. Denn es stellte vieles in Frage. Und es bedeutete in letzter Hinsicht Konsequenzen. Doch davor hatte sie Angst. Sie wollte an ihrer Familie festhalten, vor allem für die Kinder. Und auch für sich selbst.

Eigentlich war es ja auch nicht relevant, dass Carsten und sie sich in den letzten Jahren verloren hatten. So etwas gab es immer schon. Nur hatte man früher kein Wort darüber verloren und weiterhin zusammengestanden. Statt einfach so eine Familie zu zerstören. Früher waren die großen Werte wichtig gewesen. Der Einzelne hatte dahinter zurückstehen müssen.

Sie hängte das weiße Leinenhemd auf einen Bügel. Was hatte Carsten sich nur dabei gedacht, so etwas zu kaufen? Solche Klamotten trugen doch nur Möchtegernkünstler. Leinenhemd, Leinenhose, alles flatterig … igitt. Vielleicht war es doch gar nicht so verkehrt, nicht mehr bei jedem Anlass an Carstens Seite stehen zu müssen. Wie sähe das denn aus? Sie im schicken Kostüm und er im Flatterleinenlook. Obwohl sie zu seiner Ehrenrettung sagen musste, dass sie ihn noch nie in solchem Aufzug gesehen hatte. Und eine Leinenhose hatte sie auch noch nicht aus dem Wäschebeutel gezogen.

Sie trug die gebügelten Hemden aus dem Hauswirtschaftsraum in den Flur und hängte die schwer beladenen Bügel kurzerhand an die Garderobe, als das Telefon klingelte. Auf dem Display stand: »Privat«, folglich hatte der Anrufer seine Nummer unterdrückt.

»Steegmann«, meldete sie sich leicht verärgert, die Hemden wieder aufnehmend und auf dem Weg ins Obergeschoss.

»Ich hab's erledigt«, sagte eine männliche Stimme.

»Bitte?« Silvia wusste den Anruf nicht direkt zuzuordnen. »Ich glaube, Sie haben sich verwählt.« Sie klemmte das Telefon zwischen Schulter und Kinn, drückte die Türklinke hinunter, die die Oberwohnung öffnete, und trat in den Flur.

»Das glaube ich kaum. Ich habe die Geliebte Ihres Mannes in einen Unfall verwickelt«, sagte der Mann in freundlich-bestimmtem Tonfall. »So, wie wir es besprochen haben.«

Silvia erstarrte. »Was haben Sie?« Sie ließ die Bügel sinken, die Hemden rutschten zu Boden.

»Ich hab sie umgefahren. Es war zwar eigentlich anders geplant, weil die ja sonst immer mit dem Auto fährt, da hab ich gedacht, ein kleiner Auffahrunfall reicht, um sie ein bisschen zu schocken, aber heute fuhr sie mit dem Rad. Ich hab sie von hinten gerammt. Sie können zufrieden sein. Die ist dermaßen über den Lenker geflogen, da wird sich das mit der Schwangerschaft garantiert erledigt haben. Ist also alles so, wie Sie es haben wollten. Ich krieg dann achttausendsechshundertdreiundvierzig Euro von Ihnen.«

Silvia entglitten sämtliche Gesichtszüge. »Ähh … Sie haben … Nein … Was haben Sie gemacht?« Sie lehnte sich haltsuchend gegen die Wand im Flur.

»Ich hab die Frau umgenietet. Das hab ich doch gerade gesagt. Sie wollten, dass das Baby weg ist, haben mich angerufen, und nun hab ich das für Sie erledigt. Macht achttausendsechshundertdreiundvierzig Euro.«

»Ähh … Hören Sie. Das stimmt nicht. In dem Telefonat habe

ich Ihnen erklärt, dass ich das nicht will. Dass Sie das vergessen sollen. Das hab ich Ihnen am Telefon deutlich gesagt.«

»Nein. Sie haben mich angerufen und mir den Auftrag gegeben, die Dame in einen Unfall zu verwickeln. Das hab ich gemacht. Nun isse im Krankenhaus. Ich hab mir echt Mühe gegeben, nicht zimperlich zu sein. Ist ja nicht so einfach, wenn man weiß, man soll 'ne Schwangere aus dem Weg räumen. Das können Sie mir glauben. Auch als Knasti ist das nicht leicht. Eigentlich müsste ich noch eine Erschwernis-Sonderzulage fordern. Aber ich bin ja ein korrekter Typ. Wir haben achttausendsechshundertdreiundvierzig Euro abgemacht, und dabei bleibt es auch. Will mich ja nicht bereichern.«

Silvia bekam kaum noch Luft.

»Ich schlag vor, ich komm morgen gegen neun mit dem Taxi vorbei, und wir erledigen das mit der Kohle.«

»Ich kann das nicht«, presste Silvia hervor.

»Wie? Sie können das nicht?« Der Ton des Mannes wurde augenblicklich aggressiv. »Sie beauftragen mich, eine mir völlig fremde Frau über den Haufen zu fahren, und sagen dann, Sie können das Geld nicht aufbringen?« Er schnaubte. »Nein, Madame, da haben Sie sich den Falschen ausgesucht. Wer mit mir einen Deal aushandelt, der zahlt auch. Da hat sich noch keiner vor drücken können. Ich bin morgen um neun da. Und Sie haben dann besser die Kohle parat.« Er legte auf, ohne das von Silvia erwartete »Sonst ...« ausgesprochen zu haben. Aber es hatte dessen auch gar nicht bedurft.

Oh Gott. Was hatte sie da nur angezettelt? Sie hatte am Telefon doch ganz deutlich gesagt, sie wolle das Ganze nicht mehr. Das hatte sie doch gesagt.

Aber, flüsterte eine innere Stimme, du hast weder schriftlich noch auf Band festgehalten, dass du den Auftrag doch nicht erteilen willst. Vielleicht hat der Typ das Gespräch ja aufgezeichnet?

»Verdammt.« Silvia fluchte laut. Aber dann müsste er auch drauf haben, dass ich am Ende gesagt habe, ich will es doch nicht, dachte sie.

Ihre innere Stimme blieb davon unberührt. Das könnte er gelöscht haben, flüsterte sie. Deine Stimme und die Worte, er solle einen kleinen Unfall herbeiführen, reicht als Beweis.

Silvia spürte einen dicken Kloß im Hals. Offenbar steckte sie in der Klemme. Ganz tief steckte sie darin.

***

Er parkte das Taxi in der kleinen Seitenstraße. Viel Zeit hatte er nicht, aber es gab um diese Uhrzeit nicht gar so viele Aufträge, ein paar Minuten konnte er sich davonstehlen.

Als er das Zimmer betrat, schlief die Frau auf dem Bett. Zumindest sah es so aus. Er trat an die linke Seite. Man hatte sie so gelagert, dass sie Richtung Fenster blickte, doch dass sie überhaupt etwas sah, bezweifelte er.

»Ich hab nicht viel Zeit«, sagte er, als er sie auf die Stirn küsste und ihr über das Haar strich. »Aber ich wollte doch eben nach dir schauen. Ist auch fürs Personal ein Zeichen, dass sie sich gut um dich kümmern müssen, wenn sie merken, dass es jemanden gibt, der auf dich aufpasst.« Er setzte sich, streichelte ihre Hand. »Ich werde dafür sorgen, dass sie ordentlich mit dir umgehen.«

Sie sah ihn aus großen Augen an. Kein Anzeichen des Erkennens lag darin, ihr Blick war leer.

»In Sachen Andreas gibt es noch nichts Neues«, berichtete er. »Ich glaube, die Kripo tappt im Dunkeln. Kann ich verstehen, ich wüsste auch nicht, mit wem er sich angelegt haben sollte. Ich fand, er war ein wirklich netter Kerl. Ich hab ihn sehr gemocht. Aber irgendwas muss er wohl verbrochen haben, sonst hätte man ihn …« Die alte Frau stöhnte, und flugs beugte Tobias sich vor, wischte ihr über die Stirn und sagte: »Entschuldigung, ich darf dich nicht damit belasten. Ich werde Andreas nicht mehr erwähnen.«

Ein neuerliches Stöhnen.

»Nein, das ist nicht gut für dich. Das merke ich doch. Es ist besser, wenn ich dir einfach nur von den guten Dingen berichte, die mir widerfahren. Da gibt es jeden Tag irgendwelche Kleinigkeiten. Weißt du, es ist zum Beispiel so schön, dass ich bei dir sein kann. Ist schon was ganz Eigenes, so eine Beziehung zwischen Mutter und Kind, nicht? Manchmal merkt man eben erst ziemlich spät, was ein Kind einem bedeutet. Unter Umständen erst, wenn man auf die Hilfe des Kindes angewiesen ist. Aber besser spät als nie, sage ich immer. Und ich bin dankbar, dass wir es erleben können.«

Er warf einen Blick auf den großen Wecker, der auf dem Nachttisch stand. »Oh, Schiete, schon so spät. Ich hab mich nur ein paar Minuten davongestohlen und muss dringend wieder los.« Er stand auf und küsste erneut ihren Scheitel. »Ich hoffe, ich kann am Abend noch mal kommen. Sonst bin ich morgen wieder da.«

***

Oda verließ das Krankenhaus durch die Drehtür. Fünf Stunden lagen zwischen ihrer Ankunft und der bitteren Erkenntnis, dass nun alles anders war.

Sie hatte Christine nicht sehen dürfen. Dennoch hatte sie im Warteraum ausgeharrt, bis Christine aus dem OP auf die Intensivstation gebracht worden war. Einfach so fortzugehen, war Oda nicht in den Sinn gekommen. Das wäre, als würde sie Christine im Stich lassen.

Der Arzt, zu dem sie gerufen worden war, hatte sich als alter Bekannter entpuppt. Oda und er hatten zusammen Abitur gemacht und während der Oberstufenzeit auch so manchen Unsinn, den man im Erwachsenenleben aber natürlich niemals erwähnen durfte. Peter Janssen war inzwischen seit vielen Jahren Oberarzt im Nieter-Krankenhaus und, wie es der Zufall wollte, derjenige, der sich um Christine gekümmert hatte.

»Sie ist jetzt erst einmal stabil«, hatte Peter gesagt und dann sogleich versucht, sich auf seine ärztliche Schweigepflicht zu berufen. »Eigentlich dürfte ich dir nichts erzählen …«

Oda hatte ihm wortlos ihren Polizeiausweis hingehalten.

»Ja, ja, schon gut. Ich weiß, es geht um deine Kollegin. Ist in diesem Fall etwas verschwommen, die Sachlage.«

»Nee. Hier ist nix verschwommen. Meine Kollegin ist nicht krank, sondern Opfer eines Verkehrsunfalls mit Fahrerflucht. Da sind wir als Kripo sogar verpflichtet, zu ermitteln. Also spuck's aus. Wie geht es ihr?«

Für einen kurzen Moment hatte Peter kritisch geguckt und die Augenbrauen zusammengezogen. Dann hatte er anscheinend beschlossen, dass Oda schon wusste, was sie durfte und was nicht, und geantwortet: »Sie befindet sich im Koma, wurde schon komatös eingeliefert. Äußerlich war sie bis auf einige schwere Prellungen und Schürfwunden unversehrt, aber es gab innere Blutungen. Wir haben die sichere Beatmung hergestellt und dann die operative Notversorgung durchgeführt. Dabei stellten wir fest, dass sie schwanger war.«

Er hatte tief Luft geholt. »So was nimmt einen jedes Mal wieder mit. Welche Ausmaße ihre Kopfverletzungen haben, können wir derzeit allerdings nicht abschätzen. Auch wann und ob sie erwachen wird, können wir zum jetzigen Zeitpunkt unmöglich sagen.«

»Und das Baby?«

Peter hatte bedauernd den Kopf geschüttelt.

Oda war ganz anders geworden. »Sie hat davon gesprochen, dass es ein Mädchen wird. War es ein Mädchen?«

Ein kaum merkliches Nicken. »Ich hab aber nix gesagt.«

»Nein, nein. Ist schon okay. Bist du so lieb und gibst mir Bescheid, wenn sie aufwacht? Sie hat hier vor Ort keine Verwandten, aber ich werde ihre Familie in Hannover informieren. Hier. Falls du meine Nummer nicht mehr hast.« Sie hatte ihm ihre leicht zerknitterte Visitenkarte in die Hand gedrückt und war gegangen.

Jetzt lief Oda langsam die Auffahrt hinab zum Fahrradständer. Eine Bank lud auf halber Strecke zum Verweilen ein. Oda setzte sich. Fischte aus der Jackentasche eine ziemlich krumme Zigarette und ein Feuerzeug. Sie rauchte kaum noch, eigentlich wollte sie schon längst ganz aufgehört haben. Dies aber war einer jener Momente, in denen die Zigarette gerechtfertigt war. Da oben lag Christine auf der Intensivstation im Koma und kämpfte um ihr Leben. Den Kampf um ihr Baby hatten die Ärzte bereits verloren.

Doch davon wusste Christine noch nichts.

Gleich nachdem sie die erste aufgeraucht hatte, zündete Oda sich eine zweite Zigarette an. Dann zog sie ihr Handy aus der Hosentasche. Sieben Anrufe in Abwesenheit. Egal. Sie hatte Nieksteit informiert, dass sie warten werde, bis Christine aus dem OP kam, es gab heute nichts, was wichtiger war. Jetzt wählte sie seine Nummer.

»Ich brauch die Nummer von Christines Eltern«, bat sie ihn. »Ich glaub, die sollte ich persönlich anrufen. Ach ja. Und wenn du grad dabei bist, die von Steegmann kannst du mir auch geben.«

»Was willste denn von dem?« Niekstëit kannte die angespannte Haltung, die Oda dem Staatsanwalt gegenüber an den Tag legte.

»Frag nicht. Gib sie mir einfach.«

»Ist es so schlimm?«

»Die Nummer.«

»Scheiße.« Nieksteit gab die Rufnummern durch.

Mit einem knappen »Danke« legte Oda auf. Dann zog sie die Nase hoch. Zuerst das Einfache, dachte sie und tippte die zweiten von Nieksteit genannten Ziffern in ihr Smartphone.

»Steegmann«, hörte sie ihn kurz darauf sagen, knapp angebunden, als hätte sie ihn aus einer oberwichtigen Sitzung geholt, und arrogant wie immer.

»Wagner hier. Es geht um Christine.«

»Ist etwas passiert?«, fragte Steegmann irritiert.

Oda nahm einen tiefen Zug von der Zigarette, sie hatte Schwierigkeiten, weiterzusprechen. »Christine ist heute Morgen angefahren worden. Man hat ihr Leben zwar retten können, doch das Baby hat sie verloren. Sie liegt im Koma. Die Ärzte wissen derzeit nicht, wann oder ob sie das Bewusstsein wiedererlangt.« Oda konnte nicht verhindern, dass die Tränen, die ihr jetzt die Wangen hinunterliefen, auch in ihrer Stimme zu hören waren.

Mit der Hand wischte sie sich über Nase und Augen. »Ich wollte Ihnen das selbst sagen, bevor Sie es von offizieller Stelle erfahren.« Sie holte tief Luft. »Christine hat sich auf Ihr gemeinsames Baby gefreut, Herr Steegmann. Ich möchte, dass Sie das wissen.« Dann legte sie auf.

***

Silvia Steegmann zog sich das beigefarbene Kostüm über, dazu wählte sie eine weiße Bluse. Sie hatte nachgedacht und beschlossen, die von diesem widerlichen Erpresser geforderte Summe morgen für alle Fälle im Hause zu haben. Dann konnte sie immer noch abwägen, wie sie sich verhalten würde.

Natürlich hatte sie nicht vor, auch nur einen einzigen Cent an diesen Mann zu zahlen. Das käme einem Schuldeingeständnis gleich, und natürlich war sie *nicht* schuld an dem, was der Mann getan hatte. Meine Güte, man musste seinen Gedanken doch einfach freien Lauf lassen können, ohne dass ein Wildfremder in diesen Äußerungen gleich den Auftrag sah, einen anderen über den Haufen zu fahren. So hatte sie es wirklich nicht gemeint.

Gut. Sie hätte den Anruf am Sonntag nicht tätigen dürfen. Er lag wie ein Stein auf ihrer Seele. Und das dazugehörige Felsmassiv war der Anruf von heute Morgen. Aber nein, sie hatte am Ende des Telefonates *ausdrücklich* gesagt, dass der Typ die ganze Sache vergessen sollte.

Sie hatte einen Rückzieher gemacht.

Sie hatte den Auftrag letztlich *nicht* erteilt.

Trotzdem stieg sie nun im Kostüm in ihr Auto, bei dem der ADAC heute Morgen die Batterie ausgewechselt hatte, und fuhr zur Bank. Die müssten nach der Mittagspause inzwischen wieder geöffnet haben. Achttausendsechshundertdreiundvierzig Euro bekam man nicht am EC-Automaten, dafür musste man an den Kassenschalter. Darum war es vorteilhaft, im Kostüm dort aufzutreten, nicht in Jeans und den Eindruck erweckend, man stehe unter Strom.

Die Luft war mild und die kleine Sparkassen-Filiale erfreulich leer, als Silvia die Schalterhalle betrat. Seitdem die Filiale renoviert worden war und frisch in roten und grauen Farbtönen erstrahlte, hatte sie allerdings den Eindruck, man wolle mit Kunden nichts mehr zu tun haben. Denn es gab nur zwei kleine Stehtische mit Bildschirmen, an denen Kunden persönlich ein Anliegen vorbringen konnten. Bis auf die Angestellte an der Kasse sah man kaum Menschen, die hier arbeiteten. Wenn man den Kopf in den Nacken legte, konnte man oben auf der Empore ab und zu Leute in Anzug und Hemd herumlaufen sehen, die vermutlich zum Personal gehörten. Hätte Silvia etwas mehr Phantasie, sie hätte mühelos eine Welt zusammengebastelt, in der jene Mitarbeiter als Schattenmenschen an den unsichtbaren Drähten zogen, die die Normalbevölkerung in Trab hielten. Gar kein unwahrscheinliches Szenario … Mit einem Lächeln, von dem sie hoffte, dass es nicht zu gezwungen wirkte, trat sie an den Kassen-Schalter und legte die Plastikkarte hin.

»Guten Tag. Ich möchte bitte neuntausend Euro vom Geldmarktkonto abheben.« Auf ihrem laufenden Konto hatte sie nicht so viel Geld.

Die Angestellte griff nach der Karte, warf einen Blick darauf und entgegnete: »Das geht so nicht, da müssen wir den Betrag erst auf Ihr laufendes Konto umbuchen. Von diesem Konto können Sie keine Barabhebungen tätigen.«

Silvia merkte, wie sie zu schwitzen begann. Doch sie riss sich zusammen. Ganz ruhig bleiben und so tun, als ob alles normal wäre. »Natürlich«, gab sie in bewusst gelangweiltem Ton zurück, »wie Sie das bewerkstelligen, ist mir egal. Ich möchte nur gleich mit neuntausend Euro in bar hier rausgehen.« Sie lächelte, hatte aber den Eindruck, es wirkte gezwungen.

»Ich verstehe schon.« Die Bankangestellte zwinkerte ihr derart verschwörerisch zu, dass Schamesröte in Silvias Gesicht aufstieg. Was glaubte die Frau denn von ihr?

***

»Also, die Fingerabdrücke der Brauerei-Leute sind jetzt bei der Kriminaltechnik«, sagte Niecksteit, nachdem Oda in die Polizeiinspektion zurückgekehrt war, es sich in seinem Büro auf Lemkes Stuhl bequem gemacht und aus dem Krankenhaus berichtet hatte. Lemke war im Haus unterwegs. »Mal gucken, ob beim automatischen Abgleich was rauskommt.«

»Gut.« Oda war im Moment an anderen Dingen interessiert. »Habt ihr die Zeugenaussage der Anruferin, die den Unfall gemeldet hat?«

»Nee. Als der Rettungswagen ankam, war sie nicht mehr da.«

»Die war weg?«

»Jo.«

»Aha.« Oda zog nachdenklich die Nase kraus. »Also könnte es sein, dass die Frau gar keine Zeugin, sondern selbst diejenige gewesen ist, die Christine überfahren hat. Gibt es andere Zeugen?«

»Bislang hat sich niemand gemeldet. Die KT ist aber dabei,

die Spuren vom Unfallort auszuwerten. Sie haben dunkelblaue Lackpartikel gefunden, also wird es Spuren am Fahrzeug geben.«

»Na, immerhin etwas.« Oda verschränkte die Hände im Nacken und dehnte sich, als das Telefon klingelte. Niiksteit nahm ab. Der Mann – Oda konnte auch von ihrem Platz aus hören, dass es ein Mann war – sprach in knappen Sätzen, die Niiksteit jeweils nur mit »Ja« oder »Aha« kommentierte. Neugierig hob Oda die Augenbrauen.

Das Gespräch dauerte nicht lang, Niiksteit beendete es mit den Worten: »Wir sind gleich da.«

»Was ist los?«

»Das war der Chef der Taxi-Zentrale, Herr Schultz. Er ist heute wieder im Betrieb und hat im Regal in seinem Büro zwischen zwei Ordnern einen dicken braunen Umschlag gefunden, der ihm suspekt vorkam, denn er selbst hatte den da nicht hingetan. Da der Name Andreas Schmidt draufsteht, hat er angerufen. Also heb deinen müden Hintern und folge mir.«

Auf dem Weg zum Parkplatz fiel Niiksteit etwas ein. »Ach, was ich dir grad sagen wollte, als der Schultz anrief: Heute früh gegen acht Uhr dreißig wurde im Fröbelweg ein Fahrzeug als gestohlen gemeldet. War ziemlich dreist. Die Täter sind durch den Garten und die unverschlossene Terrassentür ins Haus eingedrungen, haben aus der Küche im Erdgeschoss die Handtasche der Hausbesitzerin sowie den Schlüssel für den Mercedes entwendet und sind abgehauen, ohne dass die Eigentümerin, die sich im ersten Stock im Badezimmer befand, etwas bemerkte.«

»Och nö. Sag mir jetzt nicht, dass es sich dabei um ein dunkelblaues Auto handelt.«

»Gut, dann sag ich's nicht.« Niiksteit zog eine übertriebene Flunsch.

»Also doch?«

»Jo. Dunkelblau und weg.«

»Mist.«

»Jo.«

Am liebsten hätte Oda mit der Faust auf den Tisch geschlagen, aber das hatte sie einmal versucht, und es hatte ziemlich wehgetan.

Kurze Zeit später standen Niksteit und sie in der Taxi-Zentrale. Das Gesicht hinter dem Schalter kannte Oda noch nicht. Der Mann war deutlich älter als die jungen Männer, die bei ihren letzten Besuchen hier gesessen hatten. Sein Gesicht war gebräunt und von zahlreichen Falten durchzogen. Der Mann trug ein weißes Oberhemd jener Marke, für die Dieter Bohlen Werbung machte und die jedem ins Auge sprang, ohne dass Oda nun hätte sagen können, welche Marke das war. Jürgen trug so was nicht, er vertrat die Ansicht, derart auffällige Oberhemden seien nur was für Männer, die es in den Oberarmen, aber nicht im Schädel haben, und Alex interessierte sich für alles andere als Oberhemden, egal wie cool die auch designt waren.

»Oda Wagner. Kripo Wilhelmshaven. Das ist mein Kollege Niksteit.« Sie zückte ihren Ausweis. »Sie haben angerufen?«

»Jo.« Der Mann stand auf. Seine schmalen Hüften steckten in knapp sitzenden, ausgeblichenen Jeans. »Kurt Schultz. Ich bin der Chef von diesem Laden.« Er reichte beiden die Hand.

»Tut mir leid, dass ich das nicht schon eher entdeckt hab, aber ich bin die letzten Tage bei einem Meeting mit anderen Vertretern niedersächsischer Taxi-Unternehmen in Hannover gewesen. Es ging um einen einheitlichen Tarif für alle anstelle dieses derzeit herrschenden Kuddelmuddels. Sie können sich gar nicht vorstellen, mit was für Tumulten wir es momentan zu tun haben. Die Betriebe in den umliegenden Gemeinden sind stocksauer, weil sie eine Anfahrtpauschale von fünf Euro ausweisen müssen, während wir noch zwei Euro dreißig nehmen dürfen. Bei uns sind aber keine Freimeter enthalten, während bei den Kollegen tausendachthundertsiebzehn gefahrene Meter inklusive sind. Das mag Ihnen jetzt zwar pillepalle vorkommen, aber es geht um Existenzen. Denn wer von den jungen Discobesuchern steigt in ein Taxi ein, das fünf Euro Startgebühr hat? Keiner. Gerade an den Wochenenden läuft der Betrieb vor allem über die Diskotheken. Und die jungen Leute haben das Geld einfach nicht.«

Oda wunderte sich ein wenig, dass der Typ so auf diesen Tarifen herumritt, wo er doch ein viel größeres Problem am Hals hatte, nämlich den toten Angestellten. Und überhaupt hatte *er* doch wegen eines dubiosen Umschlags angerufen. »Das mag ja alles sein, Herr Schultz, und wir können uns darüber auch gern ein andermal unterhalten, aber wollten Sie uns nicht einen Umschlag zeigen?«

»Ja, ja. Natürlich. Moment.« Er verschwand in einem angrenzenden Raum und kehrte mit einem dicken DIN-A4-Umschlag zurück. »Hier.« Er hielt ihn Oda hin, die jedoch mit einer Handbewegung auf Niksteit deutete, der tatsächlich schon die Einmalhandschuhe übergestreift hatte.

»Ach so. Ja. 'tschuldigung. Hab ich gar nicht dran gedacht.« Schultz grinste ein Bohlen-Lächeln. »Da sind jetzt also meine Abdrücke drauf.«

»Kein Problem«, gab Oda ebenfalls grinsend zurück, während Nieksteit den Umschlag öffnete und vorsichtig ein Blatt herauszog. »Sie haben in Ihrem Büro doch bestimmt ein Stempelkissen und ein Blatt Papier, da können wir gleich ganz unproblematisch Ihre Abdrücke nehmen und sie zusammen mit dem Umschlag an die Kriminaltechnik geben. So können die das sofort abgleichen, und alles ist paletti.«

»Jo. Das ist eine gute Idee.« Ohne zu zögern, holte Schultz das Stempelkissen aus seinem Büro und zog ein Blatt Papier aus dem Faxgerät. Während Oda Schultz' Fingerkuppen erst aufs Stempelkissen, dann aufs Papier drückte und Nieksteit noch das Blatt studierte, klingelte die Telefonanlage.

»Sind Sie mal eben so nett und nehmen ab?«, bat der Unternehmer Oda. »Sie müssen sich nur mit ›Taxen Schultz‹ melden und aufschreiben, wo wir den Anrufer abholen sollen.«

»Klar.« Oda nahm den Hörer ab, hörte der älteren Dame zu, sagte: »Moment bitte« und fragte Schultz: »Wie lange dauert es, bis ein Wagen in der Beethovenstraße ist?«

»Viertelstunde.«

»Viertelstunde«, wiederholte Oda in den Hörer, nickte, sagte: »Okay« und schrieb Namen und Hausnummer auf. »Die hätte doch auch mit dem Bus fahren können«, sagte sie, als sie fertig war, »da fährt doch einer, oder?«

»Jo.« Schultz stand auf, um sich die Hände zu waschen. »Aber es gibt viele Ältere, die lieber Taxi als Bus fahren. Und die können es sich leisten. Die gehören ja zu einer Rentnergeneration, die noch Geld hat. Unsereins … Vergessens Sie's. Für uns bleibt doch nichts mehr übrig.«

»Das hier sind alles Unterlagen aus der Brauerei«, sagte Niekstei t und brachte so das Thema wieder auf den Inhalt des Umschlags. »Das muss natürlich erst noch in die KTU, aber ich glaube, wir müssen das Motiv doch in Jever suchen.«

Oda sah ihn überrascht an. »Er hat Brauerei-Unterlagen hier versteckt? In der Taxi-Zentrale? Mein lieber Scholli. Dann sind die Unterlagen vielleicht brisant, und er hielt es für zu gefährlich, sie in seinen eigenen vier Wänden aufzubewahren.«

»Das glaube ich auch«, stimmte Niekstei t zu.

»Hat er Ihnen gegenüber mal erwähnt, dass es Ärger oder so in der Brauerei gab?«, fragte Oda Schultz.

»Nein.« Der Unternehmer schüttelte den Kopf. »Wir haben überhaupt nicht über seine Arbeit dort gesprochen, er ist ja ohnehin nur als Aushilfe bei uns gefahren. War praktisch, weil er ja oben wohnte und im Notfall schnell einspringen konnte, aber ich kann Ihnen eigentlich nichts über Schmidt erzählen.«

Draußen fuhr eine dunkelblaue Limousine rasant in eine Parklücke auf der gegenüberliegenden Straßenseite. Die Reifen qualmten beinahe. Eine Frau stieg aus. Sie sah nur kurz nach links und rechts, dann lief sie über die Straße, ohne sich um die Autos zu kümmern, die von beiden Seiten kamen, und toste wie ein Orkan in die Zentrale.

»Scheiße, Kurt«, fluchte sie, fischte sich mit Fingernägeln, bei deren Länge Oda schier schwindelig wurde, eine Zigarette aus einer Packung und schaffte es tatsächlich, irgendwie das Feuerzeug zu entzünden und die Zigarette daran zu halten. Der obere Rand der Fingernägel war schwarz lackiert, und ein oranges Rankenmuster zog sich hinab in Richtung Finger.

Oda warf einen kurzen Blick auf ihre eigenen Nägel. Immerhin kaute sie nicht mehr, seitdem Christine mit ihrer stets perfekten Maniküre zum Team gehörte, aber auf die Idee, sich solche Monsterteile machen zu lassen, wäre Oda im Leben nicht gekommen. Die passten auch gar nicht zu ihr. Zu Christine auch nicht, die trug die Nägel auf angemessene Länge manikürt und entsprechend lackiert.

Vier hastige Züge später warf die Nagelqueen den Stummel in den Standaschenbecher. »Ich hab Scheiß gebaut. Mann, ey. Wollte eigentlich rückwärts fahrn. Hab gedacht, ich hab den Gang schon drin, guck über den Beifahrersitz durch die Heckscheibe, geb Gas, und der Scheißwagen macht einen Satz nach vorn und knallt voll gegen einen Laternenmast, statt nach hinten zu rollen. Ey, ich hatte verdammt noch mal den falschen Gang drin.«

Dass die Dame Kaugummi kaute, verwunderte Oda nicht. Die Taxifahrerin schien allerdings erst jetzt zu merken, dass ihr Chef nicht allein im Laden stand.

»Sorry. Ich fahr normalerweise echt super und immer unfallfrei. Müssen Sie sich keinen Kopp machen. Wo soll's denn hingehen?« Sie warf Schultz einen unbestimmten Blick zu, sagte: »Ich meld mich nach der Fuhre«, und wandte sich wieder an Oda und Nieksteit. »Kommen Sie. Mein Wagen steht auf der anderen Straßenseite.«

Oda guckte Nieksteit an. Der nickte. Okay, die Dame hatte es so gewollt. Schultz, der wohl die Situation gerade hatte richtigstellen wollen, stand mit offenem Mund daneben.

Sie folgten der Frau auf die andere Straßenseite, wo sie einladend die Beifahrertür öffnete. »Wo soll's denn hingehen?«, fragte sie.

»Nirgends«, antwortete Oda und schlug die Beifahrertür wieder zu. »Wir interessieren uns nur für Ihr Taxi.« Sie sah die Frau an. »Zeigen Sie doch mal, wo Sie den Laternenmast gerammt haben. Und erzählen Sie uns, welcher Mast das war. Und um welche Uhrzeit. Ach ja. Ihre Personalien brauchen wir auch.«

Während die Taxifahrerin immer blasser wurde, verhärtete sich Odas Gesichtsausdruck mehr und mehr. Eine Frau hatte heute früh den Rettungswagen gerufen. Eine Frau kam hier bei der Taxi-Zentrale mit einem dunkelblauen, frisch verunfallten Wagen vorgefahren. Und die Unfallspuren befanden sich vorn.

»Ruf doch mal die Kollegen von der KT«, bat Oda Nieksteit. »Es kann ja nicht schaden, wenn wir uns auch den restlichen Fuhrpark näher angucken.«

Schultz war ihnen auf die Straße gefolgt, er hielt ein schnurloses Gerät seiner Telefonanlage in der Hand.

»Den ganzen Fuhrpark? Was soll das denn? Schmidt ist doch erschossen worden. Und nicht überfahren.«

»Das stimmt. Aber die Kollegin, die mit mir im Fall Andreas Schmidt ermittelt, ist heute Morgen von einem dunkelblauen Wagen angefahren und sehr schwer verletzt worden.«

»Um Gottes willen«, entfuhr es Schultz. »Und jetzt glauben Sie, dass Silvie das war?«

Der Nagelqueen klappte die Kinnlade runter. »Ich …«

»Wir glauben gar nichts. Wir halten uns an Tatsachen. Und deshalb möchten wir, dass die Kriminaltechnik dieses Auto untersucht und sich auch den Rest Ihres Fuhrparks anguckt, um festzustellen, ob eins Ihrer Fahrzeuge in den Unfall verwickelt war.«

»Wenn es denn sein muss … Ich kann Ihnen schon mal die Autos zeigen, die grad hier sind.«

Oda und Nieksteit begutachteten jedes der Fahrzeuge. Es gab zwar an einigen Dellen und Beulen, aber nichts deutete darauf hin, dass einer der Wagen erst vor Kurzem einen Zusammenstoß mit einem silberfarbenen Fahrrad gehabt haben könnte.

»Wie viele Autos sind derzeit noch im Einsatz?«, fragte Oda.

»Fünf. Am Wochenende brauchen wir in den Abendstunden meist den gesamten Fuhrpark und auch zwischendurch mal, wenn die Züge wegen der Streckensanierungen kurzfristig ausfallen. Aber normalerweise reichen fünf. Also, im Winter nicht, bei Glatteis. Da sind auch alle Fahrzeuge unterwegs, aber um diese Jahreszeit …«

***

Feierabend. Es ging ein leichter Wind. Ein paar Wolken zogen gemütlich über den frühlingsblauen Himmel. Eine Kuh muhte. Irgendwo bellte ein Hund. Balko, Ennos in die Jahre gekommener Labrador, reagierte nicht darauf, sondern blieb träge neben dem Eingang zum Kuhstall liegen. Bauernhofidylle. Eine Idylle, die trog.

Enno Hinrichs wischte sich mit der schmutzigen Hand den Schweiß von der Stirn, rieb ihn mit dem Dreck in seine grüne Latzhose, stemmte die Hände in die Hüften und ließ den Blick über die Weiden gleiten. Fast endlos schien die Fläche, die sich vor ihm erstreckte, wobei natürlich nicht alles zu seinem eigenen Hof gehörte.

Er atmete tief die Luft ein. Der Geruch von Kuhmist und Stall, von Weide und Frühling strömte in seine Lungen. Er wollte diesen Geruch speichern. Festhalten. Sich immer daran erinnern können.

Die Entscheidung, die er treffen musste, wog schwer.

Als sähe er den Hof zum ersten Mal, blickte er sich um. Zweifelsfrei hatte das große Wohngebäude bessere Zeiten gesehen. So ungern er es sich eingestand, es wirkte heruntergekommen. Die Fenster hätten längst schon erneuert werden müssen, die Fassade brauchte einen frischen Anstrich.

Doch die Leckstellen im Dach des Stalls waren wichtiger gewesen. Wie so vieles wichtiger war, was den bäuerlichen Betrieb betraf. All das kostete Geld. Geld, über das er nicht verfügte. Der neue Traktor hatte ihm finanziell das Genick gebrochen. Nicht dass er einen neuen gewollt hatte, beileibe nicht, er war schlichtweg nicht um die Anschaffung herumgekommen und hatte sich selbstredend für einen gebrauchten entschieden, doch auch der kostete noch vierzigtausend Euro. Das war verdammt viel Geld. Enno hatte nächtelang gegrübelt, überlegt, Pläne aufgestellt und wieder verworfen. Letztlich gab es keinen anderen Weg, als den Traktor zu kaufen, um das Überleben des Hofes und seine Existenz zu sichern. Dreißigtausend Euro hatte er sich dazu von der Bank leihen müssen. Mit den Kreditraten hatte die Abwärtsspirale begonnen. Obwohl er wirklich fleißig war und auch Frieda tüchtig mit anpackte, reichte es vorn und hinten nicht.

Er setzte sich auf die schmuddelige Plastikbank seitlich des Stalltores. Balko hob den Kopf, ließ ihn jedoch wieder sinken und beobachtete träge die Hühner, die unbekümmert über den asphaltierten Platz liefen, auf dem die Kühe einige Fladen hinterlassen hatten. Der Platz musste dringend gereinigt und ausgebessert werden, der Asphalt war von Rissen durchzogen, aus denen Unkraut wuchs. Ein Löwenzahn lachte ihn keck an mit seinem sonnengelben Kopf. Frau Meyer, die rot-weiß gemusterte Katze, stolzierte majestätisch an Enno vorbei. Was würde er in diesem Moment dafür geben, eines seiner Tiere zu sein! Sorglos, unbeschwert, einfach nur an den nächsten Moment denken, in dem Vertrauen, dass schon irgendwer das Futter und den Wassertrog hinstellen würde. Enno fühlte sich kraftlos. Ausgelaugt.

Er war am Ende.

Außer Frieda hatten nur sein Schwager Heinz und dessen Frau Hilke die ganze Misere mitbekommen. Natürlich, das war Familie. Man war füreinander da. Redete über alles. Auch über finanzielle Schwierigkeiten. Enno erinnerte sich noch genau an das Gespräch, das sie an jenem Tag geführt hatten, an dem die erste Mahnung von der Bank gekommen war. Am liebsten hätte er Heinz schon am Mittag auf dem Brauereigelände bei der Abholung des Trebers davon erzählt. Da nahmen sie sich jedes Mal ein wenig Zeit für einen kleinen Klönschnack. Aber alles konnte man in den wenigen Minuten natürlich nicht besprechen. Und irgendwie war es ihm auch unangenehm gewesen, sein Versagen eingestehen zu müssen.

Am Abend hatten sie wie jeden zweiten Montag im Monat zu viert beim Rommé-Spiel zusammengesessen, Frieda hatte gerade ein Rommé Hand hingelegt. Heinz und Hilke hatten zu dem Zeitpunkt schon ordentlich ausgelegt, nur er selbst hatte die Faust noch voll gehabt und sich einen Haufen weiterer Minuspunkte anschreiben müssen.

»Das Leben ist ungerecht«, hatte er geflucht, seinem Schwager einen weiteren »Moorgeist« eingeschenkt – die Frauen tranken Sekt –, und gemeinsam hatten sie den Schnaps mit dem Spruch »Nich lang schnacken, Kopp in Nacken« hinuntergestürzt.

Nach dem vierten Moorgeist war der ganze Weltschmerz über Enno hereingebrochen. Er hatte all seine Not in einen derartigen Seufzer gepackt, dass die anderen drei ihre Karten verdeckt auf den Tisch gelegt hatten.

»Was ist los?«, hatte Heinz wissen wollen und gleich zu Frieda geblickt. Die hatte ihren Bruder hilflos angesehen und nach einer kurzen Pause ehrlich geantwortet: »Der neue Trecker frisst uns finanziell auf. Wir wissen nicht, wo wir noch sparen sollen, um die Raten zahlen zu können.«

»Halt die Klappe, das geht nur uns beide was an«, hatte Enno sie daraufhin angefaucht. Frieda hatte ihn erschrocken angesehen. Denn in diesem Tonfall sprach er normalerweise nie mit ihr.

»Nein«, hatte sie aufbegehrt, »Heinz ist mein Bruder, und wenn es uns dreckig geht, darf er das wissen. Wir müssen den beiden nichts vorspielen. Wir kommen kaum über die Runden, sparen an allen Ecken und Kanten, haben den Fernseher abgemeldet und ernähren uns so billig wie möglich. Sekt und Moorgeist gibt's normalerweise nicht mehr. Wir trinken Leitungswasser. Oder Rohmilch. Und Tee natürlich. Aber den billigen vom Aldi.«

Hilke und Heinz hatten betroffen reagiert.

»Wenn wir euch irgendwie helfen können …«

Enno hatte das rigide abgelehnt. »Das ist lieb von euch, aber wir schaffen es allein. Ist nur gerade eine verdammt schlechte Zeit, durch die wir kommen müssen.«

Für die nächste Treber-Ladung hatte Enno dann keine Rechnung erhalten. Das war ihm zunächst gar nicht aufgefallen. Aber auch für die übernächste war keine Rechnung gekommen, und für die danach ebenfalls nicht. Natürlich hatte er überlegt, ob er Heinz darauf ansprechen sollte. Erst jedoch hatte er mit Frieda darüber geredet.

»Quatsch«, hatte sie gesagt. »Still ruht der See. So was ist kein Versehen. Und wenn du Heinz drauf ansprichst, muss er reagieren. Er wird so tun, als wäre es ein dummer Zufall, dass ausgerechnet deine Lieferscheine auf dem Weg in die Buchhaltung verloren gehen. Kann ja vorkommen. Aber dann muss er dafür sorgen, dass es nicht wieder passiert. Lass das bloß sein.«

Er hatte mit Heinz nicht ein einziges Mal über die wundersamen Wege der verschwundenen Lieferscheine gesprochen. Ein Gentlemen's Agreement, eine stillschweigende Schwager-Übereinkunft.

Die dennoch aufgeflogen war.

Ob Heinz etwas von Andreas' überraschendem Besuch auf dem Hinrichs-Hof wusste? Wahrscheinlich nicht. Sonst hätte er sich ihm gegenüber anders verhalten. Vor anderthalb Wochen hatte Andreas unvermittelt auf dem Hof gestanden und die folgenschweren Worte »Wir müssen reden« an ihn gerichtet.

Enno hatte sich erschrocken umgeschaut, ängstlich, damit Frieda bloß nichts mitbekam, und sich unwissend gegeben. »Was is?«

»Das wird aufhören«, hatte Andreas bestimmt. »Und du wirst deine Außenstände bezahlen. Insgesamt knapp achtzehntausend Euro.«

Diese Zahl hatte den kompletten Speichelfluss in Ennos Mund getilgt. Alles trocken, nix mehr da.

»Achtzehntausend?« Er hatte nur noch krächzen können.

»Ja. Achtzehntausend.« Andreas hatte einen dicken Stapel DIN-A4-Zettel aus seiner Jacke gezogen und sie vor Enno auf den mit Kuhfladen übersäten Boden geworfen. »Da. Kannst sie ruhig wegschmeißen. Sind nur Kopien. Ich hab die Original-Lieferscheine gut verwahrt. Und wenn du nicht zahlst, krieg ich dich dran. Dann bist du den Hof los. Und dein Schwager seinen Job. Den hab ich bisher verschont. Aber wenn du nicht zahlst, ist er auch fällig.« Er hatte sich auf dem Absatz umgedreht, war ohne Eile zu seinem am Straßenrand geparkten Wagen gegangen, eingestiegen und losgefahren.

Zehn Tage war das nun her.

Seitdem war in Ennos Leben nichts mehr so wie zuvor.

Zuerst hatte er versucht, einen schnellen Ausweg zu finden. Doch es gab keinen. An Geld kam er ohne Weiteres nicht heran, einen Teil des Grundbesitzes zu verkaufen, wäre langwierig gewesen und hätte Fragen aufgeworfen, die er nicht beantworten wollte. Bis spät in die Nächte hinein hatten Frieda und er versucht, Lösungen zu finden.

Mit Heinz hatte er nur ein kurzes, die Lage sondierendes Gespräch geführt. Aber nichts ließ ihn darauf schließen, dass auch Heinz unter Druck gesetzt worden war. Also hatte Enno die Konsequenzen aus dem, was er an jenem moorgeistseligen Rommé-Abend ins Rollen gebracht hatte, tragen müssen und tragen wollen. Um Schaden abzuwenden von denen, die zu ihm hielten und ihn unterstützten.

Dienstag

Überall piepten Instrumente und Messgeräte. Nicht nur an Christines Bett, sondern auch an dem daneben, das nur durch einen Stoffvorhang einen Anflug von Privatsphäre erhielt. Eine wahre Kakofonie an Tönen. Wie sollte ein Patient, der dringend der Ruhe bedurfte, hier auch nur ansatzweise genesen? Über allem schwebte der typische Krankenhausduft, eine Mischung aus Desinfektionsmittel und … keine Ahnung, was. Oda hatte ihn in der Nase, seit sie vor über achtzehn Jahren zur Entbindung von Alex im Nieter gewesen war.

Sie war früh aufgestanden, um vor Dienstbeginn ins Krankenhaus zu fahren und sich selbst einen Eindruck davon zu verschaffen, wie es Christine ging. Ob es an ihrem Dienstausweis, an Peters Instruktionen oder der interdisziplinären Zusammenarbeit zwischen Krankenhaus und Polizei lag, war ihr in diesem Augenblick egal, jedenfalls hatte man sie zu ihr gelassen. Das allein zählte.

Oda presste die Lippen zusammen, als sie sich neben dem Bett auf einem Stuhl niederließ, Christines Hand nahm und sacht streichelte. Bleich lag ihre Kollegin in den Laken, die blonden Haare bildeten so gar keinen Kontrast zum weißen Kissen, und dann waren da all die Schläuche, die von ihren Armen zu Infusionsständern liefen. Auf Odas kurze Frage, ob Christine den Weg aus dem Koma zurückgefunden hatte, hatte die Krankenschwester nur bedauernd den Kopf geschüttelt.

»Wir werden denjenigen finden, der dich umgefahren hat«, sagte Oda in der ihr eigenen saloppen Art, wobei es ihr in diesem Fall ungewohnt schwerfiel, leichtzutun. »Und wenn du wieder fit bist, kannst du ihn dir selbst zur Brust nehmen. Das überlass ich dir, da misch ich mich nicht ein. Versprochen.«

Christine reagierte nicht. Ihr Brustkorb hob und senkte sich in regelmäßigen, immer gleichen Atemzügen, die auf Oda verdammt ernüchternd wirkten, weil sie deutlich machten, dass Christine von dem, was um sie herum geschah, vielleicht gar nichts mitkriegte.

»Weißt du, wir lassen gerade ein verdächtiges Fahrzeug untersuchen«, fuhr Oda trotzdem fort, verstummte jedoch, als die Krankenschwester auf sie zutrat.

»Da ist ein Herr Steegmann, der zu Frau Cordes möchte. Er sagt, er stehe in einem engen Verhältnis zu ihr.«

Oda nickte, wenngleich sie das nur ungern tat. Aber sicherlich hatte Steegmann das Recht, Christine zu sehen. »Stimmt.«

»Gut. Dann lasse ich ihn rein, aber zu zweit können Sie nur kurz bleiben.«

»Ich weiß. Danke.«

Nur wenige Momente später stand Carsten Steegmann neben ihr.

»Morgen.« Er nickte Oda zu und sah sie fragend an.

»Moin.« Wenn der was wissen wollte, musste er schon den Mund aufmachen, einfach nur staatsanwaltlich die Augenbrauen hochziehen, das zog bei Oda nicht. Und natürlich ließ Oda Christines Hand nicht los. Im Gegenteil, sie drückte sie ein wenig fester, damit Christine merkte, dass sie ihr zur Seite stand, falls sie irgendwo dadrin hören sollte, dass Steegmann ebenfalls aufgekreuzt war.

Steegmann trat an die gegenüberliegende Seite des Bettes, griff nach Christines rechter Hand, beugte sich über sie und hauchte ihr einen Kuss auf die Stirn. »Hallo, mein Schatz. Wie geht es dir heute?«

Oda hätte kotzen können. Dieses verlogene Arschloch. Als wenn ihm wirklich was an Christine liegen würde.

»Besserung gibt's noch nicht?« Mit diesen Worten wandte er sich an Oda.

»Nein.«

»Sind Sie in den Ermittlungen zum Tathergang schon weitergekommen?«

»Lassen Sie uns darüber nicht gerade hier sprechen«, gab Oda zurück, wobei sie nicht verhindern konnte, dass ihre Stimme hart klang. »Wir dürfen sowieso nicht lange bleiben, also lassen Sie uns lieber draußen reden.«

»Gut.« Er küsste Christine erneut auf die Stirn. »Tschüss.«

Wie? Wollte der jetzt tatsächlich gleich wieder gehen und nicht länger bei Christine bleiben?

Sie musste ihn ein wenig entgeistert angesehen haben, denn er setzte auffordernd nach: »Was ist? Wolln wir?«

Oda stand auf, der Stuhl quietschte beim Zurückschieben auf dem Fußboden. »Tschüss, du. Ich versuche, nachher noch mal reinzukommen.« Sie streichelte Christines Wange, dann verließ sie mit Steegmann den Raum und die Intensivstation. Dabei hatte sie das Gefühl, dass der Duft von Steegmanns Aftershave im Bereich um Christines Bett hängen geblieben war. Hoffentlich verzögerte das den Heilungsprozess nicht.

Auf dem Krankenhausflur sagte sie: »Also, ich könnte jetzt einen Kaffee gebrauchen. Und ein Brötchen. Hab noch nicht gefrühstückt. Wie ist das bei Ihnen? Wir könnten uns kurz ins Krankenhaus-Café setzen.« Eigentlich hatte sie erwartet, dass Steegmann wichtig auf die Uhr sehen und ablehnen würde, doch er überraschte sie.

»Das ist eine gute Idee. Ich habe heute früh auch noch keinen Bissen heruntergebracht.«

Dieser Ausspruch brachte ihm – ganz gegen Odas Willen – doch noch ein paar Pluspunkte ein.

Während sie am gläsernen Tresen darauf warteten, dass die Bedienung ihnen Kaffee und Brötchen auf ein Tablett stellte, begann Oda, von dem gestohlenen Wagen und dem beschädigten Taxi zu berichten. Die Tabletts balancierend, gingen sie zu einem Tisch. Oda gab zwei Löffel Zucker in ihren Kaffee, und heute war ihr auch nach Sahne.

»Wir müssen abwarten, ob die Spuren vom Taxi zu denen passen, die die KT an der Unfallstelle gesichert hat«, fasste sie zusammen, bevor sie einen Schluck trank und herzhaft in das Salamibrötchen biss. Während sie kaute, sprach sie weiter. »Es könnte ja sein, dass die Taxifahrerin erst Christine überfahren und dann zur Vertuschung des Ganzen den Wagen gegen den Laternenpfahl gesetzt hat. Man weiß ja nie. Wir haben es überprüft, es gibt tatsächlich auch Lackspuren an dem besagten Laternenmast. Wenn wir nachweisen können, dass die Taxifahrerin diejenige war, die den Rettungswagen angefordert hat, passt es zusammen. Dann ist sie mit ziemlicher Sicherheit auch die Unfallfahrerin. Denn dass diese beiden identisch sind, liegt nahe, und eine andere Frau hat sich nicht gemeldet, beziehungsweise wir haben sie noch nicht finden können. Ist alles ganz schön dubios.«

»Man müsste einen Stimmenvergleich machen, um zu überprüfen, ob Unfallfahrer und Taxifahrerin ein und dieselbe Person sind. Gibt es Zeugenaussagen?«

»Keine wirklich relevanten. Aber wie es so ist, es gibt immer Leute, die aus dem Fenster schauen, gerade wenn sie die Sirene eines Krankenwagens hören. Und so kamen am Nachmittag doch ein paar Anrufe rein. Kurz vor dem Unfall sei ein dunkelgrüner Wagen mit überhöhter Geschwindigkeit den Neuengrodener Weg entlanggefahren, hieß es da zum Beispiel. Andere haben einen dunkelblauen Wagen in Richtung Friedenstraße fahren sehen, und eine ältere Dame, die gerade den Müll rausbrachte, hat sich über einen roten Kleinwagen gewundert, der zu dem Zeitpunkt, als der Rettungswagen am Unfallort ankam, in die Raabestraße einbog, dort für einige Minuten hielt und dann erst weiterfuhr.«

»Das Kennzeichen hat sie sich nicht gemerkt?«

»Nein. Sie wunderte sich nur kurz, lief dann zur Straße vor und beobachtete von dort aus, wie Christine abtransportiert wurde. Als sie zurück in die Wohnung gehen wollte, war der Kleinwagen weg, aber es kam ihr eben eigenartig vor, darum hat sie angerufen.«

»Aha. Ist ja nicht viel.«

»Nein. Die KT ist dabei, alle Lackspuren auszuwerten und zuzuordnen. Und natürlich nehmen die Kollegen den Wagen der Taxifahrerin ganz genau unter die Lupe, der hat erst mal oberste Priorität. Die anderen blauen Limousinen aus dem Taxen-Fuhrpark folgen. In dem Betrieb wurden, nein werden übrigens zwei Freigänger beschäftigt, die Kontakt zu dem Mordopfer hatten. Guckt man sich deren Akten an, drängt sich der Gedanke auf, dass vielleicht ein Zusammenhang zu Christines Fall bestehen könnte. Zumindest geht es mir seit gestern Abend so. Der eine von beiden hat nämlich vor acht Jahren eine schwangere Frau überfahren. Sie und das ungeborene Baby starben.«

Oda hatte die halbe Nacht über diesen möglichen Zusammenhang nachgegrübelt und die Indizien wieder und wieder von allen Seiten betrachtet. Sie hasste Voreingenommenheit und wollte niemanden vorschnell verurteilen oder als Wiederholungstäter abstempeln, aber die Lackspuren, der Mord, die angeblich gerammte Laterne und zwei Freigänger mit überbordendem Strafregister … das waren ihr doch etwas zu viele Zufälle auf einmal.

»Damit ist es übrigens nicht genug«, ergänzte sie. »Die werdende Mutter war auch die Mutter des Täters. Sie hatte ihren Sohn weggegeben und jeden Kontakt zu ihm abgelehnt. Als sie Jahre später erneut schwanger wurde, war das wohl ihre Strafe, nach dem Motto: ›Mutter liebt nicht mich, aber das neue Leben in ihrem Bauch und muss deshalb bestraft werden.‹ Falls dieser junge Mann also durch irgendwelche uns nicht bekannten Umstände herausgefunden haben sollte, dass Christine in anderen Umständen war, könnte vielleicht das alte Trauma neu entfacht worden sein. Oder aber Christine ist ermittlungstechnisch irgendwem zu nahe gekommen. Hat sie in dieser Richtung etwas gesagt? Oder hat sie sich am Wochenende mit irgendwelchen Zeugen oder einem ihrer Meinung nach mutmaßlichen Täter getroffen?«

»Davon weiß ich nichts. Wir haben uns zwar Samstagabend beim Kochen über den Stand der Ermittlungen unterhalten, aber Christine erwähnte nichts davon, dass sie kurz davor sei, den Täter zu überführen. Sie erzählte mir lediglich, dass sie am Freitagabend noch mit einem der beiden Freigänger gesprochen hat, weil sie mit dem bis dato kein persönliches Wort gewechselt hatte.«

»Dann muss es sich um Tobias Kuhn gehandelt haben, das ist der, der seine Mutter überfahren hat. Gibt es also doch eine Verbindung? Ich weiß aus seiner Akte, dass er seit Kurzem wieder Auto fahren darf. Und Christine war ja auch schwanger.«

»Aber das konnte man noch nicht sehen. Außerdem halte ich es für ziemlich weit hergeholt. Warum sollte einer so dumm sein, bei der allerersten Gelegenheit ein Verbrechen zu wiederholen, für das er bereits jahrelang im Gefängnis gesessen hat – und das man ihm deswegen blitzschnell zuordnet? Nein. Das glaube ich nicht.«

»Wir überlegen ja auch nur, Herr Staatsanwalt. Brainstorming. Ich hab nicht gesagt, Sie sollen einen Haftbefehl für ihn ausstellen.« Oda sah Steegmann schief an. »Was fahren Sie denn eigentlich für ein Auto?«

»Bitte?«

»Ich interessiere mich für die Farbe Ihres Autos.«

»Jetzt hört's ja wohl auf.« Steegmann sah aus, als wollte er gleich explodieren.

»Nun kommen Sie mal wieder runter. Es war eine schlichte Frage. Sie wissen doch, im Umfeld eines Verbrechens muss man an alles denken. Sie stehen nicht erst seit Kurzem in enger Beziehung zu Christine. Das halten Sie jedoch geheim.« Es machte Oda richtig Spaß, ihm in ihrer Funktion als Ermittlerin jetzt alles an den Kopf werfen zu können. »Nach außen hin tun Sie so, als würden Sie ein intaktes Familienleben mit Ihrer Frau und den Kindern führen.«

»Ich lebe bereits seit geraumer Zeit in der Einliegerwohnung im Obergeschoss. Christine weiß das.«

»Stimmt. Das hat sie mir erzählt. Aber eigentlich spielt es keine große Rolle. Weil es sonst nämlich niemand weiß. Und noch wichtiger ist das, was Sie in den Monaten Ihrer Beziehung getan haben, um sich zu Christine zu bekennen. Nichts. Nicht mal, als Sie wussten, dass Christine Ihr gemeinsames Kind erwartet, haben Sie den Mumm gehabt, offen zu ihr zu stehen. Und da frage ich mich: Warum nicht? Ist meine Kollegin womöglich lediglich eine nette kleine Bettmaus für Sie? Stellte die Schwangerschaft vielleicht sogar eine Bedrohung für Ihr gut arrangiertes Leben dar?« Oda zuckte mit den Schultern. »Sie wären nicht der Erste, der aus Angst vor Entdeckung einen anderen über den Haufen gefahren hat.«

»Nun machen Sie mal einen Punkt. Erstens, mein Auto ist schwarz. Sie können es außerdem gern auf Unfallspuren checken lassen. Zweitens bedeutet Christine mir sehr viel. Und drittens sind Sie nicht auf dem neuesten Stand der Dinge: Ich habe Christine am Samstag beim Essen gesagt, dass ich mich von meiner Frau scheiden lasse.«

Oda sah ihn skeptisch an. »Echt? Und weiß Ihre Frau das auch?«

»Ja. Ich werde hier nicht in Details gehen, weil die Sie nichts angehen, aber ich denke, das sollte Ihre Zweifel ausräumen und wir können uns wieder den wirklichen Spuren und Überlegungen zuwenden. Wie gesagt, Christine hat mit keiner Silbe erwähnt, dass ihr ein Durchbruch in dem Fall gelungen ist. Deshalb halte ich es für nicht sehr wahrscheinlich, dass ihr Unfall und der Mord etwas miteinander zu tun haben.«

Er kehrte wieder das Arschloch raus. Ob er das absichtlich tat?

»Im ›Kurier‹ war heute ein kleiner Artikel, habe ich gesehen. Gibt es darauf schon Rückmeldungen?«

»Keine Ahnung. Ich war noch nicht im Büro. Wie ich unsere Pappenheimer kenne, hat sich da aber garantiert schon der eine oder andere an die Strippe gehängt.« Als sei dies das Stichwort gewesen, spielte eine Klarinette »Die Moritat von Mackie Messer« aus der Dreigroschenoper. Oda brauchte einen Augenblick, um zu realisieren, dass diese Melodie von ihrem eigenen Handy kam. Offenbar hatte Alex wieder einmal daran herumgespielt und sich einen Spaß daraus gemacht, seinen Großvater beim Spielen aufzunehmen und Oda die Melodie als neuen Klingelton zu verpassen.

Sie warf einen Blick aufs Display. Die Polizeiinspektion. »Entschuldigung.« Sie stand auf und entfernte sich ein paar Schritte, während sie das Gespräch annahm. »Wagner.«

»Ja, meine Liebe, wo steckst du denn?«, hörte sie Nieksteit amüsiert fragen. »Manssen hat Neuigkeiten für uns, und du verkriechst dich noch unter der Bettdecke?«

»Neuigkeiten?«

»Jep. Sieh zu, dass du herkommst, dann können wir zur Brauerei aufbrechen, und ich krieg mein Probierbier.«

»Ist alles in Ordnung bei dir?« Wie konnte er jetzt nur an Bier denken?

»Ja, ja. Alles tutti paletti. Also schwing deinen Hintern aufs Rad und komm her.«

***

Seit einer Stunde schon klopfte Silvia Steegmanns Herz heftig. Es bummerte so stark, dass sie das Gefühl hatte, den Herzschlag in ihrem Kopf zu spüren wie den Schlägel einer großen gusseisernen Kirchenglocke. Von links nach rechts, kaum Raum lassend für etwas anderes als diesen hin- und herschlagenden Gedanken.

Sollte sie, oder sollte sie nicht?

Letztlich blieb ihr keine Wahl. Sie musste sich dem Gespräch mit dem Taxifahrer stellen. Musste versuchen, den Schaden, soweit es ging, zu begrenzen.

Sie erinnerte sich an seinen eisigen Blick. Der würde nicht zaudern. Der nahm garantiert keine Rücksicht. Auf niemanden. Sonst hätte er nicht einfach eine ihm fremde Person umfahren und schwer verletzen können. Das war kein Kavaliersdelikt. Wenn er sie dafür als Auftraggeberin angab, hatte sie schlechte Karten. Die Verbindung zwischen Carsten und der Tussi wäre sicher schnell hergestellt.

Silvia verzog verbittert das Gesicht. Carsten hatte sie vorgeführt. Spätestens jetzt, wo alles publik zu werden drohte, fühlte sie sich als Opfer. Immerhin war sie diesem Mann nun ausgeliefert.

Nicht nur auf Facebook, auch im »Kurier« hatte Silvia gelesen, dass die Polizei nach Zeugen für den Unfall suchte. Wenn sie noch eine Bestätigung gebraucht hätte, dass der Taxifahrer kein Mensch war, der den Mund voll nahm und Dinge behauptete, die nicht der Wahrheit entsprachen, das wäre sie.

Dieser Mann handelte. Und er handelte brutal.

Auf was hatte sie sich da nur eingelassen? Gänsehaut kroch über ihren gesamten Körper, angefangen an den Zehen bis hoch zu den Haarspitzen. Da half auch der Kaffee nicht, den sie sich gerade aufgebrüht hatte.

Vor dem Küchenfenster hupte es. Eine dunkelblaue Limousine. Das war er. Nun gut. Silvia schluckte ein paar Rescue-Tropfen direkt aus der Pipette. Das Fläschchen hielt sie in Extremsituationen immer in der Hand. Dann griff sie nach ihrem Schlüsselbund und ließ ausnahmsweise die Haustür einfach so ins Schloss fallen, ohne abzuschließen.

Der junge Mann hielt ihr die Beifahrertür auf.

»Ich denke, es ist für uns beide bequemer, wenn Sie neben mir sitzen«, sagte er. Es klang, als wollte er hinzufügen: »Dann habe ich Sie besser unter Kontrolle.«

Schweigend nahm sie Platz, und schweigend fuhr er los.

Als sie durch die verschlungenen Sträßchen zwischen Binnenhafen und Banter See in Richtung Deich fuhren, wurde sie unruhig.

»Sie brauchen keine Angst zu haben«, sagte er.

»Hab ich auch nicht«, erwiderte sie trotzig. »Ich habe mein

Handy dabei, und das hat einen GPS-Sender. Man kann mich also jederzeit orten.«

Sein schmales Lächeln schürte ihre Angst aufs Neue.

»Das GPS wird Ihnen nichts nützen«, sagte er mit einem leichten Bedauern in der Stimme, das sie ihm nicht abnahm. »Ich habe einen Störsender dabei. Man kann also weder Sie noch mich orten.«

Er fuhr an den verwilderten Straßenrand, stellte den Motor aus und steckte den Autoschlüssel in seine Hosentasche.

»Also? Haben Sie das Geld?«

Silvia schluckte. Obwohl sie noch vor einer Stunde fest entschlossen gewesen war, diesem Menschen deutlich zu sagen, dass sie den Auftrag keinesfalls ausdrücklich erteilt hatte und deshalb auch die geforderte Summe nicht dabeihatte, zog sie nun kleinlaut den Umschlag aus der Tasche. Ohne nachzuzählen, steckte er ihn ein.

»Sind achttausendsechshundertfünfzig Euro drin«, sagte Silvia.

Er sah sie enttäuscht an. »Sie sind eine Spielverderberin. Was habe ich gesagt? Von achttausendsechshundertfünfzig Euro war nicht die Rede. Es sollten achttausendsechshundertdreiundvierzig Euro sein.« Er öffnete die Wagentür und stieg aus.

Silvia vibrierte vor Anspannung. Was hatte er vor?

Er öffnete die Beifahrertür.

»Kommen Sie.«

Mit großen Augen sah sie ihn an.

»Los. Machen Sie schon. Ich hab nicht ewig Zeit.«

Sie griff ihre Tasche und stieg aus dem Wagen.

»Gut.« Er knallte die Beifahrertür zu. »Laufen Sie nach Hause. Und wenn ich Sie morgen Vormittag um die gleiche Zeit abhole, haben Sie exakt achttausendsechshundertdreiundvierzig Euro für mich dabei.«

Ohne ihre Reaktion abzuwarten, stieg er ins Taxi und gab Gas, sodass der Splitt auf der Straße aufspritzte und sie am nylonbestrumpften Bein traf.

***

Völlig außer Puste kam Oda in der Polizeiinspektion an. Dennoch schloss sie ihr Rad ordnungsgemäß am Fahrradständer ab, winkte dem Kollegen in der Wache kurz über die Videokamera zu, die ständig alles filmte, hetzte die Treppen hoch bis in den Flur des K1 und riss die Tür zu Nieksteits und Lemkes Büro derart schwungvoll auf, dass die Klinke gegen die Wand knallte und einen deutlichen Abdruck verursachte.

»Ey«, protestierte Lemke. »Wenn ich dafür Ärger krieg, sag ich denen aber, dass du das warst.«

»Ja, ja. Klar.«

»Wie geht's Christine?«, fragte Lemke nun wieder sachlich.

»Nicht gut. Sie befindet sich noch im Koma.«

»Weiß man, wie lang so was dauert?« Er sah unbeteiligt aus, aber Oda wusste, wie sehr Lemke Christine schätzte. Nur wirkte er in neunzig Prozent aller Fälle auf eine ihm ureigene Art uninteressiert.

»Nein. Das kann man nicht vorhersagen, weil es ja kein künstliches Koma ist. Man kann nur die Gehirnströme messen, aber die scheinen wohl relativ normal zu sein. Hab ich wenigstens so verstanden.« Oda wies mit dem Kinn auf Nieksteits leeren Platz. »Wo isser denn?«

»Eine schmöken. Ist bestimmt gleich wieder da.«

»Er sagte mir am Telefon, dass Manssen Neuigkeiten für uns hat.«

»Ja. Die Neuigkeiten hat er uns hiergelassen.« Lemke zog einige Blätter aus dem braunen Umschlag, den Kurt Schultz in seinem Büro gefunden hatte. »Du wirst wohl noch mal zur Brauerei fahren müssen«, sagte er, »denn das hier sind alles Lieferscheine für Treber. Und keine zufällig zusammengewürfelten. Jeder Lieferschein gehört zu ein und derselben Kundennummer und ist vom Abnehmer unterschrieben worden.«

»Aha.« Oda zog die Augenbrauen zusammen. »Und das heißt …«

»Wenn diese Lieferscheine hier Originale sind, sind sie nicht in der Brauerei«, stellte Lemke fest. »Und wenn sie nicht in der Brauerei sind, können sie nicht durch die Buchhaltung gegangen sein. Wenn sie aber nicht durch die Buchhaltung gegangen sind, gibt's für diese Posten keine Rechnungen. Also hat der Abnehmer Ware bezogen, aber nicht bezahlt.«

»Um was für eine Summe handelt es sich insgesamt?«, wollte Oda wissen.

»Rund achtzehntausend Euro.«

»Ups. Es haben schon Leute für weniger gemordet. Da hätten wir also ein Motiv. Natürlich!« Oda hatte das Gefühl, als ginge ihr gleich ein ganzer Kronleuchter auf. »Wegen der Sackgasse mit dem Etikettenschwindel haben wir überhaupt nicht daran gedacht, dass es anderweitig zu Unterschlagungen in der Brauerei gekommen sein könnte. Weil es doch hieß, es gebe das Vier-Augen-Prinzip und Betrügereien hätten kaum eine Chance.«

»Na ja«, meinte Lemke, »wo ein Wille ist, da ist auch ein Weg.«

»Stimmt genau. Dann werd ich denen mal auf den Zahn fühlen.« Oda stieß sich vom Sideboard ab, an das sie gelehnt stand.

»Soll ich in der Brauerei anrufen und Bescheid sagen, dass du kommst?«

»Mach ruhig. Ich nehm Niiksteit mit, den gabel ich unten auf.«

Zwanzig Minuten später standen Oda und Nieksteit im Büro der Geschäftsleitung und legten Tammo Gerdes die Papiere auf den Tisch.

Der wischte sich nach dem Lesen mit der linken Hand über den Mund. »Das ist jetzt harter Tobak«, sagte er bedröppelt. »Das hätte ich nun wirklich nicht gedacht.«

»Ja.« Oda versuchte sich an einem kurzen Lachen. »Da sagten Sie uns noch vor ein paar Tagen, so etwas wie Betrug sei gar nicht möglich, und nun das.«

»Ja.« Gerdes lachte nicht. »Die Treber-Abfertigung ist aber auch tatsächlich der einzige Bereich in der gesamten Logistik des Unternehmens, in dem nicht jedes Korn registriert wird. Der einzige Bereich, in dem es zu Ausfallmengen kommen kann, ohne dass das System gleich hellhörig wird. Das scheint man hier weidlich ausgenutzt zu haben.« Er warf noch einen Blick auf die Lieferscheine. »Heinz Frerichs hat die Lieferungen gegengezeichnet«, sagte er. »Sie haben schon einmal mit ihm gesprochen. Ich ruf ihn her.«

Gerdes sah auf einer Telefonliste nach, dann tippte er eine dreistellige Zahl ein.

»Ja, Tammo Gerdes hier«, sagte er. »Ich brauch den Heinz mal eben. – Wie, der ist nicht da? – Aha. Ja, ist gut. – Nee, ist schon okay.« Gerdes legte auf. »Haben Sie wahrscheinlich mitgekriegt, Frerichs ist nicht da. Er hat sich ein paar Tage freigenommen, sagt sein Kollege, weil er das mit dem Tod von Herrn Schmidt nicht so gut verkraftet. An und für sich ist er ein zuverlässiger Kollege, für den ich jederzeit die Hand ins Feuer legen würde. Nein«, Gerdes korrigierte sich, »für den ich die Hand ins Feuer gelegt *hätte*. Nach dem, was Sie mir hier vorlegen, hätte ich mich da ganz schön verbrannt.«

»Und der Abnehmer?«, fragte Oda.

Gerdes kontrollierte die Kundennummer. »Ein Landwirt. Enno Hinrichs. Der ist schon seit Jahren unser Kunde. Da gab's nie Auffälligkeiten. Er hat immer alles ordnungsgemäß bezahlt, aber ich guck sicherheitshalber noch mal nach.« Gerdes tippte auf der Tastatur seines Rechners herum, studierte die Maske auf dem Bildschirm, stockte und sah hoch.

»Und?«, fragte Oda.

»Laut Kundenblatt hat Hinrichs das letzte Mal vor zwei Jahren Treber von uns bezogen. Das kann aber nicht sein, denn ich hab ihn erst vor wenigen Tagen hier gesehen.« Er sah Oda ungläubig an. »Das war an dem Tag, an dem Sie hier waren und nach Schmidt gefragt haben. Der Landwirt, dessen Lkw unter der Abfüllvorrichtung stand, das war Hinrichs.«

»Also ist es wohl kein Zufall, dass die Lieferscheine alle innerhalb der letzten zwei Jahre ausgestellt wurden. Dann geben Sie uns doch mal seine Adresse.« Oda packte die Lieferscheine wieder ein.

»Aber …«, protestierte Gerdes.

»Keine Bange.« Sie lächelte ihn an. »Sie kriegen die Originale, wenn wir sie nicht mehr brauchen. Ich kann Ihnen aber vorher auch schon Kopien anfertigen und zuschicken lassen.«

***

Eine zweimotorige Maschine startete gegen den Wind und steuerte sicherlich eine der Ostfriesischen Inseln an, als Carsten Steegmann den Wagen vor dem Gelände des Flugplatzes in Mariensiel abstellte. Obwohl er vorgehabt hatte, nach Oldenburg ins Büro zu fahren, hatte er die Autobahn bei Rastede verlassen und war über

Land zurückgefahren. Er musste seine Gedanken ordnen, und das konnte er in Bewegung am besten, ob es nun Joggen, strammes Marschieren oder Radfahren war. Das geriffelte Watt glitzerte im Sonnenschein, als er auf den Deich hinauflief. Das Wasser kam langsam zurück. Möwen kreischten, er schmeckte die salzige Würze des Watts auf seiner Zunge.

Christine hatte das Baby verloren. Stellte diese Wendung seine gerade erst getroffenen Entscheidungen in Frage? Kippte sie seinen Entschluss, sich für Christine und das gemeinsame Kind endgültig von Silvia scheiden zu lassen? Er war sich nicht sicher. Natürlich würde er zu Christine stehen, ihr helfen, über diesen Schicksalsschlag hinwegzukommen, keine Frage. Wenn sie aus dem Koma aufwachte, würde sie ihn mehr denn je brauchen. Aber wenn er im Haus wohnen bliebe, wären Carl und Marie weiterhin in seiner Nähe. Eine Möglichkeit, dass Silvia auf die Kinder verzichtete und sie ihm überließ, sah Carsten nicht. Eine Gruppe Radfahrerinnen überholte ihn fröhlich klingelnd.

»Wir machen da vorn eine Pause«, rief ihm eine ältere Frau mit aufgestecktem braunem Haar und wettergegerbtem Gesicht zu. »Wenn Sie es bis zu uns schaffen, kriegen Sie einen Kaffee ab.«

»Ja, dann sind Sie der Hahn in unserem Picknickkörbchen«, rief eine andere, und daraufhin johlte die ganze Horde.

Carsten musste schmunzeln. »Mal gucken«, gab er lachend zurück, sah den Frauen hinterher, die sich langsam entfernten, und wurde wieder ernst. Nein, dachte er schweren Herzens, ich kann keinen Rückzieher mehr machen. Ich muss zu meinem Wort stehen.

Na ja. Er musste ja nicht gleich die Scheidung einreichen. Er könnte auch erst zu Christine ziehen und gucken, ob sie wirklich so glücklich miteinander wurden, wie sie es sich ausgemalt hatten. Zu Silvia könnte er immer noch zurück, wenn es mit Christine nicht funktionierte. Sie hatte ihm mit dieser peinlichen Aktion am Wochenende ja sehr deutlich zu verstehen gegeben, dass sie ihn immer noch wollte. Er schüttelte den Kopf bei der Erinnerung daran, wie sie angetrunken und in einem Hauch von nichts in seinem Wohnbereich aufgekreuzt war. Nein, damit hatte sie sich keinen Gefallen getan. Ein wenig mehr Rückgrat und Selbstwertgefühl hätten ihm eher Hochachtung abgerungen.

In deutlicher Entfernung kam eine Frau den Deich hoch. Von hier aus hatte sie Ähnlichkeit mit Silvia. Carsten lachte kurz auf bei dem Streich, den seine Augen ihm spielten. Nie und nimmer würde seine Frau allein in einem Kostüm einen Strandspaziergang machen. Sie würde höchstens gemeinsam mit einer Freundin die Promenade am Südstrand entlangschlendern, sich ins Kaffeehaus »Seenelke« setzen, einen Cappuccino und vielleicht auch einen Prosecco trinken. Sicherlich bildete er sich die Ähnlichkeit nur ein.

Für einen Moment war er versucht, seinen Schritt zu beschleunigen und die Frau einzuholen, doch auch sie lief zügig, und eigentlich hatte er überhaupt keine Lust auf Gesellschaft.

***

An die Möglichkeit, dass sie kilometerweit würde laufen müssen, hatte Silvia Steegmann am Morgen bei der Auswahl ihres Outfits, vor allem aber ihrer Schuhe nicht gedacht. Dennoch war sie dankbar, überhaupt in der Lage zu sein, laufen zu können, und nicht abgemurkst oder schwer verletzt in den Brombeerbüschen zu liegen. Zumindest hatte sie Pumps angezogen, auf denen sie einigermaßen laufen konnte. An sich war es ihr Plan gewesen, den Taxifahrer durch ihre Erscheinung in seine Schranken zu weisen, damit ihm klar wurde, mit wem er es eigentlich zu tun hatte. Immerhin war ihr Mann Staatsanwalt.

Während sie auf der Deichkrone in Richtung Südstrand lief und dabei darauf achtete, nicht in den Schafskot zu treten, mit dem der Weg hier oben, aber auch der unterhalb des Deiches an der Wasserseite übersät war, ging ihr auf, dass genau das etwas war, was der Taxifahrer ja wusste. Und dass er sicher genau darauf abgezielt hatte, dass sie nicht nur vor ihrem Mann, sondern auch in der Öffentlichkeit schlecht dastünde, wenn bekannt würde, dass sie den Gedanken gehabt hatte, ihre Nebenbuhlerin durch einen Auftragsunfall zu verletzen. Dabei, und das sagte sie sich immer wieder, hatte sie den Auftrag nicht explizit erteilt. Sie hatte nicht gesagt, er solle die Frau überfahren. Bestimmt nicht. Das hätte sie auch in ihrer größten Wut nicht getan. Oder doch?

Unten radelte eine Gruppe Frauen um die sechzig fröhlich durch die Herde Schafe. Sie klingelten, die Schafe jedoch ästen ungestört weiter. Wie gern würde Silvia auch zu dieser Fahrradgruppe gehören. Unbeschwert, fröhlich, gleich am Südstrand im »Teehäuschen« oder der »Seenelke« gemeinsam einen Tee trinken und völlig sorglos den Tag verbringen.

Ein wenig sehnsüchtig sah sie den Damen hinterher. Aber jetzt würde es wenigstens nicht mehr lange dauern, bis sie in ein Auto steigen konnte, sie hatte inzwischen die Straße zur Jadeallee erreicht. Nur noch ein paar Minuten, dann wäre sie am Bahnhof. Dort standen Taxen bereit. Sie würde darauf achten, dass eine nette, sympathische Frau am Steuer saß, und außer der Zieladresse kein Wort sagen.

An der Deichbrücke, die über den Ems-Jade-Kanal führte und für die Sport- und Freizeitschifffahrt eine wichtige Verbindung des Inneren Hafens zur Ems war, musste sie warten. Die Schranke versperrte den Weg, ein holländisches Schiff fuhr kanalaufwärts an ihr vorbei.

Ihre Füße schmerzten. So bequem die Schuhe waren, für längere Spaziergänge taugten sie nicht. Bestimmt hatte sie mittlerweile an beiden Fersen Blasen, so fühlte es sich jedenfalls an. Hätte es nicht furchtbar unelegant ausgesehen und sicher auch Aufmerksamkeit erregt, hätte sie die Schuhe ausgezogen und wäre barfuß weitergelaufen. Aber nichts konnte sie in dieser Situation weniger gebrauchen als Aufmerksamkeit.

Sie sah dem Plattbodenschiff hinterher. Carsten hatte oft davon gesprochen, mit der Familie über Hollands Kanäle zu schippern, aber das war ihr immer zu langweilig gewesen. Wäre ihr diese ganze vermaledeite Situation erspart geblieben, wenn sie ihm und seinen Wünschen in den vergangenen Jahren mehr entgegengekommen wäre?

Die schwere Metallbrücke drehte zurück, klinkte in die Verankerung ein, die Schranken hoben sich, Autos, Fahrräder und Fußgänger setzten sich in Bewegung. Als sie auf die Nordseepassage zulief, drängte sich aus dem Nichts die Forderung des Taxifahrers in ihren Sinn. Er wollte mehr Geld. Noch mal die gleiche Summe. Aber so viel befand sich nicht mehr auf dem Konto. Sie müsste ans

Sparbuch gehen. Leider lagen alle Sparbücher der Familie im Bankschließfach. Der Schlüssel dafür hing an Carstens Schlüsselbund. Sie konnte ihn schlecht ohne Begründung danach fragen. Und ebenso wenig konnte sie Carsten in dieser Sache um Rat bitten.

Sie dachte an die Gruppe der fröhlichen Radfahrerinnen und war mit einem Mal tieftraurig. Natürlich hatten sie einen großen Bekanntenkreis. Sie wurden zu jedem gesellschaftlich wichtigen Ereignis der Stadt und des Umkreises eingeladen. Dann befand sie sich immer in einem Pulk plappernder Frauen, die sich darüber austauschten, auf welcher Schnäppchenbörse im Internet sie exklusive Marken für einige Prozente günstiger erstanden. Bislang hatte sie eifrig mitgeplaudert. Doch eine wirkliche Freundin, die ihr in dieser verzwickten Lage zur Seite stehen würde, gab es unter den Frauen nicht.

***

Ein Labrador sah sie träge an, als sie den Wagen zwischen Wohnhaus und Stall vor einem großen Misthaufen abstellten, über dem ein Förderband endete, auf dem aber kein Hahn saß. Eine Kuh stand einsam und zufrieden in einer Art Paddock daneben. Bei Heinz Frerichs war niemand zu Hause gewesen, und so waren sie von dort zu Enno Hinrichs gefahren.

Oda sah Niekstein auffordernd an, als sie den Geruch in sich aufnahm, der über dem gesamten Hof lag. »›Atme mal tiiieef ein‹, würde meine Mutter jetzt sagen, und dass Landluft gut für die Lungen ist.« Oda schmunzelte. »Als ich klein war, hab ich mit meiner Mutter und meiner Schwester mal ein paar Tage Urlaub auf einem Bauernhof gemacht. In Schönhagen. Am Rand des Sollings. Das war ein ganz uriger Bauernhof, und als wir ankamen, hatten einige Kühe gerade gekalbt. Die Kälber waren so süß! Ich weiß noch, dass ich jeden Morgen extra früh aufgestanden bin, um beim Melken zu helfen. Hinterher hab ich den Bauersleuten einen Brief geschickt und sie gefragt, wie es den Kühen geht. Sie haben mir mit einem Schwarz-Weiß-Foto der Tiere geantwortet, das sie zur Postkarte umgemünzt hatten. Ich hab die Karte heute noch. Sie klebt in meinem ersten eigenen Fotoalbum.«

»Na denn.«

»Gut. Das scheint dich ja nicht zu interessieren.« Oda spielte die Beleidigte. »Da offenbare ich dir Dinge aus meiner Kindheit, und dir geht das am Hintern vorbei? Du bist mir ja ein feiner Kollege.«

Nieksteit sah sie nachsichtig an. »Erzähl's mir bei unserem nächsten Betriebsfest noch mal. Dann höre ich dir bestimmt zu. Oder beim Wandertag.«

»Blödmann. Ich werde dir nie wieder etwas Persönliches erzählen. Nie wieder.«

»Hm.« Das klang nicht, als würde Nieksteit ihr glauben. »Meinst du, du kannst dich jetzt von deinen Kindheitserinnerungen losreißen und dich auf den Fall konzentrieren?«

»Ja, ja. Schon gut.« Oda drückte auf die Fernbedienung am Autoschlüssel, und es gab ein kurzes »Piep«, als der Wagen sich verriegelte. Eine rot getigerte Katze schlich über den Hof und sah sie neugierig an, bevor sie eleganten Schrittes in den Stall lief.

»Bestimmt gibt es da jede Menge Mäuse«, mutmaßte Nieksteit. »Muss hier auf dem Land ein wahres Schlaraffenland für die Viecher sein.«

Sie folgten der Katze, riefen laut »Hallo!«, doch aus dem Stall kam keine Reaktion.

»Versuchen wir's beim Wohnhaus«, schlug Nieksteit vor, »vielleicht bereitet die Bäuerin gerade das Mittagsmahl.«

In der Tat öffnete ihnen eine verschwitzte Frau Mitte fünfzig in einer karierten Kittelschürze die Tür. Gummistiefel, nach denen Oda automatisch Ausschau hielt, trug sie jedoch nicht, auch ein Kopftuch, das in Odas landläufiges Klischee einer Bäuerin gehörte, fehlte. Die Frau trug die lockigen dunkelblonden Haare kurz und durchgestuft.

»Ja bitte?«

»Wagner. Kripo Wilhelmshaven. Das ist mein Kollege Nieksteit.«

»Kripo?« Die Frau wirkte augenblicklich ein wenig verstört. »Is was passiert?«

Oda schüttelte beruhigend den Kopf. »Nein. Es ist alles okay. Wir haben nur ein paar Fragen an Herrn Hinrichs.«

»Na, dann is ja gut.« Die Bäuerin wischte ihre Hände an der

Schürze ab und streckte ihnen die rechte entgegen. »Entschuldigung. Ich bin Frieda Hinrichs. Enno ist mein Mann.«

»Wir möchten gern mit ihm über die Futtermittellieferungen reden, die er über die Brauerei bezogen hat.«

»Tut mir leid. Enno ist vorhin weggefahren. Keine Ahnung, wann er wiederkommt. Aber ich glaub nicht, dass er lange wegbleibt, sonst hätte er mir Bescheid gesagt.« Frau Hinrichs trat einen Schritt beiseite. »Kommen Sie doch rein. Gehen wir in die Küche, da ist es gemütlich, und ich kann meinen Kohlrabi im Auge behalten. Nicht dass der mir noch verkocht.«

Ein appetitlicher Duft von Kohlrabi, Reis und Hühnerbrühe schlug ihnen entgegen, als sie die großzügige Wohnküche betraten. Frieda Hinrichs eilte an den Herd, nahm den Deckel vom Topf, aus dem das kochende Gemüsewasser schon auf das Ceranfeld spritzte.

»Das ist ja grad noch mal gut gegangen.« Sie reduzierte die Wärme, hob den Deckel des anderen Topfes an, nickte zufrieden und reduzierte auch hier die Temperatur. »So, nun bin ich ganz für Sie da.« Sie lächelte. »Es geht um den Treber, sagten Sie. Ist denn damit etwas nicht in Ordnung? Der ist doch zertifiziert. Und der beste, der auf dem Markt zu kriegen ist.« Frieda Hinrichs ließ sich auf einen der Küchenstühle fallen und bedeutete Oda und Nieksteit, ebenfalls Platz zu nehmen. »Wird unser Vieh etwa krank davon?«

»Nein, Frau Hinrichs, da brauchen Sie keine Befürchtungen zu haben. Der Treber ist in Ordnung. Und dem Vieh geht es mit Sicherheit bestens.«

Argwöhnisch sah die Bäuerin sie an. »Worum geht es denn dann?«

»Wer von Ihnen macht die Buchführung für den Hof?«, fragte Nieksteit, und das war eine Frage, die so gar nicht zu ihm passte.

»Mein Mann. Hier auf dem Hof haben das schon immer die Männer gemacht.« Frieda Hinrichs wurde nervös. »Warum? Ich denk, Sie sind von der Kripo und nicht von der Steuerfahndung. Wir haben uns nix zuschulden kommen lassen. Wir sind ein ehrlicher, bodenständiger Betrieb. Da können Sie fragen, wen Sie wollen. Bei uns entspricht alles den Vorgaben.«

»Wir würden gern die letzten Rechnungen der Brauerei für die Futtermittel sehen. Können Sie uns die zeigen? Dann sind wir auch schon wieder fort.« Niksteit setzte sein Pumuckl-Lächeln auf, aber das zog bei Frieda Hinrichs nicht.

»Ich hab doch gesagt, ich kümmere mich nicht um diese Sachen. Das erledigt mein Mann. Und der ist nicht da.« Sie stand energisch auf. »Da müssen Sie schon wiederkommen, wenn Enno da ist.« Sie drehte ihnen den Rücken zu und trat wieder an den Herd. »Wenn Sie mich jetzt bitte entschuldigen, ich muss mich ums Essen kümmern. Die Helfer kommen gleich zum Mittag rein.«

»Gut. Aber richten Sie Ihrem Mann bitte aus, dass er uns anrufen soll.« Oda zog eine Visitenkarte aus der hinteren Gesäßtasche ihrer Jeans und legte sie auf die geblümte Wachstischdecke.

»Klar. Mach ich.« Frau Hinrichs sah nur flüchtig zu ihnen herüber.

Die rot gescheckte Katze ignorierte sie, als sie an ihr vorbei zum Auto liefen.

»Da waren wir also weder bei Frerichs noch bei Hinrichs erfolgreich«, sagte Oda resigniert.

»Vielleicht veranstalten die gerade ein konspiratives Treffen«, mutmaßte Nieksteit mit künstlicher Spannung in der Stimme.

»Klar. Garantiert. Haste auch 'ne Idee, wo? Dann können wir ja direkt hinfahren.«

»Nee.«

»Na dann. Ich werd mit den Kollegen in der JVA reden«, schlug Oda vor, als sie den Wagen auf die Landstraße rollen ließ und Gas gab. »Da ist hundertprozentig jemand erreichbar.«

Nieksteit lachte. »Hundertpro. Aber setz mich vorher an der Polizeiinspektion ab.«

***

Das Taxi hielt, Silvia bezahlte die Fahrerin, stieg aus und entdeckte Carstens Auto auf der Auffahrt. Überrascht eilte sie zur Eingangstür. Weshalb war er um diese Uhrzeit hier? Er würde doch nicht …

Nein. Er konnte nichts wissen. Den Zettel mit der Telefonnummer dieses … dieses Menschen hatte sie vernichtet. In klitzekleine Fitzelchen gerissen und im Klo runtergespült. Es gab nicht den geringsten Hinweis darauf, dass sie etwas mit dem Unfall dieser Polizistin zu tun hatte. Nicht den allerkleinsten. Einen Moment lang frohlockte sie. Dann wich das Lächeln aus ihrem Gesicht.

Und wenn der Typ Carsten angerufen hatte? Wenn er ihm weisgemacht hatte, sie habe den Auftrag zu dem Unfall gegeben? Ob er Carsten gesagt hatte, dass sie morgen erneut eine große Summe übergeben sollte?

Silvia spürte, wie ihre Knie weich wurden. Leise schloss sie die Haustür auf. Wenn sie Glück hatte, lag Carstens Schlüsselbund auf der kleinen Kommode im Flur. Dann konnte sie schnell den Schließfachschlüssel abnehmen, zur Bank fahren und das Geld vom Sparbuch abheben. Diesmal würde sie exakt den geforderten Betrag in das Kuvert stecken. Womöglich würde der Typ ihr den Umschlag von heute sogar zurückgeben, er hatte doch gesagt, er wolle sich nicht bereichern, sondern lediglich die korrekte Summe haben. Dann könnte sie das Geld gleich morgen wieder aufs Sparbuch einzahlen. Es würde Carsten frühestens Anfang des nächsten Jahres auffallen, wenn er die Sparbücher nachtragen ließ, dass sie das Buch aus dem Schließfach genommen hatte. Mit etwas Glück würde er es auch dann nicht merken.

Carstens Schlüsselbund lag nicht auf der Kommode. Enttäuscht und entmutigt schlich Silvia ins Schlafzimmer, schälte sich aus Kostüm und Nylons, ging durch die Verbindungstür ins Bad und stellte sich unter die heiße Dusche. Vielleicht konnte sie einfach abwaschen, was an ihr haftete.

***

Schon in dem Augenblick, in dem die Tür aufging und die Frau mit dem von roten Strähnchen durchzogenen kurzen Haarputz forsch die Stufen heraufgelaufen kam, ahnte Astrid Kannowski, dass hier Schwierigkeiten fröhlich auf sie zuhüpften. Sie hatte sich gerade im Eingangsbereich vor der Wache mit Mike Cramme unterhalten, als es am Tor geklingelt und Mike den Summer gedrückt hatte.

»Moin.«

Astrid kannte die Frau nicht, aber Mike begrüßte sie beinahe vertraut.

»Moin, Frau Wagner. Was verschafft uns denn die Ehre Ihres Besuches?«, fragte er.

Woher die sich wohl kannten?

»Moin«, grüßte auch Astrid, und die Frau reichte ihr die Hand.

»Kripo Wilhelmshaven, Oda Wagner.«

»Astrid Kannowski.«

Oda Wagner grinste und sagte: »Soll ich Ihnen meinen Dienstausweis zeigen, oder reicht es, wenn Herr Cramme bestätigt, dass ich zum Ersten Fachkommissariat gehöre?«

Die war ja eine ganz eigene Marke. »Nee, nee, ist schon in Ordnung«, sagte Astrid.

»Was können wir für Sie tun, Frau Wagner?«, fragte Mike mit seiner sonoren Stimme.

»Ich würd gern etwas über Tobias Kuhn und Sören Egermann erfahren.«

Auch wenn Mike die Auskunft sicher ebenfalls hätte geben können, reichte er den Stab an sie weiter. »Da sind Sie bei Frau Kannowski in den allerbesten Händen. Wenn sich hier eine mit den Inhaftierten auskennt, dann ist sie es.«

Astrid schickte Mike einen Blick, der zum Ausdruck brachte, wie gern sie ihm diese Aufgabe überlassen hätte, doch Mike lächelte sie lediglich breit an.

»Gut, dann folgen Sie mir«, bat Astrid gezwungenermaßen und lief mit der Kommissarin in ihr Büro, das der Wache gegenüberlag. »Nehmen Sie Platz. Kann ich Ihnen einen Kaffee anbieten?«

Oda Wagner verneinte.

»Ich kann mir schon vorstellen, weshalb Sie hier sind. Es geht um den Mann, der vor ein paar Tagen bei einem Schusswechsel ums Leben kam, oder? Ich habe im ›Kurier‹ davon gelesen und schon mit Ihrem Besuch gerechnet, wo doch zwei unserer Freigänger in der Taxi-Zentrale arbeiten. Ich weiß auch, dass zumindest einer ein ganz gutes Verhältnis zum Toten hatte.« Astrid sah die Kommissarin aufmerksam an. »Was genau möchten Sie denn wissen? Es steht eigentlich alles in den Akten.«

»Mich würde interessieren, wie Sie die beiden Männer einschätzen.«

»Einschätzen. Hmm. Ich denke, Ihnen ist nicht neu, dass wir

es allgemein mit sehr problembehafteten Männern zu tun haben, die aus unterschiedlichen sozialen Schichten kommen und aus vielfältigen Gründen straffällig wurden. Jeder Tag stellt nicht nur die hier untergebrachten Männer, sondern auch uns vor neue Herausforderungen. Manche brauchen bei der Wiedereingliederung in den Alltag mehr Betreuung als andere, und es gibt auch Gefangene, die jede Unterstützung ablehnen, sie aber dennoch nötig haben.«

»Wie ist es bei Kuhn und Egermann?« Oda Wagner ließ sich nicht auf Allgemeinplätze umleiten.

»Sie haben sicher die Akten gelesen.«

»Natürlich.«

»Dann wissen Sie ja, weshalb Kuhn und Egermann verurteilt wurden und wie die psychiatrischen Gutachten sie beurteilen.«

»Jo.« Oda Wagner lächelte sie an. »Aber deswegen bin ich gar nicht hier. Sie können lesen, ich kann lesen. Ich möchte wissen, wie Ihre persönliche, professionelle Meinung ist.«

Astrid wähnte sich auf sicherem Terrain. Das Stichwort »professionell« erlaubte ihr, mit den üblichen Plattitüden zu antworten. »Sie werden verstehen, dass ich keine persönliche Meinung äußern kann. Aber ein bisschen was kann ich Ihnen sagen. Beide haben lange Jahre eingesessen und freuen sich darauf, bald ins normale Leben zurückkehren zu können. Weder bei Egermann noch bei Kuhn sehe ich ein Motiv für den Mord. Natürlich lehrt uns die Erfahrung, dass es schwieriger ist, Menschen wie Sören Egermann, deren Polizeiakte stetig angewachsen ist und deren kriminelle Handlungen von Mal zu Mal heftigere Formen angenommen haben, an die im Gesetz verankerten Grundwerte zurückzuführen. Bei einer emotionalen Einzeltat kann es andererseits aber auch zu Wiederholungen kommen, obwohl ich das in diesem Fall für nicht sehr wahrscheinlich halte.«

»Da gehen Sie ja ganz schön lax mit um«, sagte Oda Wagner nüchtern.

»Wie meinen Sie das?«

»Na ja. Die Tat von Kuhn einfach so als emotionale Einzeltat zu bezeichnen … Meinen Sie nicht, dass der jederzeit wieder so ausrasten könnte?«

»Da haben Sie mich völlig missverstanden«, korrigierte Astrid. »So habe ich das nicht gemeint.«

»Ach so.« Oda Wagner nickte, und Astrid entspannte sich. »Dann verraten Sie mir doch, welchen der beiden Sie einer solchen Tat für fähig halten.«

Astrid zuckte kurz, riss sich jedoch zusammen. »Das kann man so pauschal überhaupt nicht beantworten. Eines ist jedoch sicher: Würden wir einen der beiden für fähig halten, eine solche Tat zu begehen, würde derjenige nicht mehr am offenen Vollzug teilnehmen.« Das hielt Astrid für einleuchtend genug.

Die Kommissarin nickte wieder. »Was ist mit emotionalen Beziehungen?«

»Wie meinen Sie das?«

»Sowohl Egermann als auch Kuhn haben sich in der Wohnung von Andreas Schmidt aufgehalten. Das bestätigen die sichergestellten Fingerabdrücke.«

Was wollte die denn jetzt damit sagen? Sichergestellt? Wo? In welchen Räumen? Konnte die das anzüglich meinen? Astrid stützte das Kinn auf die Hand und tat, als würde sie überlegen. Dann sagte sie: »Das tut mir leid, dazu kann ich Ihnen überhaupt nichts sagen. Mir ist jedenfalls nicht bekannt, ob Egermann oder Kuhn eine emotionale Beziehung zum Opfer unterhielten. Und man kann ja in niemanden hineingucken, blickt jedem nur vor die Stirn.« Diesen Spruch hatte sie schon oft verwendet. Er sagte alles und nichts.

Oda Wagner warf ihr einen undefinierbaren Blick zu. Ohne auf das Gesagte einzugehen, fragte sie: »Darf ich mir die Unterkünfte von Kuhn und Egermann mal angucken?«

»Natürlich. Ich bezweifele allerdings, dass Sie dort etwas finden werden, was Ihnen weiterhilft.«

»Das lassen Sie mal meine Sorge sein. Ich will auch gar nichts finden, ich möchte mir die Unterkünfte einfach nur ansehen. Hätte ich andere Absichten, hätte ich die Kollegen der Kriminaltechnik mitgebracht.«

Da klang ein Unterton mit, der Astrid dazu veranlasste, sich zu rechtfertigen. »Ich meine, die werden ja nicht so dumm sein, etwas Belastendes ausgerechnet in ihrer Zelle aufzuheben.«

»Man hat schon Pferde kotzen sehen …«, gab Oda Wagner zurück.

Astrid lief mit ihr in den Sicherheitstrakt, hinauf in den ersten Stock, wo Sören Egermann und Tobias sich einen Raum teilten.

»Hier ist die Gemeinschaftsküche«, erklärte sie, als sie an dem großen Raum vorbeikamen, in dem ein von oben bis unten tätowierter glatzköpfiger Mann etwas in einer Pfanne briet, das nach Apfelpfannkuchen roch. »Moin, Herr Gaßner«, grüßte sie höflich, wartete die Antwort jedoch nicht ab, sondern blieb an der gegenüberliegenden Tür stehen und klopfte. Niemand antwortete. Das war klar, denn sowohl Sören Egermann als auch Tobias hatten sich noch nicht zurückgemeldet, wie sie wusste. Sie drehte den Knauf und gewährte der Kommissarin damit Einsicht in den Raum. »Egermann und Kuhn teilen sich dieses Zimmer. Im Moment sind sie beide bei der Arbeit«, erklärte sie. »Beide haben sich, seit sie hier sind, positiv entwickelt. Nur deshalb haben wir ihnen größere Aufgaben zugestanden und sie vor einer Weile sogar in den unregelmäßigen Schichtdienst beim Taxi-Unternehmen gelassen.«

»Ich denk, Taxifahrer haben genormte Arbeitszeiten«, meinte Oda Wagner mit hochgezogenen Augenbrauen. »Von morgens sechs bis abends sechs und umgekehrt. Arbeiten eigentlich außer Kuhn und Egermann auch noch andere Ihrer Freigänger in dem Taxi-Unternehmen?«

Astrid gab sich angesichts der deutlichen Skepsis der Polizistin Mühe, zu lächeln. »Nein, die beiden sind im Moment die Einzigen, die anderen sind in weiteren Betrieben untergebracht. Was die Schichtzeiten betrifft, haben Sie recht. Im Normalfall ist das bei den Fahrern so; in der Zentrale wird allerdings in drei Schichten gearbeitet: Von sechs bis vierzehn, von vierzehn bis zweiundzwanzig und von zweiundzwanzig bis sechs Uhr. Aber wir haben mit den Freigängern, die als Fahrer dort angestellt sind, in Kooperation mit dem Unternehmen andere Arbeitszeiten vereinbart. Wissen Sie, wenn es der Integrations-Job erfordert, sehen wir das mit den Rückkehrzeiten in die JVA nicht so streng. Normalerweise ist abends um halb acht Antreten und Durchzählen angesagt. Doch länger als bis Mitternacht ist auch bei uns nicht drin.«

Sie betraten den Raum, in dem das Etagenbett ordentlich gemacht an der Wand stand. Das Regal war gefüllt mit Büchern und Lebensmitteln, die nicht gekühlt werden mussten; auf dem quadratischen Tisch am Fenster stand ein benutzter Becher. Das Zimmer machte einen ordentlichen Eindruck.

»Sie können sich gern umgucken«, sagte Astrid, »wenn Sie jedoch den Schrank öffnen wollen, kann ich das nicht so ohne Weiteres zulassen.«

Oda Wagner erwiderte nichts darauf. Ohne etwas anzufassen, schlenderte sie durch den Raum und betrachtete alles aufmerksam, als eine Klarinette ertönte. Astrid sah sich überrascht um, während die Kommissarin kommentarlos ihr Handy aus der Tasche zog.

»Ja?«, fragte sie knapp, dann lauschte sie dem Anrufer. »Ich bin gleich da. – Nee, nee, lass ihn nebenan, wie gesagt, ich bin gleich da. Mach ihm 'nen Kaffee oder so.« Sie beendete das Telefonat grußlos und wandte sich wieder Astrid zu. »Danke. Das war's erst einmal.« Ohne ihr die Hand zum Abschied zu reichen, ging sie zur Tür. »Ich denke, wir sprechen uns noch.« Im nächsten Moment hatte sie den Raum verlassen.

Astrid Kannowski blieb mit einem schalen Gefühl zurück. Als sie sicher war, dass die Kommissarin auch das Gelände der JVA verlassen hatte, zog sie ihr Telefon aus der Hosentasche und wählte Tobias' Nummer. Doch statt seiner Stimme hörte sie nur die Melodie seines Mobilfunkanbieters. Genau wie Montag. Nachdem sie sich von dem Schock über den Unfall erholt hatte, dessen Zeuge sie geworden war, hatte sie versucht, ihn zu erreichen, doch auch da hatte er das Gespräch nicht angenommen. Und in der JVA hatten die Wände Ohren. Wo zum Teufel trieb er sich rum?

***

Es roch nach Rosenkohl und Bratensoße. Tobias schloss sein Fahrrad ab und betrat das Pflegeheim durch den rückwärtigen Eingang vom Garten aus. Er hatte schnell herausgefunden, dass er hier hinten einfach hereinkam, ohne vielen Menschen zu begegnen.

»Da bin ich wieder«, sagte er, als er das Zimmer betrat, und küsste die Frau im Bett auf die Stirn. Aufmerksam sah er sich um.

War irgendetwas anders als gestern? Nein. Alles schien so wie immer. Er entspannte sich. Zog den Stuhl auf die rechte Seite des Pflegebettes, setzte sich und ergriff ihre Hand. Streichelte sie mit der anderen. Sie brauchte Liebe. Zuwendung. Sie war doch nicht einmal in der Lage, sich eigenständig umzudrehen. Aber jetzt war er ja da. Er würde nachfragen, ob sie eine wirklich gute Dekubitus-Matratze hatte, die ein Wundliegen verhinderte. Sonst konnte es geschehen, dass Druckstellen am Körper entstanden, die – nach außen hin gar nicht groß sichtbar – zum Verfaulen des Gewebes darunter führten. Er hatte sich im Internet darüber informiert. »Wir haben noch keine weiteren Informationen über Andreas' Tod«, sagte er und streichelte die von Altersflecken übersäte Hand. »Aber natürlich werde ich dich auf dem Laufenden halten. Du bist ja seine Mutter.«

Ein Zucken ging durch den alten Körper.

Ohne Unterbrechung streichelte Tobias die runzelige Hand. »Bitte … Mama … darf ich dich Mama nennen, jetzt, wo du dieses Wort von Andreas nie mehr hören wirst? Ich verspreche dir, von nun an passe ich auf dich auf. Ich nehm seine Stelle ein. Und ich werd dir mindestens ein so guter Sohn sein, wie er es war. Wenn nicht noch besser. Echt. Ich hab mir immer eine Mama gewünscht. Und jetzt hab ich dich.«

Tobias beugte sich vor, küsste Hand und Stirn der alten Frau. Ein leichter Geruch nach Urin drang in seine Nase. Er stand auf. Da würde er sich doch gleich mal das Pflegepersonal vornehmen. Solche Nachlässigkeiten würde er nicht dulden. Er war nun ihr Sohn, und er würde dafür sorgen, dass man sie wie eine Königin behandelte.

***

Vor dem Fenster wiegte sich die Eiche im leichten Wind. Ein Eichhörnchen hüpfte von einer Tanne hinüber ins helle Frühjahrsgrün des Baumes, lief geschmeidig einen Ast hinauf, sprang auf einen anderen, um kurz darauf in einer weiteren Tanne zu verschwinden. Carsten hatte das Fenster auf Kipp gestellt. In der Nachbarschaft mähte jemand den Rasen, Kinder tobten lautstark in der Nähe, und der kleine Terrier seiner alten Nachbarin bellte, sicherlich fuhr gerade ein Radfahrer vorbei. Carsten versuchte, sich weiter auf die Akte zu konzentrieren, doch die lenkte seine Gedanken zwangsläufig zurück zu Christine, schließlich handelte es sich um den Antrag auf vorzeitige Haftentlassung eines der beiden Freigänger, die im Mordfall Andreas Schmidt zu den Zeugen gehörten.

Carsten rief sich das Gespräch mit Christine ins Gedächtnis, in dem sie über die beiden jungen Männer gesprochen hatten. Wie erschüttert war Christine gewesen, dass der eine seine eigene schwangere Mutter überfahren hatte. Carsten griff zu dem Thermobecher auf seinem Schreibtisch, der nur heißes Wasser enthielt, und trank einen Schluck. Nicht nur der ehemalige Regierungschef Bremens, Henning Scherf, auch andere Prominente schworen öffentlich darauf, dass heißes Wasser den Stoffwechsel anregte und überhaupt gut für die Gesundheit war.

Früher hatte Carsten schon vor dem Aufbruch ins Büro zwei Becher starken Kaffees getrunken und einen dritten Becher ins Auto mitgenommen, doch seit nunmehr drei Jahren begann er den Tag nicht nur mit heißem Wasser, sondern begnügte sich auch zwischendurch damit. Das tat ihm gut. Es puschte seinen Kreislauf nicht unnötig hoch, und er hatte das Gefühl, seither auch sein Gewicht leichter halten zu können.

Tobias Kuhn. So hieß der Freigänger, der dafür verurteilt worden war, seine Mutter überfahren und sie und das Ungeborene getötet zu haben. Erst vergangene Woche war ihm die Erlaubnis, ein Fahrzeug zu führen, zurückerteilt worden. Carsten hatte Oda Wagners abstruser Theorie bezüglich Christines Schwangerschaft als Motiv für einen neuerlichen Ausraster zunächst keine größere Beachtung geschenkt, doch der Gedanke nagte an ihm.

Hatte Kuhn diese Erlaubnis genutzt, um Christine anzufahren? Warum? War Christine ihm in irgendeiner Weise zu nahe gekommen? Hatte sie herausgefunden, dass Kuhn für Schmidts Tod verantwortlich war? Soweit Carsten wusste, gab es keine entsprechenden Spuren oder Beweise. Doch immerhin hatte sie sich am Freitagabend noch mit ihm getroffen. Andererseits … wenn sie ihn da schon als dringend tatverdächtig eingestuft hätte, wäre sie nicht einfach so ins Wochenende gegangen. Zumindest aber hätte sie ihm von ihrem Verdacht erzählt.

Nein. Wie Carsten es auch drehte und wendete, es machte keinen Sinn. Zumindest nicht unter rationalen Aspekten.

Eine Erinnerung drängte sich in sein Bewusstsein. Christine hatte am Samstag beim gemeinsamen Kochen erwähnt, dass sie anscheinend schon die Gestik einer Schwangeren übernommen hatte. Kuhn sei deswegen relativ schnell mit seiner Vermutung herausgerückt, sie könne ein Kind erwarten. War Kuhns damalige Tat vielleicht gar nicht nur gegen die eigene Mutter gerichtet? Hatte sich in seiner Psyche ein grundsätzlicher Hass gegen Schwangere manifestiert, so abwegig das auch schien?

Carsten schnappte sich den Kugelschreiber und wischte die Gedanken an Christine vehement beiseite. Er hatte zu arbeiten. Er konnte im Kollegenkreis derzeit nicht glaubhaft begründen, weshalb er aus dem Gleichgewicht war. Man würde es ihm vermutlich nachsehen, wenn er seine am Wochenende getroffene Entscheidung auch tatsächlich publik machte. Aber erst dann.

Es klopfte an der Tür, unwillig sah er auf.

Silvia trat ein. Sie trug Jeans und eine weiße Bluse. Die Frau am Vormittag auf dem Deich kam ihm in den Sinn, und automatisch schlich sich ein Lächeln auf sein Gesicht. Er hätte sich auch sehr gewundert, wenn sie ein helles Kostüm getragen hätte.

Erfreut nahm Silvia seine Reaktion auf. »Du lächelst, wenn du mich siehst? Das ist ein schönes Zeichen.« Sie trat näher.

»Äh … nein … das war nur … Ich hatte heute Morgen am Flugplatz zu tun und habe die Gelegenheit genutzt, um noch einen strammen Marsch in Richtung Fliegerdeich zu machen. Da sah ich weit vor mir eine Frau, die mich im ersten Moment an dich erinnert hat.«

Silvia erstarrte.

»Die Frau trug ein Kostüm und lief in Richtung Südstrand. Natürlich war mir schnell klar, dass du es nicht sein konntest. Was hättest du dort auch machen sollen? Ich war kurz versucht, deinen Namen zu rufen, hab's aber dann doch gelassen. Und … wie wir sehen … du bist es nicht gewesen.« Nun lächelte er doch bewusst. »Was gibt's denn?«

Silvia sah etwas unbehaglich drein. »Kannst du mir bitte den Schlüssel zum Schließfach in der Bank geben?«

»Was willst du denn damit?« Carsten fiel ein, dass er seiner Frau am Wochenende gesagt hatte, er wolle sich scheiden lassen, und sein Ausdruck verfinsterte sich. Blitzschnell analysierte er den Inhalt des Schließfaches: Sparbücher, alle wichtigen Dokumente, einige US-Dollar …

»Ich bin morgen auf einem sechzigsten Geburtstag eingeladen. Da möchte ich gern die Goldkette mit den Brillanten tragen, die du mir zur Geburt von Carl geschenkt hast. Und das Armband. Beides ist im Schließfach.«

»Ach so. Natürlich. Entschuldige, dass ich nachgefragt habe. Ich stehe zurzeit etwas unter Strom.« Carsten sah, dass sich Silvia bei seinen Worten auf die Unterlippe biss, doch sie sagte nichts. »Natürlich kriegst du den Schlüssel. Wir haben uns schließlich immer vertraut.« Er nahm den Schlüsselbund vom Schreibtisch, suchte den Bankschlüssel heraus und sah ihr direkt in die Augen. »Und ich habe doch keinen Anlass, dir jetzt nicht mehr zu vertrauen. Oder?«

Sie sah ihn einen Moment mit bitterem Blick an. Dann streckte sie den Rücken durch. »*Du* hast *mir* in all den Jahren immer vertrauen können.« Ihr Kinn reckte sich vor. »Wenn einer von uns an der Loyalität des anderen zweifeln darf, dann bin ja wohl ich diejenige, nach dem, was du mir am Freitag in Aussicht gestellt hast.« Silvia hielt ihm die geöffnete Rechte hin. »Den Schlüssel, Carsten.«

***

»Wo ist Niekstein?«, fragte Oda, als sie die Bürotür aufriss und Lemke allein am Schreibtisch vorfand.

»Mit dem Zeugen im Vernehmungszimmer.« Lemke sah sie über den Rand seiner neuen Computerbrille hinweg an.

»Gut. Hast du den Typen auch gesehen? Was macht er für einen Eindruck auf dich?« Oda renkte den Hals nach rechts und links, sie war irgendwie völlig verspannt. Bestimmt lag es am Autofahren. Angesichts der Tatsache, dass Christine im Krankenhaus um ihr

Leben kämpfte, hatte sie es mit ausgesprochen gemischten Gefühlen genossen, auch mal allein den Dienstwagen fahren zu können. Normalerweise saß ihre Kollegin am Steuer, wenn sie gemeinsam unterwegs waren. Obwohl sie dann meistens mit Christines Cabrio fuhren, was im Sommer zugegebenermaßen jede Menge Spaß machte. Wenn Alex sich den Hals auf diese Weise verrenkte, knackte es oft beunruhigend, doch danach schien bei ihrem Sohn wieder jeder Wirbel dort zu sitzen, wo er hingehörte.

Bei ihr knackte nichts. Und es tat noch genauso weh.

»Also, ich hab das Gefühl, das ist keiner der üblichen Spinner, die nur Aufmerksamkeit erlangen wollen.«

»Danke. Deine Einschätzung ist mir wichtig.« Das sagte sie ohne jeglichen Anflug von Sarkasmus, denn es stimmte. Sie gab viel auf Lemkes Meinung.

»Ich weiß.« Lemke lächelte sie an.

Sie lachte zurück. »Dann werd ich mal rübergehen und mir anhören, was er zu sagen hat.«

»Mach das.« Lemke senkte den Kopf und studierte weiter die Unterlagen.

Einen Moment sah Oda ihm dabei zu. Er war immer so diszipliniert und distanziert. Das verblüffte sie jedes Mal.

»Ich stell mein Handy auf Vibration und steck es in die Hosentasche«, erwähnte sie schnell. »Für den Fall, dass du mich während der Vernehmung erreichen musst.«

»Wird schon nichts so dringend sein.« Lemke sah sie mit diesem gelangweilten Blick an, der dem eines Bassets glich.

Als Oda über den Flur zum Vernehmungszimmer lief, dachte sie einmal mehr, dass sie verdammt viel Glück gehabt hatten, den ehemaligen Marinekomplex inmitten der Innenstadt zur Polizeiinspektion umbauen und alle bislang im Stadtgebiet versprenkelten Einheiten unter ein Dach bringen zu können. Aufgrund der vorhandenen Bausubstanz waren breite Flure und zum Teil recht große Büros das Ergebnis. Hätte das Gebäude neu gebaut werden müssen, wären sowohl Räume als auch Flure aus Kostengründen und nach vorgeschriebenen Standardnormen mit Sicherheit wesentlich kleiner ausgefallen. Um jede Etage ein wenig individuell zu gestalten, hatte man verschiedene Farben gewählt, die auf weißem

Hintergrund die entsprechenden Geschosshinweise gaben. Das Erdgeschoss war blau, die erste Etage, in der sich auch das K1 befand, rot und der zweite Stock sonnig gelb.

Mit Schwung öffnete Oda die Tür zum Vernehmungszimmer. Niesteit saß stumm einem ebenfalls schweigenden Mann von Mitte, Ende fünfzig gegenüber. Vor ihm auf dem Tisch stand ein volles Glas Wasser. Auch ein Aufnahmegerät lag bereit. Ein leichter Geruch nach Kuhstall lag in der Luft.

»Ah. Schön, dass du kommst.« Niesteit stand auf. »Herr Hinrichs, dies ist meine Kollegin Oda Wagner, auf die wir gewartet haben. Dann können wir jetzt also loslegen.«

Oda trat an den Tisch. Der Mann war aufgestanden und reichte ihr die Hand. »Enno Hinrichs«, sagte er, bevor er sich wieder setzte.

»Moin, Herr Hinrichs. Das ist ja prima, dass Sie gleich selbst herkommen. Ist ja auch einfacher, als am Telefon miteinander zu reden.« Oda setzte sich ebenfalls.

»Gleich selbst herkommen? Wie meinen Sie das?«

»Sind Sie denn nicht hier, weil Ihre Frau Ihnen ausgerichtet hat, Sie möchten sich bei uns melden?« Oda zog fragend die Augenbrauen hoch.

»Nein.« Hinrichs räusperte sich. »Ich habe mit meiner Frau nicht gesprochen, seitdem ich heute Vormittag den Hof verlassen habe.«

»Verstehe. Sie kommen also von sich aus.«

»Ja. Weil ich Ihnen etwas zu sagen habe. Es geht um Andreas Schmidt.«

»Sie sind sicher damit einverstanden, dass wir das Gespräch aufzeichnen«, mischte sich Niesteit ein, unsensibel wie immer, und drückte die Record-Taste mit dem roten Punkt.

Hinrichs nickte.

»Dann schießen Sie mal los«, sagte Oda forsch, merkte allerdings gleich, dass das angesichts des Tathergangs die absolut schlechteste Wortwahl gewesen war, die sie hatte treffen können. Von Niesteit erntete sie einen amüsierten Blick und ein kurzes Glucksen.

»Ja. Also ich war das. Ich mein, ich hab Andreas Schmidt getötet.« Hinrichs blickte Oda in die Augen.

Sie hielt seinem Blick stand, reagierte jedoch nicht sofort. Sekundenlang sagte niemand etwas.

»Warum?«

»Er hat mich erpresst.«

Jetzt erst erlaubte Oda ihren Augen ein Blinzeln. Niekesteit blieb stumm, allerdings musste er hörbar aufstoßen, wofür Oda ihn mit einem knappen »Niekesteit« zurechtwies.

Doch Hinrichs schien das nicht zu stören. »Sie wissen ja, dass ich einen Bauernhof hab«, holte er aus. »Und ich fahre regelmäßig zur Brauerei, um dort den Treber als Futter fürs Vieh zu holen. Das mache ich seit Jahren. Und immer lief alles korrekt. Ich bin ein ehrlicher Mensch. Aber das wissen Sie bestimmt schon längst, wenn Sie auf meinem Hof waren. Jedenfalls arbeitet mein Schwager Heinz bei der Brauerei. Er ist derjenige, der – früher abwechselnd mit Andreas – den Treber auf die Lkws verlädt. Die sitzen zusammen in einem Büro, und mal bedient der eine und mal der andere die Einfüllmaschine oder wie das Ding heißt. Meistens hab ich aber mit Heinz zu tun gehabt. Und immer habe ich alle Rechnungen pünktlich bezahlt. Also, nicht dass Sie denken, ich lüge Sie an, ich kann das alles belegen. Vor anderthalb Jahren krepierte mein Trecker. Das war vielleicht eine Scheiße. Mir blieb nichts anderes übrig, ich musste einen neuen kaufen. Wissen Sie, was so ein Trecker kostet? Da können Sie sich aber 'nen feinen Luxuswagen von kaufen. Wir reden da mal eben von achtzigtausend Euro. *Achtzigtausend*. Das war total utopisch. So viel Geld hatte ich nicht. Hab ich mich also nach 'nem vernünftigen gebrauchten umgesehen. Aber selbst dafür musste ich noch einen Kredit bei der Bank aufnehmen, dreißigtausend Euro. Das wurde ganz schön eng. Und mit jedem Monat enger. Die Ratenzahlungen für den Trecker, die normalen monatlichen Fixkosten … ich hab geackert wie ein Blöder und kam doch nicht über die Runden. An einem Abend, an dem meine Frau und ich mit meinem Schwager und dessen Frau Karten spielten, hat meine Frau unsere Sorgen nicht zurückhalten können und den beiden gestanden, wie es um uns bestellt war.« Hinrichs machte eine Pause, griff zum Wasserglas und trank einen Schluck.

Oda sah ihn aufmerksam an und wartete, bis er fortfuhr.

»Heinz hat wohl ganz genau zugehört. Jedenfalls hat er von da an die Lieferscheine für meinen Treber unter den Tisch fallen lassen.

Ich hab das gar nicht sofort geschnallt, aber irgendwann merkte ich, dass keine Rechnungen mehr für das Zeug kamen.« Hinrichs räusperte sich. »Ich weiß, ich hätte mit Heinz drüber reden müssen. Aber ich war ja auch froh, dass wir so ein wenig mehr Luft hatten, finanziell, meine ich. Darum hab ich ihn nicht darauf angesprochen. Und er mich auch nicht. Alles lief stillschweigend so weiter. Bis Andreas vor anderthalb Wochen auf meinem Hof stand und mir buchstäblich die Pistole auf die Brust setzte. Andreas, Heinz, Thomas und ich spielen zusammen Skat, müssen Sie wissen. Seit Jahren schon. Haben in der Vergangenheit auch schon so'n paar Skattouren gemacht. Im Herbst rüber nach Norderney, wenn die ganzen Kegelclubs da sind. Ich sach Ihnen, das ist Ballermann auf Ostfriesisch. Hoch die Tassen und Heiteitei. Da vergessen manche, dass sie verheiratet sind. Ich natürlich nicht. Andreas auch nicht, der hatte ja keine Frau. Und Heinz … Na, egal, wir haben wirklich schon jede Menge Spaß zusammen gehabt. Und mit einem Mal fordert Andreas gnadenlos, ich soll unverzüglich die Außenstände nachzahlen. Dabei ist es doch nicht mal sein eigenes Geld oder seine eigene Firma. Da hätte er doch etwas großzügiger sein können.«

»Großzügiger?«, fragte Oda überrascht.

»Na, mit dem Ultimatum. Das hätte er doch nicht so knapp setzen müssen. Keine Ahnung, was dem über die Leber gelaufen war. Bestimmt hatte das mit seiner Mutter zu tun. Andreas war ja das Muttersöhnchen schlechthin; wenn seine Mutter mal keinen vernünftigen Stuhlgang hatte, bekam er sofort schlechte Laune.«

Oda kräuselte skeptisch die Stirn.

»Na ja. Okay, sooo schlimm war es dann auch wieder nicht, aber das trifft es schon sehr. Jedenfalls hat Andreas gedroht, er würde Heinz und mich der Betriebsleitung melden. Dann wäre Heinz seinen Job los, ich bekäme eine Anzeige, und den Hof könnte ich auch vergessen.«

Hinrichs trank den Rest des Glases in einem Zug leer. Durch das geöffnete Fenster drang das Lachen zweier Frauen. Eine dicke Fliege flog brummend durch den Raum, bevor sie sich auf Hinrichs' Glas niederließ. Auf Odas leichtes Nicken hin goss Nieksteit dem Mann noch einmal ein. Die Fliege flog davon.

»Ich wollte mit Andreas reden«, erzählte Hinrichs weiter. »Er hatte mich total überrumpelt an dem Tag, da wusste ich zuerst überhaupt nicht, was ich machen sollte. Also hab ich ihn angerufen. Aber er war unerbittlich. Verbrecher seien wir, Heinz und ich, und solchen wie uns müsse man das Handwerk legen. Ich hab ihn angefleht, Heinz nicht der Betriebsleitung zu melden und mir eine reelle Chance zu geben. Ich wollte mich bei der Bank erkundigen, ob ich den Betrag noch zusätzlich als Kredit aufnehmen könnte. Da war Andreas für ein paar Tage ruhig. Aber die in der Bank haben nur den Kopf geschüttelt. Sie hätten mir die dreißigtausend für den Traktor eh nur gegeben, weil Erntezeit war und ich ohne ihn den Betrieb nicht hätte aufrechterhalten können, hieß es. Das Grundstück würde das bei einer Zwangsversteigerung wohl wieder in die Kasse spülen, aber mehr sei nicht drin. Ich war vollkommen fertig. Konnte nicht mehr schlafen. Hab überlegt, mich im Stall am Dachbalken aufzuknüpfen. Ich stand sogar schon oben.«

Hinrichs' Adamsapfel hüpfte auf und ab, sein Mund verzog sich für einen Moment. Unter anderen Umständen wären vielleicht sogar Tränen geflossen, vermutete Oda. Doch Hinrichs hatte sich unter Kontrolle.

»Letztlich war ich zu feige. Ich hab's nicht geschafft, mir den Strick um den Hals zu legen und vom Zwischenboden zu springen. Vielleicht wollte ich Frieda auch einfach nur ersparen, mich da baumeln zu sehen, und sie nicht mit dem ganzen Mist alleinlassen. Ich weiß es nicht. Jedenfalls habe ich Andreas angerufen. Ihm gesagt, dass die Bank nicht mitzieht, und ihn noch einmal angefleht, Heinz da rauszulassen. Denn der hat die Lieferscheine ja nur unter den Tisch fallen lassen, weil er Frieda und mir helfen wollte. Der kann doch eigentlich gar nichts dafür. Ich war schließlich derjenige, der säumig war, und ich wollte das ja auch alles nachzahlen, er sollte mir nur die Chance dazu geben. Wir wollten die Brauerei nicht wirklich betrügen, wir sind keine Verbrecher!«

»Aber Ihr Skatkumpel hat nicht mitgezogen«, vermutete Oda.

»Nein. Der war eiskalt. Das hab ich überhaupt nicht verstanden. Der kannte mich seit Jahren und spielte sich nun als Sheriff auf ...«

»Was dann?«

»Mittwochs geh ich immer zum Training. Da bin ich dann zu ihm hin. Weil Frieda nichts davon mitkriegen sollte, hab ich das Training einfach abgekürzt. Es war wie in einem schlechten Film. Er stand am Herd, als ich kam. Hatte Gyros in der Pfanne. ›Riecht lecker‹, hab ich gesagt, weil man sich doch nicht wirklich streiten kann, wenn der eine den anderen lobt. Ob ich was abhaben will, hat er gefragt, und ich hab gesagt: ›Einen Klecks probier ich gern.‹ Er hat zwei Jever aus dem Kühlschrank geholt. Wollte mir auch ein Glas anbieten, aber ich wollte nichts trinken. Wir haben gegessen. Und ich hab ihm noch einmal erzählt, dass die Bank mir keinen weiteren Kredit gibt. Dass ich natürlich ab jetzt die Treber-Rechnungen wieder ordnungsgemäß bezahlen will und, sobald es irgendwie geht, auch das, was noch aussteht. Sie hätten Andreas' schäbiges Lachen hören müssen. Da war nichts mehr von jahrelanger Skatbrüderverbundenheit. Das kam von oben herab, als würde er es genießen, Macht über mich zu haben. So kannte ich ihn überhaupt nicht. Mit einem Mal war er für mich ein Fremder. Und dann war da die Waffe in meiner Hand. Ich hab ihn damit bedroht.« Hinrichs griff erneut zum Wasserglas.

»Die Waffe«, wiederholte Oda und sah Hinrichs abwägend an.

»Ja. Eine Walther PPK.«

Das passte zum Bericht der KTU. »Sie sagen das so selbstverständlich, da gehe ich mal davon aus, dass Sie einen Waffenschein besitzen.«

»Ja. Ich bin Jäger.«

»Und die Waffe tragen Sie immer bei sich?« Oda konnte nicht anders, als ihre Verblüffung mitschwingen zu lassen.

»Nein. Natürlich nicht. Die brauch ich im Alltag doch gar nicht.«

»Und warum haben Sie die Waffe an jenem Tag mit sich geführt?«

»Warum?« Hinrichs sah sie verständnislos an, dann erhellte sich sein Blick. »Ach so! Das hab ich doch gerade schon gesagt. Ich hatte an dem Tag Schießtraining. Und weil ich so sauer war, und weil ich mit Andreas reden und ihn überzeugen wollte, Heinz nicht ans Messer zu liefern, bin ich dann vom Schießstand aus direkt zu ihm gefahren.«

»Sie haben sich ja auch sicher gefühlt mit der Waffe«, unterstellte Niesteit.

»Wie? Nee. Aber eine Waffe darf man doch nicht im Auto

liegen lassen. Darum hab ich sie mitgenommen. Ich hätt mich ja sonst strafbar gemacht, wenn einer das Auto aufgebrochen und die Pistole mitgenommen hätte. Ich hab noch nie eine Waffe im Auto gelassen. Das ist wie ein Reflex. Wie Zähne putzen. Man macht es, ohne sich wirklich dran zu erinnern, dass man's gemacht hat. Ich war in Gedanken ja auch nicht bei der Waffe, sondern beim Gespräch mit Andreas. Ich wollte eine Chance, das alles vernünftig regeln zu können. Darum wollt ich mit ihm reden. So von Mann zu Mann, von Kartenkumpel zu Kartenkumpel. Mensch, wir kannten uns doch seit Jahren.«

»Haben Sie uns die Waffe mitgebracht?«

Hinrichs sah Oda überrascht an. »Nee. Hätte ich das machen müssen?« Es war fast ein wenig rührend, wie er sich verhielt.

»Besser wär das gewesen. Denn wir können ja nur anhand der Waffe feststellen, ob es sich dabei wirklich um die Tatwaffe handelt.« Oda lächelte Hinrichs freundlich an. »Aber das lässt sich nachholen, erzählen Sie erst einmal weiter.«

»Ja. Also, erst hab ich wie gesagt versucht, mit Andreas zu reden. Aber der war so ekelhaft von oben herab, als würde ihm einer dabei abgehen, mich vor ihm kriechen zu sehen. Da hab ich, ohne groß nachzudenken, die Waffe gezogen. Und gesagt, wenn er mir droht, kann ich das umgekehrt auch. Wenn er meine Existenz kaputt machen will, kann ich das bei ihm schneller. Ich bräuchte nur abzudrücken. Und seine Mutter stünde allein da.« Hinrichs stockte. »Ich hab das natürlich nicht so gemeint, ich wollte ihm nur Angst machen. Es heißt doch immer, jeder braucht was, für das es sich zu leben lohnt. Bei Andreas war das in den ganzen zwanzig Jahren, in denen ich ihn kenne, immer nur seine Mutter. Also hab ich gedacht, der lenkt ein. Damit er sich auch weiter um sie kümmern kann.«

Bestimmt eine halbe Minute verstrich, ohne dass jemand etwas sagte.

»Aber er hat nicht eingelenkt«, schloss Oda daraus.

»Nein.«

Eine weitere Pause. Oda merkte, dass ihre Blase drückte, aber in dieser Situation konnte sie unmöglich aufstehen und aufs Klo gehen.

»Ich hab es wirklich nicht gewollt, aber der Revolver hat Andreas … ich weiß nicht … also, er war nicht mal geschockt oder beeindruckt oder so. Ich hatte einfach das Gefühl, er nimmt mich nicht ernst. Nicht mal mit der Waffe in der Hand. Und dann gab's den Knall. Andreas fiel nicht sofort hin, das dauerte ein paar Sekunden. Und ich bin einfach nur weggerannt. Aus der Küche. Durch den Flur. Durchs Treppenhaus. Raus auf die Straße. Rüber zum Parkplatz. Ich glaub, ich hatte die Waffe dabei sogar noch in der Hand. Aber das weiß ich nicht mehr genau. Und dann bin ich nach Hause gefahren. Als ich auf dem Hof ankam, war ich wieder völlig ruhig. Da wurde mir erst klar, dass die Möglichkeit, dass ich Andreas nicht nur verletzt, sondern getötet hatte, verdammt groß war. Ich hab vorher noch nie auf einen Menschen geschossen, immer nur auf Tiere, aber wenn man das so überträgt … Ich wusste nicht, was ich machen sollte. Sollte ich so tun, als hätte ich mit allem nix zu schaffen? Sollte ich mich stellen? Welche Spuren hatte ich hinterlassen? Eigentlich nur die Fingerabdrücke auf dem Besteck. Ich hab gedacht, wie sollen die an meine Fingerabdrücke zum Vergleichen kommen, wir spielen ja nur ab und zu Karten zusammen, mehr nicht. Und darum habe ich mich auch nicht gemeldet. Aber ich kann trotzdem nicht einfach so tun, als ob nichts gewesen wär. Ich hab zwar schon oft getötet. Aber das waren Viecher. Bei der Jagd. Oder verletzte Tiere auf dem Hof. Aber ich hab noch nie einen Menschen getötet.«

So, wie Hinrichs das sagte, wirkte es ehrlich.

»Ja, Herr Hinrichs«, sagte Oda langsam, »dann werden wir mal Ihre Fingerabdrücke nehmen und sie mit den Spuren vergleichen, die wir in der Wohnung von Herrn Schmidt gefunden haben.«

»In Ordnung.« Der Landwirt nickte. »Ich kann in der Zwischenzeit ja eben nach Hause fahren und die Waffe holen. Dann können Sie das auch vergleichen.«

Mit einem bedauernden Lächeln sah Oda Hinrichs an. »Ich fürchte, das wird so nicht möglich sein. Wir fahren gemeinsam zu Ihrem Hof. Und dann gucken wir weiter. Aber erst mal muss ich ganz dringend was erledigen.«

***

Am liebsten hätte Silvia sich eine dicke Jacke mit Kapuze angezogen, um nur ja nicht erkannt zu werden. Da das nicht ging, betrat sie hocherhobenen Hauptes die Filiale der Bank. Mit einem schnellen Blick der Erleichterung registrierte sie, dass heute ein anderer Mitarbeiter an der Kasse saß. Das mochte eine Pausenvertretung sein, völlig egal, zumindest bot sich ihr die Chance, noch einmal so einen hohen Betrag abheben zu können, ohne von der Kassiererin darauf angesprochen zu werden. Rasch schob sie die Scheckkarte in die Vorrichtung, die die Tür zum Schließfachraum öffnete, und gab ihre Geheimzahl ein.

Nur wenig später hatte sie den Schlüssel ins Schloss des Tresorautomaten gesteckt und hörte, wie ihr Schließfach aus den Tiefen des Banktresors nach oben transportiert wurde. Nachdem sie das Fach geöffnet hatte, hielt sie einen Moment inne. Sie könnte … aber dann schüttelte sie den Kopf.

Nein. Sie würde sich nicht vorwerfen lassen, Carsten auf irgendeine Art betrogen zu haben. Sie würde die Sparbücher dort lassen, wo sie waren, und sie nicht einfach herausnehmen und anderweitig lagern. Morgen hätte sie auch das Geld zurück, das sie heute versehentlich in falscher Höhe ausgehändigt hatte, und würde es wieder aufs Sparbuch einzahlen. Für den ersten Betrag brauchte sie keine Rechenschaft abzulegen, den hatte sie von dem Konto abgehoben, auf das vor zwanzig Jahren die Erbschaft ihrer Tante Luise geflossen war. Das Guthaben war durch diverse teils etwas leichtsinnige Einkäufe allerdings über die Jahre geschmolzen und durch die gestrige Abhebung vollends aufgebraucht.

Das Kinn vorgereckt und mit geradem Rücken, wie sie das noch aus Ballettzeiten kannte, verließ sie den Tresorraum und schritt auf die Kasse zu. In diesem Moment kam die junge Bankerin zurück, die ihr schon gestern die Summe ausgezahlt hatte, und löste den Kollegen ab. Etwas überrascht sah sie Silvia an, nachdem diese ihr Anliegen vorgebracht hatte, und legte ihr den Auszahlungsschein zur Unterschrift vor, fragte aber lediglich: »Dass bei dieser Summe Vorschusszinsen anfallen, wissen Sie?«

Silvia nickte. »Ja.«

»Gut.« Die Angestellte zählte Silvia den Betrag vor.

»Danke.« Silvia griff nach den Scheinen und dem Sparbuch und stopfte beides achtlos in ihre Handtasche. Das war alles so peinlich! Mit einer gewaltigen Mischung aus Scham und Wut verließ sie die Bank und wusste definitiv: Noch einmal würde sie sich nicht so erniedrigen. Von jetzt an würde sie das Heft selbst in die Hand nehmen.

***

Erst als Enno auf dem Rücksitz des Polizeikombis saß und mit den beiden Kommissaren von Wilhelmshaven zu seinem Hof in Hohenkirchen fuhr, wurde ihm wirklich bewusst, in welcher Lage er sich befand. Natürlich hatte er vorher alles gründlich durchdacht, und es hatte für ihn keinen anderen Weg gegeben als diesen, doch das Durchdenken war etwas vollkommen anderes gewesen als jetzt das Erleben. Obwohl er keine Handschellen trug, fühlte er sich eingesperrt und festgezurrt. Seine Kiefer malmten aufeinander.

Seine Atmung ging schneller.

Seine Nasenflügel bebten.

»Herr Hinrichs? Alles in Ordnung?« Die Kommissarin hinter dem Lenkrad schien seine Probleme bemerkt zu haben, der Typ neben ihm auf der Rückbank blieb völlig emotionslos.

»Ja. Äh … Nein …« Er wusste überhaupt nicht, was er antworten sollte, und versuchte, sich zu beruhigen. Er hatte einen Plan entworfen, wie der Betrieb aufrechterhalten werden konnte, wenn er nicht mehr zur Verfügung stand. Frieda konnte die Arbeit der nächsten Wochen mit den Aushilfsarbeitern bewältigen, die waren schon die zweite Saison bei ihnen und kannten sich aus. Und Frieda kannte sich auch aus. Das würde laufen. Frieda könnte den Miro behalten, der würde für kleines Geld und Kost und Logis sicher erst mal auf dem Hof bleiben. Miro stellte sich sehr geschickt an, kam selbst von einem Bauernhof.

Enno glaubte fest, dass Miro Frieda nicht hängen lassen würde. Auch die Bank würde Frieda angesichts der neuen Umstände zur Seite stehen. Der Filialleiter war mit Frieda und Heinz zusammen zur Schule gegangen, hätte schon damals gern was mit Frieda angefangen und würde sich garantiert freuen, ihr nun helfen zu können. Enno sah bereits den Geifer aus dessen Maul laufen, wenn er Frieda anschmachten würde.

Es schüttelte ihn bei diesem Gedanken. Doch das war nicht wichtig. Wichtig war Frieda. Und Heinz. Und das Überleben des Hofes.

Es gab einen leichten Ruck gegen den Gurt. Sie waren angekommen. Der Kommissar stieg aus und hielt ihm die Wagentür auf, ein eigenartiges Gefühl. Balko kam schwanzwedelnd angelaufen, streifte um seine Beine, wie es sonst eher die rotbraune Katze Frau Meyer tat. Enno kraulte ihn kurz, und Balko trollte sich wieder zu seinem Platz bei der weißen Plastikbank. Aus dem Stall drang Miros sonorer kroatisch geprägter Dialekt, ein leichter Geruch nach Gülle hing in der Luft.

»Ich hab die Waffe im Wohnhaus«, erklärte Enno. Im selben Augenblick flog die Haustür auf, und Frieda stürmte ihnen entgegen.

***

Es war schon ein merkwürdiges Gefühl, Frieda Hinrichs auf ihren Mann zulaufen zu sehen. Beinahe konnte Oda spüren, was in der Bäuerin vor sich ging.

»Enno! Was ist geschehen?« Ihre hektischen Blicke gingen zwischen ihm, Niekstelt und ihr hin und her.

»Wir kommen, um die Waffe zu holen, Frieda«, antwortete Hinrichs gefasst. »Ich habe gestanden, Andreas getötet zu haben.«

Frieda Hinrichs erbleichte. Sie blickte ihren Mann an. Weder Oda noch Niekstelt rührten sich.

»Warum hast du das getan?«, fragte sie mit dünner Stimme und umschlang sich selbst mit den Armen.

»Frau Hinrichs. Bitte. Wir wollen nur die Waffe holen und nicht diskutieren.«

Eine Diskussion konnte Oda nicht zulassen. Hinrichs hatte gestanden und basta. Sie würden die Waffe sicherstellen, seine Klamotten ebenso und alles auf Schmauchspuren untersuchen. Sie brauchten Beweise, ein Geständnis wäre vor Gericht schnell widerrufen.

»Können wir?« Sie sah Enno Hinrichs an, der wie angewurzelt dastand, den Blick fest auf seine Frau gerichtet.

»Warum bist du zur Polizei gegangen? Warum hast du nicht vorher mit mir darüber gesprochen?«, wiederholte sie.

»Noch einmal: keine Diskussion«, sagte Oda ungehalten. Doch es schien, als würde das Ehepaar sie überhaupt nicht hören, denn Hinrichs fragte: »Was hättest du mir denn gesagt?«

Die Bäuerin machte einen Schritt auf ihren Mann zu, die Arme immer noch um den Körper geschlungen. »Ich hätte dich gebeten, es nicht zu tun.« Die Rotgefleckte kam majestätisch daherstolziert und schmiegte sich an ihre Beine, doch sie schenkte ihr keine Beachtung.

Nun hatte Oda die Nase voll. »Stopp, so geht das nicht. Nieksteit, du bleibst bitte bei Frau Hinrichs, während ich mit Herrn Hinrichs die Waffe hole.« Sie fasste den Mann am Ellbogen. »Kommen Sie.«

Der ließ sich mitziehen, rief aber noch über seine Schulter zurück: »Wer Schuld auf sich geladen hat, der muss dazu stehen.«

In Frau Hinrichs' Stimme klang Trotz mit, als sie zurückrief: »Die hätten das doch niemals rausgekriegt. Hättest du die Waffe in der Jauchegruppe versenkt, hätte das keiner gemerkt. Was für eine Scheiße! Hast du dir mal Gedanken darüber gemacht, wie das jetzt werden soll mit dem Hof?«

Sie betraten das niedrige eingeschossige Wohnhaus. Die Räume wirkten dunkel, was wohl an den kleinen Fenstern lag.

»Ist schon alt, das Haus, hm?«, vermutete Oda.

»Hundertfuffzig Jahre. Und immer im Familienbesitz.«

»Ja, das hab ich mir gedacht. Wo bewahren Sie die Waffe auf?«

»Im Schlafzimmer.«

»Im Schlafzimmer?«

»Ja. Da steht mein Waffenschrank.« Er zückte seinen Schlüsselbund, schloss den Schrank auf und griff hinein. Im selben Augenblick hörte Oda ein Poltern im Flur. Frieda Hinrichs stürzte ins Zimmer und auf ihren Mann zu. Sie entriss ihm die Pistole, bevor er oder Oda reagieren konnten.

»Oh nein«, rief die Bäuerin und fuchtelte mit der Waffe herum. »Ich lass mir meinen Mann nicht wegnehmen!«

Sie richtete die Walther PPK auf Oda, die im ersten Moment gar nicht wusste, was hier passierte. Praktischerweise polterte Niekstein ins Zimmer und fummelte schon an seinem eigenen Waffengurt.

»Frieda. Gib das Ding her«, ermahnte Enno Hinrichs seine Frau. »Die ist doch sowieso nicht geladen. Hör auf. Du machst es nur noch schlimmer.«

»Du kriegst sie nicht!«, fauchte Frieda Hinrichs, und durch die Art, wie sie die Waffe hielt, ging Oda davon aus, dass sie das Ding nicht zum ersten Mal in den Fingern hielt. Doch Hinrichs hatte gesagt, in der Pistole sei keine Munition. Ihre Anspannung ließ etwas nach.

»Und ob die geladen ist«, brüllte die Hinrichs. »Ich habe genau wie du den Schlüssel zum Schrank. Also alle Mann Hände hoch! Enno, du fesselst die Polizisten mit ihren Handschellen aneinander, und dann hauen wir ab. Los. Mach!«

Bei ihren Worten kam wieder ein wenig Angst in Oda auf. Sie müsste jetzt etwas sagen, um die Situation zu entschärfen, doch Enno Hinrichs kam ihr zuvor. Er trat auf seine Frau zu. »Lass gut sein, Frieda. Es ist nun mal so, wie es ist, da müssen wir jetzt durch.« Mit sicheren Bewegungen nahm er ihr die Pistole aus den Händen und sah nach, ob sie tatsächlich Munition enthielt. »Alles okay«, sagte er. »Nichts drin.«

Da hatten sie ja noch mal Glück gehabt.

Kaum hörbar ließ Oda die Luft durch den Mund entweichen, zog aus ihrer Jackentasche einen Beweismittelbeutel und hielt ihn Hinrichs hin. Der ließ die Waffe hineinfallen. Dann wandte er sich an seine Frau. »Kannst mir ein paar Sachen zusammenpacken.« Er sah Oda an. »Ich werd doch jetzt mitgenommen?«

»Ja.«

»Gut.«

»Nichts ist gut«, keifte Frieda Hinrichs. »Denn du bist es ja gar nicht gewesen. Ich war's. Ich hab Andreas Schmidt getötet.«

»Frieda!«

»Sie können meinen Mann also hierlassen und mich stattdessen mitnehmen. Ich hab's getan. Ich hab Andreas umgebracht. Mit dieser Waffe!« Sie zeigte auf den durchsichtigen Plastikbeutel. »Enno wollte für mich die Schuld auf sich nehmen, aber er ist unschuldig. Ich war's. Und meine Fingerabdrücke sind auch auf der Pistole.«

***

Noch eine knappe Stunde, bevor Silvia die Kinder zum Abendessen rufen würde. Zeit genug, um Christine im Krankenhaus zu besuchen und rechtzeitig wieder zurück zu sein.

Carsten ließ den Kugelschreiber auf die vor ihm liegende Akte fallen, schlüpfte in seine handgefertigten Slipper aus Pferdeleder, nahm Schlüssel und Jacke von der Garderobe und eilte die Marmortreppe hinunter. Gott sei Dank rührte sich im Untergeschoss nichts, Silvia war wohl ebenfalls noch unterwegs. Brot und Aufschnitt auf den Tisch zu stellen und den Früchtetee zu kochen, nahm ja nicht viel Zeit in Anspruch, und bislang hatte noch jeden Abend um neunzehn Uhr das Essen auf dem Tisch gestanden.

Auf Knopfdruck entriegelte sich der Wagen, und nicht einmal zehn Minuten später parkte Carsten unter einem Baum auf dem großen, gut frequentierten Parkplatz des Reinhard-Nieter-Krankenhauses.

Eiligen Schrittes lief er zum Haupteingang hinauf. An der Tür der Intensivstation nannte er seinen Namen und stutzte kurz darauf, als er am Bett eine Frau von Mitte sechzig sitzen sah, die mit Christine sprach.

»Ist sie wach?«, entfuhr es ihm voller Hoffnung.

Die Frau schüttelte den Kopf. »Nein. Ich lese ihr vor.« Sie sah ihn fragend an. »Ich bin Christines Mutter. Clara Gutmann. Verraten Sie mir auch, wer Sie sind?«

»Entschuldigung.« Carsten besann sich auf seine Erziehung. »Carsten Steegmann. Ich bin …« Ja. Was war er eigentlich? »Ich bin Christines Geliebter, aber das weiß außer uns beiden keiner« klang irgendwie unseriös. »Ich bin der Staatsanwalt, der mit dem Fall betraut ist, an dem Christine gerade arbeitet« war auch nicht besser. »Ich bin der Vater des Babys, das Christine bei dem Unfall verloren hat.« Das war ehrlich und traf den Kern.

Christines Mutter nickte. Carsten blieb unbeholfen stehen. Lange hatte er sich nicht so unsicher gefühlt. Plötzlich sah er, wie

Christines Hand sich bewegte, sie nestelte am Bettlaken herum. Er öffnete schon den Mund und wies auf Christine, als Frau Gutmann sagte: »Dann sind Sie also Herr Steegmann.«

Carsten nickte. »Ihr Arm«, sagte er. »Christine hat ihre Hand bewegt. Sie wacht auf.«

»Nein. Das macht sie schon den ganzen Tag. Man hat mir gesagt, das sei typisch für Komapatienten.«

Carsten biss sich auf die Unterlippe. Die Begegnung mit Christines Familie hatte er sich unter anderen Umständen und zu einem anderen Zeitpunkt vorgestellt. Nein, korrigierte er sich. Das stimmte nicht. Die Begegnung mit ihrer Familie hatte er sich noch gar nicht vorgestellt. Bislang hatte er nicht einen Gedanken daran verschwendet, wie es wäre, Christines Eltern und den Bruder kennenzulernen. Ein solches Kennenlernen war für ihn noch weiter weg gewesen als die Geburt ihres gemeinsamen Kindes. Aber gut, nun war es also so. Und wozu hatte er im Europahaus Aurich diverse von der Behörde angebotene Rhetorikkurse bei Angelika Heinich besucht … Er würde auch mit dieser Situation perfekt umgehen. Er warf einen flüchtigen Blick auf seine Armbanduhr – zum Abendessen würde er es vermutlich doch nicht mehr rechtzeitig schaffen –, zog sich einen Stuhl auf die andere Seite des Bettes, überlegte kurz, ob er Christine auf die Stirn küssen sollte, entschied sich jedoch dagegen. Das kam ihm unter diesen Umständen nicht richtig vor.

»Gibt es Fortschritte?« Zaghaft fasste er Christines andere Hand und streichelte sie sacht. Er hoffte, sie würde seine Stimme hören und Beruhigung verspüren, ohne den Inhalt der Unterhaltung aufzunehmen.

»Nein.« Frau Gutmann legte das Buch, das sie in der Hand hielt, auf die Bettkante und wandte sich ihm zu. »Ich weiß nicht genau, was meine Tochter in diesem Stadium mitkriegt und was nicht. Aber falls das, was sich an ihrem Bett abspielt, irgendwie in ihr Bewusstsein dringt, ist das gut. Es wird ihr helfen, aufzuwachen. Vielleicht kann es ihr sogar helfen, die Wahrheit zu erkennen. Ich glaube, ich muss nicht deutlicher werden?«

Carsten presste die Kiefer aufeinander. Musste er sich das jetzt anhören? Konnte, durfte er sich am Bett seiner im Koma liegenden

Geliebten rechtfertigen? Sollte er Christines Mutter nicht auf der Stelle in ihre Schranken verweisen? »Ich denke nicht, dass hier der geeignete Ort für ein solches Gespräch ist«, sagte er.

»Wissen Sie, was Sie denken oder nicht, ist mir ziemlich egal. Ich möchte mich auch gar nicht groß mit Ihnen unterhalten.« Frau Gutmann sprach in einem Ton, als würde sie ihm Komplimente machen. »Ich möchte Ihnen nur einen Spiegel vorhalten. Sie kommen hier rein, wissen nicht, wie Sie sich mir gegenüber vorstellen sollen, vermitteln meiner Tochter nicht einmal ansatzweise Zärtlichkeit oder das Gefühl von ›Ich bin da‹, blicken gleich auf Ihre Uhr – ich denke, es ist besser, Sie gehen wieder. Dann verpassen Sie Ihren Termin nicht, und ich kann meiner Tochter in Ruhe weiter vorlesen.«

Carsten wollte etwas entgegnen, doch Christines Mutter ließ ihn nicht zu Wort kommen. Eiskalt sah sie ihn an, bevor sie einfach wieder zu dem Buch griff. Als wäre Carsten überhaupt nicht anwesend, fuhr sie fort: »Und der brave Ritter rief: Rapunzel, lass dein Haar herunter!«

Er kam sich wie ein begossener Pudel vor, als er das Krankenhaus verließ und langsam zum Parkplatz hinunterlief.

***

Diesmal saß Niekstein am Steuer, Oda direkt hinter ihm, daneben Enno Hinrichs. Niemand sagte etwas, als sie über die Landstraßen in Richtung A 29 und weiter nach Oldenburg fuhren, wo Untersuchungshäftlinge untergebracht wurden. Der ständige Wind aus Westen hatte die Weiden entlang der Felder nur gebeugt wachsen lassen. Sie sahen aus, als wollten sie unter dem Wind hinweg zu ihrer ganzen Größe streben. Auch jetzt tanzten die Äste und Blätter im Wind, und Oda hatte den Eindruck, als würde Enno Hinrichs das alles ganz bewusst in sich aufsaugen.

Im Wagen hinter ihnen fuhr Frieda Hinrichs in Begleitung von zwei Kollegen der Bereitschaftspolizei. Nicht nur aus sicherheitstechnischen Gründen hatten sie einen zweiten Wagen angefordert, Oda konnte außerdem nicht zulassen, dass die Frau auf ihren Mann einredete. In zwei blauen Müllsäcken im Kofferraum ihres

Fahrzeugs befanden sich die Klamotten, die die beiden am Tag der Tat getragen hatten. Niekstelt würde sie mit einem Dringlichkeitsvermerk versehen und ans LKA nach Hannover schicken, um sie dort auf Schmauchspuren untersuchen zu lassen. Davon, dass sich an den Händen der Hinrichs nach einer knappen Woche noch Schmauchspuren feststellen ließen, ging Oda nicht aus – sie hatte die Handwaschpaste im Badezimmer gesehen –, aber an den Klamotten konnte es durchaus sein.

Als sie auf die Autobahn fuhren und Niekstelt beschleunigte, brach Hinrichs sein Schweigen.

»Wie ist das denn jetzt …? Also, ich hab Andreas umgebracht und den Mord gestanden. Aber wenn Frieda nicht aufhört zu behaupten, sie sei das gewesen … Sie können doch nicht uns beide dafür einbuchten, oder?«

»Nein«, gab Oda zu. »Das können wir nicht. Doch ich habe volles Vertrauen in unsere Techniker, dass sie anhand der Spuren auf der Waffe, der Kleidung und denen in der Wohnung des Verstorbenen herausfinden, wer von Ihnen es tatsächlich war.«

***

Über die Maßen wütend stieg Carsten in sein Auto ein. Sein Blutdruck erreichte sicher gerade blubbernde Höhen. Er musste sich abreagieren. In diesem Zustand würde er Silvia in Gegenwart der Kinder anbrüllen, das ging nicht. Also fuhr er erst einmal auf die Autobahn und drückte das Gaspedal durch. Bis zur Ausfahrt Rastede hatte er sich einigermaßen beruhigt. Da konnte er auch direkt abfahren und im Restaurant »Das weiße Haus« zu Abend essen. Hier hatte er schon manchen kulinarischen Hochgenuss erlebt.

Leider konnte er dem leckeren Menü nicht die Aufmerksamkeit schenken, die es verdiente. Er bat die Inhaberin um Nachsicht, zu viel musste er derzeit sowohl beruflich als auch privat auf die Reihe kriegen.

Zurück in seinen eigenen vier Wänden, gönnte er sich zwei ordentliche Gläser Grappa. Eines stellte er vor sich, eines an den Platz gegenüber. Für seinen alten Kumpel Uwe, der viel zu früh verstorben war. »Ein Grappa für Papa« war Uwes Trinkspruch gewesen, und der gesamte Freundeskreis hatte diesen Spruch übernommen.

»Prost, Uwe«, sagte Carsten und kippte auch das zweite Glas. So ging er ausnahmsweise etwas angeschickert ins Bett.

Gegen drei Uhr war er wieder hellwach. Da er sowieso nicht so schnell zurück in den Schlaf finden würde, setzte er sich an den Computer. Er konnte ebenso gut Liegengebliebenes erledigen und die Rechnung seines Zahnarztes begleichen. Als er das Passwort eingegeben hatte und sich die Internetseite seiner Bank öffnete, klickte er wie immer zuerst den Finanzstatus an.

Er erschrak, als er die Zahlen sah.

Da fehlte Geld. Fassungslos studierte er die Übersichten der einzelnen Konten. Silvia hatte ihn belogen, als sie ihn um den Schlüssel fürs Schließfach bat. Sie hatte viel Geld abgehoben. Von ihrem eigenen Konto, aber auch vom Sparbuch. Dafür also hatte sie den Safeschlüssel benötigt. Aber sie hatte ihm gegenüber keine kostspieligen Anschaffungen erwähnt. Hatte Silvia das Geld heimlich auf ein eigenes Konto transferiert, über das er keine Vollmacht besaß? Er kochte innerlich. Wenn Silvia glaubte, solche Dinge klammheimlich an ihm vorbei tätigen zu können, hatte sie sich geirrt.

Gleich morgen früh, sobald die Kinder auf dem Weg zur Schule waren, würde er sie zur Rede stellen.

Mittwoch

»Meine Güte, ich hatte eben ein paar größere Ausgaben«, rechtfertigte Silvia sich, als Carsten sie auf die ungewohnt hohen Abhebungen ansprach. Die Kinder waren mit einem Küsschen verabschiedet worden, Marie lief vernünftig, wie es sich für ein Mädchen ihres Alters gehörte, die Auffahrt hinunter, Carl hüpfte neben ihr her. Sein Schulranzen hüpfte ebenfalls auf seinem Rücken, der war offensichtlich heute nicht so schwer. Silvia ging in die Küche zurück und begann, den Frühstückstisch abzuräumen. »Außerdem ist es mein Geld. Darüber bin ich dir keine Rechenschaft schuldig. Ich kann damit machen, was ich will.« Sie griff nach dem Nutella-Glas und schraubte den Deckel darauf.

Carsten war im Türrahmen stehen geblieben. Er sah, dass Silvia sich ganz klar unwohl fühlte. Irgendwas stimmte nicht.

»Du hast innerhalb von zwei Tagen siebzehneinhalbtausend Euro abgehoben. Auf dem Sparkonto sind Vorschusszinsen angefallen …«

Silvia unterbrach ihn lautstark. »Es ist mein Geld, und *ich* muss die Zinsen zahlen. Nicht du.« Sie nahm den Teller mit Aufschnitt und trug ihn hinüber zur Arbeitsplatte, wo sie die Frischwaren in Tupperdosen verpackte. »Möchtest du noch einen Kaffee?«, fragte sie knapp und wandte ihren Kopf in seine Richtung.

»Nein. Lenk nicht ab.«

Bei diesen Worten drehte sie sich zurück, gab den Rest des Kaffees aus der Glaskanne in ihre große Porzellantasse mit dem Veilchenmuster und stellte die Kanne in die Spülmaschine.

»Es geht nicht darum, ob es dein Geld ist. Wir sind gemeinsam veranlagt«, belehrte Carsten seine Frau. »Also betrifft das, was du machst, auch mich. Steuerrechtlich gesehen.«

»Du brauchst gar nicht so von oben herab zu tun. Meinst du, du erzählst mir etwas Neues? Du hältst mich wohl für völlig minderbemittelt. Nur weil du alle wesentlichen Dinge erledigst, heißt das noch lange nicht, dass ich keine Ahnung davon habe.« Sie warf ihm über die Schulter einen kurzen Blick zu.

»Versuch jetzt nicht, auf Nebenschauplätze auszuweichen. Du hast viel Geld abgehoben, und ich will wissen, wofür.«

Silvia presste die Lippen aufeinander. Sie lief zum Tisch und holte die bunten Keramikbecher, aus denen die Kinder morgens ihren Kakao tranken.

»Ich warte.«

Sie blieb stumm, Carsten hatte den Eindruck, als schnaubte sie innerlich. Er verschränkte seine Arme vor der Brust und fixierte sie weiterhin mit seinem Blick.

Schließlich lehnte sie sich mit dem Po an die Arbeitsfläche und sah ihn an. »Vielleicht solltest du deine Akten künftig in deinem Büro lassen und nicht mit heimbringen. Dann würdest du das subversive Verhalten dieser Personen nicht auch deiner Familie unterstellen.«

»Du lenkst schon wieder ab. Was hast du mit dem Geld gemacht?«

»Das geht dich nichts an.« Silvia drängte sich an ihm vorbei in den Flur und verschwand im Bad. Er hörte, dass sie die Tür verschloss. Das hatte sie noch nie getan. Für einen Moment war er völlig überrascht.

Er wartete.

Nach zehn elendig langen Minuten gab er auf. Er machte sich einen Milchkaffee und nahm die Tasse mit hinauf ins Obergeschoss. Dort setzte er sich an den Schreibtisch, sah aus dem Fenster und entdeckte einen Eichelhäher. Ein Lächeln huschte über sein Gesicht, doch schnell wurde er wieder ernst. Dass Silvia ihm eine Auskunft verweigerte, war noch nie vorgekommen. Er überlegte, wie er sie dazu bringen könnte, ihm zu sagen, was sie mit dem Geld gemacht hatte.

Er musste zur Toilette. Als er am Urinal stand, hörte er unten die Haustür ins Schloss fallen. Neugierig öffnete er das Veluxfenster und linste hinaus. Silvia lief im blauen Kostüm auf ein wartendes Taxi zu. Entgegen ihren sonstigen Gepflogenheiten nahm sie auf dem Beifahrersitz Platz.

Warum fuhr sie nicht mit dem eigenen Wagen?

Wenn er es überdies richtig sah, stieg sie in ein Taxi des Unternehmens, für das der Freigänger arbeitete, dessen Antrag auf vorzeitige Entlassung auf seinem Schreibtisch lag. Auf ebendiese Akte hatte Silvia ihn vor einigen Tagen angesprochen.

Carsten drückte die Spülung, schloss sowohl das Veluxfenster als auch seinen Hosenschlitz, wusch sich die Hände und ging zurück in sein großzügiges Home-Office. Entweder war das hier ein simpler Zufall, oder etwas stank gewaltig zum Himmel. Er kannte Silvia. Sie mochte sein, wie sie wollte, hinterhältig war sie noch nie gewesen. Das passte nicht zu ihr. Dennoch. Sie hatte die Akte gesehen. Er setzte sich und öffnete den Pappdeckel.

***

»Es gibt noch nichts Neues von Christine«, begann Oda die Besprechung. »Ihre Mutter ist jetzt bei ihr. Sie ist aus Hannover angereist und wohnt in Christines Haus. Wir haben gestern Abend telefoniert. Christine scheint stabil zu sein, aber es gibt bislang keine Veränderung. Weder ins Gute noch – was der liebe Gott verhüten möge – ins Negative. Frau Gutmann sitzt bei ihr, liest ihr vor und vermittelt ihr durch ihre Gegenwart Nähe und Zuversicht.«

Hendrik Siebelt sprach aus, was alle im Raum dachten: »Schiete.«

Auch Carsten Steegmann war bei der heutigen Besprechung anwesend. Oda hatte ihm einen kurzen Blick zugeworfen, als sie Christines Mutter erwähnte, denn natürlich wusste sie von der Begegnung der beiden im Krankenhaus. Sein Verhalten gestern Abend passte hundertprozentig in das Bild, das Oda von Steegmann hatte. So leid es ihr für Christine auch tat, sie fand einfach keinen noch so winzigen sympathischen Funken an ihm. Auch jetzt erwähnte er mit keiner Silbe, dass er gestern Abend selbst im Krankenhaus gewesen war.

»Man muss abwarten, sagen die Ärzte. Mehr kann man derzeit nicht tun. Zumindest zeigen die EEG-Aufnahmen und die anderen Untersuchungen keinen Hinweis auf bleibende Schäden. Es gibt also Anlass zur Hoffnung. Hauptsache, sie wacht bald wieder auf.«

»Jo«, sagte Lemke. »Bringt wohl nix, wenn wir ihr vom K1 einen Blumenstrauß schicken?«

»Nee. Den darf sie da nicht haben, und sie kriegt es ja auch nicht mit. Wir schicken ihr einen, wenn sie wieder wach ist.«

Die gesamte Mannschaft nickte.

»Kommen wir zu Enno Hinrichs, seiner Frau Frieda und dem ganzen Kuddelmuddel«, fuhr Oda fort. »Ich geh davon aus, dass Frau Hinrichs ihren Mann schützen will und deshalb behauptet, sie sei diejenige, die Schmidt erschossen hat. Dass das nicht der Wahrheit entspricht, werden die vom LKA anhand der Spuren sicherlich schnell rauskriegen. Aber was einen möglichen Zusammenhang mit Christines Unfall betrifft: Die Hinrichs hatten wir zu dem Zeitpunkt noch überhaupt nicht auf dem Schirm. Christine kann eigentlich nicht mehr gewusst haben als wir anderen. Und sie fahren auch keine dunkle Limousine, sondern einen Kombi. Silbermetallic. Also kann keiner der beiden Christine angefahren haben. Außerdem hat Hinrichs für die Zeit des Unfalls ein Alibi. Von einem der Saisonarbeiter auf seinem Hof. Bleibt die große Frage: War das Ganze ein Zufall, oder hängt es mit dem Mord an Schmidt zusammen?«

»Es könnte tatsächlich ein Zufall gewesen sein«, traute sich Nieksteit zu sagen. Er trug heute ein schwarzes Fan-Shirt des letzten Wacken-Open-Air-Konzertes. »Denkt an den Notruf. Eine Frau hat den Unfall gemeldet. Dass diese Frau nicht mehr da war, als die Beamten und die Rettungssanitäter eintrafen, könnte bedeuten, dass sie den Unfall selbst verursacht hat und in Panik davongefahren ist. Leider haben wir noch kein Ergebnis im Stimmenabgleich der Notruf-Aufnahme mit der Taxifahrerin, die den angeblichen Unfall mit dem Laternenmast hatte, und auch die Analyse der Lackspuren hat Manssen noch nicht abgeschlossen.«

»Mit dem Fall *kann* es nichts zu tun haben, Enno Hinrichs und Christine kannten sich nicht, die Sache mit den unterschlagenen Lieferscheinen kam ja erst am Montag heraus.« Oda trommelte mit ihrem Kugelschreiber auf dem Tisch herum.

»Sie hat am Freitagabend mit Tobias Kuhn gesprochen«, gab Steegmann zu bedenken, was Oda überraschte. »Sie sagte, er habe ihre Schwangerschaft bemerkt.« Das war Oda neu.

»Christine ist schwanger?«, fragten Nieksteit, Lemke und Siebelt wie aus einem Mund.

»Sie *war* schwanger«, korrigierte Oda leise. »Das Baby hat sie bei dem Unfall verloren.«

Für einen Moment sprach niemand. Siebelt legte seinen großen Bleistift auf den Tisch, Steegmann saß kerzengerade vor seinem Notizblock, Lemke schien einen Pickel hinter dem linken Ohr zu haben, zumindest fummelte er da rum, parallel dazu beobachtete er seinen Laptop, den er mit in die Besprechung geschleppt hatte.

»Sie hat ihn also persönlich getroffen. Aber warum sollte Kuhn Christine anfahren? Dass sie schwanger war, erscheint mir auch bei seiner Vorgeschichte kein hinreichender Grund. Immerhin sind die Sozialprognosen positiv, und die Schwangerschaft war ja auch gar nicht wirklich sichtbar«, sagte Oda.

»Vielleicht hat er einfach nur Schiss gehabt«, vermutete Niekseit. »Vielleicht ist er nervös geworden, weil ihr ihm zu sehr auf die Pelle gerückt seid. Dass er impulsiv und auch mal überbordend reagieren kann, hat seine erste Tat ja deutlich belegt.«

»Dann könnte er Christine zwar angefahren haben, aber der Notruf kam von einer Frau«, warf Siebelt ein. »Und selbst wenn die Frau zunächst unter Schock stand, hätte sie sich später noch mal melden können. Sie wäre ja nur eine Zeugin gewesen. Warum hat sie das nicht getan?«

»Vielleicht war sie gar keine Zeugin, sondern er hat nach dem Unfall jemanden angerufen und darum gebeten, den Notruf zu tätigen«, vermutete Lemke nach einigem Überlegen. »Die Panik nach der Tat, die wir der Unfallfahrerin zugeschrieben haben, dürfte auch Kuhn empfunden haben. Da könnte es doch sein, dass er sich hilfesuchend an eine Frau aus seinem Umfeld gewandt hat. An jemanden, der ihm nahesteht.«

»Und die hat dann den Notruf abgesetzt. Klar. Die muss ja nicht mal am Unfallort gewesen sein.« Siebelt nickte. »Das können wir anhand der GPS-Daten überprüfen. Dann müssen wir nur noch herausfinden, welche der Frauen aus seinem Umfeld er eingeweiht hat.«

Niekseit reagierte prompt. »Da haben wir die Nachbarin Judith, die die Leiche gefunden hat.«

»Und die Taxifahrerin, die diesen eigenartigen Unfall hatte«, ergänzte Oda.

Lemke schüttelte den Kopf und wies auf den Bildschirm seines Laptops. »Die Taxifahrerin können wir zumindest als Unfallverursacherin streichen. Hab gerade die Analysen hereinbekommen. Die Spuren passen zu ihren Aussagen. Die war es nicht.«

»Und diese Judith klang ganz anders. Ich hab mir das Band mit dem Notruf einige Male angehört, das war kein so junges Ding«, ergänzte Oda. Sie knabberte nachdenklich auf ihrer Unterlippe herum. »Was ist mit der JVA-Angestellten? Mit Astrid Kannowski? Tobias Kuhn ist ihr Schützling, und ich hatte bei meinem Gespräch mit ihr das Gefühl, dass sie ihn sehr mag. Deutlich mehr jedenfalls als Sören Egermann.«

»Die Kannowski aus der JVA?«, fragte Siebelt in einem Ton, dem Oda anmerkte, dass ihm diese Überlegung nicht gefiel.

»Genau. Sie könnte den Unfall sogar verursacht haben, um von Kuhn abzulenken. Es wäre nicht das erste Mal, dass sich zwischen einer JVA-Beamtin und einem Inhaftierten eine enge Beziehung entwickelt hätte. Beispiele gibt's zuhauf.«

»Warte mal«, rief Lemke. »Ich frag schnell beim Straßenverkehrsamt nach, die werden mir sagen können, was für einen Wagen die Kannowski fährt. Dann wissen wir, ob sie überhaupt am Unfallort war.« Lemke griff zum Telefon. Es dauerte nur wenige Minuten, bis er das Gespräch beendet hatte. »Die Kannowski fährt einen Polo. Knallrot.«

»Ach nee.« Oda rief sich die Zeugenaussagen und Anrufprotokolle vom Unfalltag in Erinnerung. »In der Nähe des Unfallorts ist doch ein roter Kleinwagen gesehen worden.«

»Richtig«, bestätigte Lemke, »er war einer älteren Dame aufgefallen, weil er scheinbar grundlos einige Minuten in der Raabestraße hielt. Natürlich gibt es nicht gerade wenige rote Kleinwagen in Wilhelmshaven. Dennoch *könnte* es sich – unter Vorbehalt – bei Astrid Kannowski um unsere anonyme Anruferin handeln.«

»Gut, das behalten wir im Hinterkopf. Wenn sie aber demnach nicht die Unfallfahrerin war und die Kollegen auch das Fahrzeug der Taxifahrerin ausgeschlossen haben, dann wüsste ich zu gern, wo sich das Unfallauto befindet.«

Darauf wusste niemand eine Antwort. Siebelt blickte Niekstein an. »Gibt's heute gar keinen Kaffee? Ich hab extra die Weste angezogen, auf der schon Flecken sind.«

»Ich hol ja schon.« Niekstein stand auf. »Sonst noch jemand?«

Alle nickten, und Nieksteit zog wenig begeistert die Mundwinkel herunter. »Gut. Dann bring ich die ganze Kanne. Aber die reicht garantiert nicht. Ich setz zwar noch 'ne neue auf, aber die holt dann jemand anders, okay?«

Siebelt sagte: »Klar«, und alle schmunzelten. Siebelt hatte noch nie eine Kanne Kaffee hereingetragen.

Kurz darauf kehrte Nieksteit energiegeladen mit einem Tablett voller Becher, einer Thermoskanne, einem Tetrapak fettarmer H-Milch und einer Packung Würfelzucker zurück. »Ich meine trotz allem, wir dürfen Frieda Hinrichs nicht außer Acht lassen«, sagte er.

Die Kollegen blickten ihn mit Fragezeichen in den Augen an, er schnappte sich zwei Becher, goss schwungvoll Kaffee hinein, stellte einen davon vor Siebelt ab und gab in seinen eigenen zwei Stück Zucker.

»Frieda Hinrichs?« Siebelt schüttelte den Kopf, als hätte Nieksteit nicht mehr alle Tassen im Schrank. »Hast du das nicht mitgekriegt? Die haben einen silbernen Kombi. Keine dunkle Limousine.«

»Ist egal.« Nieksteit rührte unbekümmert in seinem Becher. »Ihr Mann wird von Schmidt unter Druck gesetzt. Der ganze Hof steht auf dem Spiel. Da kann eine Ehefrau durchaus auf die Idee kommen, helfend einzugreifen.«

»Aber Christine ist angefahren worden, *bevor* Frieda Hinrichs überhaupt von der Unterschlagung in der Brauerei erfahren hat. Außerdem sind die beiden einander während der Ermittlungen überhaupt nicht begegnet, das haben wir doch vorhin schon gesagt.« Siebelt setzte den Becher an den Mund. Alle beobachteten ihn gespannt. Nichts passierte. Die schon bekleckerte Weste blieb von weiteren Flecken verschont, was auch Siebelt überrascht zur Kenntnis nahm. Er grinste, als er den Becher auf dem Tisch abstellte. »Nieksteit, du alter Halunke. Hast es mir Döspaddel tatsächlich leicht gemacht: Ein halber Becher Kaffee kann nicht so schnell überschwappen wie ein voller. Muss ich mir merken. Danke.«

»Keine Ursache, Chef. Man hilft, wo man kann.« Nieksteits Pumuckl-Lächeln brachte auch den Rest der Truppe zum Schmunzeln. »Es stimmt schon, dass die beiden sich nie begegnet sind. Aber selbst wenn Christine keine Ahnung von den Hinrichs' hatte, wussten die doch über Heinz Frerichs, wer im Mordfall Andreas Schmidt ermittelt. Und schon passt es wieder zu Frieda Hinrichs: So ein altes Ehepaar arbeitet doch im Team. Er killt den Erpresser, sie fährt die Kommissarin an. Und hinterher behaupten beide, es gewesen zu sein. Wenn wir keinem von ihnen die Tat nachweisen können, werden beide in die Freiheit entlassen. Sie hat sich wahrscheinlich irgendwoher eine alte Karre geliehen und Christine damit umgefahren.«

»Quatsch«, fuhr Oda dazwischen. »Der Eigentümer der alten Karre müsste die Unfallspuren bemerkt haben. Da geht man doch nicht drüber weg. Das ist ja keine Kleinigkeit. Und noch etwas: Wenn jemand Christine anfährt, um zu verhindern, dass sie den Mord an Andreas Schmidt aufklärt … Was ist mit mir? Warum hat man mich nicht angefahren? Immerhin arbeiten wir gemeinsam an dem Fall, und im Gegensatz zu Christine benutze ich ausschließlich das Rad.«

»Also forschen wir in den Werkstätten der Gegend nach«, schlug Nieksteit vor. »Ich hab das übrigens schon in die Wege geleitet.«

»Echt?« Oda sah ihn überrascht an.

»Jo.«

»Gut.« Sie griff Nieksteits Gedanken auf. »Wir dürfen auch den gestohlenen Mercedes nicht außer Acht lassen. Der ist ja noch nicht wieder aufgetaucht. Vielleicht war das der Wagen, mit dem Christine angefahren worden ist. Es lässt zumindest alle Optionen offen: Wenn der Unfallwagen gestohlen wurde, muss das nichts mit unserem Fall zu tun haben, es könnte trotzdem ein Versehen gewesen sein. Oder jemand mit einer konkreten Tötungsabsicht hat lange Finger gemacht, weil er oder sie dazu nicht das eigene Auto benutzen wollte.«

***

Carsten Steegmann wurde immer nachdenklicher. Er rührte in seinem Becher, obwohl er weder Zucker noch Milch hineingegeben hatte.

Sie sprachen über eine Frau als mögliche Täterin. Sie sprachen über eine Frau, die eine Verbindung zu den beiden Freigängern hatte. Oda Wagner hatte sogar eine Beamtin der JVA ins Spiel gebracht.

Sie hatten jedoch keine Ahnung davon, dass die Ehefrau des Staatsanwaltes, der mit ihnen am Tisch saß, die Akte eines der beiden Freigänger gelesen hatte, in deren Umfeld sie diese Frau vermuteten.

Während die Kollegen diskutierten, erkannte Carsten: Neben den Frauen, über die hier im Tatzusammenhang mit Christines Unfall gesprochen wurde, gab es eine weitere, die ein weitaus überzeugenderes Motiv hätte, Christine zu schaden.

Eine, die keiner der Anwesenden auf dem Schirm hatte.

Seine Frau.

Die Mutter seiner Kinder. Silvia.

So gern er auch die Augen davor verschließen wollte, ihr Verhalten in den letzten Tagen schloss diese Möglichkeit nicht aus.

***

Diesmal hatte das Taxi nicht an der abgelegenen Straße zum Deich gehalten, diesmal war der junge Mann in den Stadtpark gefahren und hatte beim Ehrenfriedhof gestoppt. Um diese Tageszeit herrschte auch hier Grabesstille. Ein paar Jogger liefen auf dem Hauptweg rund um den Teich, doch auf den Parkplatz verirrte sich kaum jemand. Zumindest jetzt nicht.

»Geben Sie her«, forderte der Mann.

Silvia griff in ihre Handtasche und zog den Umschlag heraus. Sie öffnete ihn.

»Was soll der Scheiß?«, raunzte der Mann sie an.

Die Bäume rund um den Parkplatz bogen sich unter dem Wind, als wollten sie sich ducken, und genau dieses Bedürfnis empfand Silvia im Augenblick. Sich zu ducken, unter allem hinwegzukriechen, was dieser Mann von ihr verlangte. Dennoch bemühte sie sich, ihre Stimme fest klingen und keine Schwäche erkennen zu lassen. Sie hatte viel von Carsten gelernt in den ehelichen Streitigkeiten und Diskussionen der vergangenen Jahre.

»Gestern haben Sie sich darüber beschwert, dass ich Ihnen nicht exakt die geforderte Summe in den Umschlag getan habe, heute möchte ich Ihnen vorzählen, dass es genau achttausendsechshundertdreiundvierzig Euro sind.«

»Geben Sie schon her. Ich glaub es Ihnen auch so.« Er schnappte sich den Umschlag und ließ ihn in der Innenseite seiner Lederjacke verschwinden.

Silvia räusperte sich. »Soll ich jetzt wieder aussteigen und nach Hause laufen?«

»Nein. Bleiben Sie man sitzen. Die Rückfahrt ist heut im Preis mit drin.« Er startete den Wagen.

Silvia fühlte, wie sie Oberwasser bekam. Erleichterung machte sich in ihr breit. Als sie auf die Hauptverkehrsstraße einbogen, bemerkte sie: »Sie müssen mir den anderen Umschlag noch zurückgeben.«

»Welchen anderen Umschlag?«

»Den von gestern. Den mit der falschen Summe.«

Der Taxifahrer lachte schäbig. »Nee, den kriegen Sie nicht zurück. Das können Sie unter Lehrgeld verbuchen.«

Der Verkehr war dicht, wie immer um diese Uhrzeit auf dieser Straße, der einzigen in der Stadt, auf der es in den Hauptverkehrszeiten kleine Staus gab.

»Wenn Sie nicht tun, was ich sage, müssen Sie eben dafür bezahlen. Und wir üben fleißig weiter. Morgen hole ich Sie wieder ab. Und dann möchte ich, dass wieder exakt achttausendsechshundertdreiundvierzig Euro im Umschlag sind.«

Der Gegenverkehr auf der vierspurigen Straße war dicht.

»Ich hab aber kein Geld mehr«, begehrte Silvia auf. »In dem Umschlag, den Sie gerade in Ihrer Jacke verschwinden ließen, befindet sich das letzte Geld, über das ich verfügen konnte. Bitte. Ich habe Ihnen den Auftrag nicht erteilt, aber Sie haben mich unter Druck gesetzt, doch nun habe ich kein Geld mehr. Behalten Sie meinetwegen auch den Inhalt des ersten Umschlags, aber lassen Sie mich in Ruhe!«

Der Mann lachte trocken. »Nee. So einfach ist das nicht. Sie werden schön weiterzahlen.« Er nickte bestätigend. »Wenn Sie das nämlich nicht machen, wende ich mich an den ›Kurier‹. Oder an die ›BILD‹. Oder an all die anderen billigen Blätter, und dann stecke ich denen, dass Sie einen armen, sich der Freiheit nähernden

Knasti mit einer Menge Geld gelockt haben, damit er für Sie eine lästige Nebenbuhlerin aus dem Weg räumt. Eine schwangere Nebenbuhlerin noch dazu. Oh, oh … Da werden Sie nicht gut bei wegkommen. Und was soll erst Ihr Mann, der Herr Staatsanwalt, sagen? Und Ihre beiden süßen Kinderchen, wenn die erfahren, was die Mutti gemacht hat?«

Auf der Gegenspur kam ihnen mit hoher Geschwindigkeit ein Sattelzug voller Autos entgegen.

»Das wagen Sie nicht.«

Der Mann lachte.

Der Sattelzug war auf gleicher Höhe.

Ohne nachzudenken, griff Silvia ins Steuer.

***

»Wie gehen wir also weiter vor?« Siebelt blickte auffordernd in die Runde.

»Mich lässt die Sache mit dem roten Kleinwagen am Unfallort nicht los«, sagte Oda Wagner. »Ich glaube, die Kannowski hat den Unfall tatsächlich beobachtet. Ich hab schon die ganze Zeit so ein Gefühl gehabt.« Sie schlug mit der Hand auf den Tisch, dass Carsten aufschreckte. »Sie ist unsere anonyme Anruferin. Sie muss es sein.«

»Gut, dann wirst du zusammen mit Niksteit eben noch einmal mit Astrid Kannowski reden. Heiko behält derweil die Fahndung nach dem Unfallwagen im Auge. Gibt's sonst noch was?« Siebelt stemmte sich von seinem Stuhl hoch.

»Nö. Alles so weit klar.« Auch Nicksteit stand auf.

»Gut.« Erstaunlich flink verschwand Hendrik Siebelt aus dem Raum, und auch Carsten erhob sich. Er verspürte das starke Bedürfnis, zu Christine zu fahren und ihr vom Verlauf der Ermittlungen zu berichten, egal, ob sie das bewusst erfassen konnte oder nicht. Schließlich war noch nicht endgültig erforscht, was zu Komapatienten durchdrang und was nicht. Man ging jedoch davon aus, dass sie sehr wohl mitbekamen, wenn Menschen, die ihnen nahestanden, bei ihnen waren. Darum hatte er das Gefühl, er müsse sie auf dem Laufenden halten. Damit sie dranblieb am Leben und dafür kämpfte zurückzukehren.

Aus dem Auto heraus, in dem sein Mobiltelefon über Bluetooth mit der Freisprechanlage verbunden war, informierte er seine Sekretärin im Oldenburger Büro, dass es noch dauern werde, bis er am Schreibtisch saß. Während er telefonierte, kam ihm ein Taxi entgegen. Er folgte dem Wagen mit seinem Blick. Sicherlich bemerkte er ihn nur, weil er gerade beruflich damit zu tun hatte. Silvia war auch in so eine dunkelblaue Limousine gestiegen, aber sie war sicher längst an ihrem Zielort angelangt. Und der Unfallwagen, nach dem sie suchten, war ebenfalls dunkelblau …

Er setzte den Blinker zum Fahrbahnwechsel.

Im selben Moment knallte es.

Autos hupten. Bremsen quietschten.

Dann noch ein Knall.

Im Rückspiegel sah er, dass sich das Taxi in den Autotransporter hinter ihm geschoben hatte. Blechteile flogen durch die Luft. Noch mehr Autos bremsten mit quietschenden Reifen. Chaos. Sein eigener Wagen entfernte sich mit jedem Sekundenbruchteil weiter von der Unfallstelle.

Musste er anhalten? Er warf erneut einen Blick in den Rückspiegel und bemerkte erleichtert, dass es offensichtlich bereits genügend Helfer gab. Kurz darauf bog er ab zum Krankenhaus. Es war wichtiger, bei Christine zu sein. Er hoffte nur, dass ihre Mutter nicht schon wieder dort saß.

***

Sie parkten vor der Sporthalle am Mühlenweg und liefen die Strecke zur JVA zurück. Klingelknopf drücken, Einlass bekommen, Astrid Kannowski verlangen.

Die Beamtin wirkte nur im ersten Moment überrascht, sie zu sehen. Sie versuchte, sich ruhig zu geben, doch ihre Blicke huschten unruhig hin und her.

»Können Sie uns sagen, wo Sie am Montagmorgen gegen acht Uhr dreißig waren?«

»Warum?« Kannowskis Stimme klang höher als vorhin bei der Begrüßung.

»Sie wissen, warum.«

»Nein.«

»Sie haben einen Unfall beobachtet. Und Sie haben diesen Unfall gemeldet. Dann sind Sie weggefahren, weil auch das Unfallauto wegfuhr. War es nicht so? Es gibt Zeugen, die Ihren roten Polo mit laufendem Motor in der Nähe des Tatortes haben stehen sehen. Erklären Sie uns, warum Sie dort warteten?«

Sie hatten mittlerweile in Astrid Kannowskis Büro Platz genommen. »Ich habe tatsächlich damit gerechnet, dass Sie noch einmal auftauchen«, gestand die Beamtin mit schuldbewusst gesenktem Kopf. »Ja, ich habe den Unfall beobachtet und hätte auf die Einsatzkräfte warten müssen. Ich weiß nicht, warum ich das nicht tat. Ich war wohl einfach zu geschockt.«

»Warum? Weil einer Ihrer Schützlinge der Fahrer des Unfallwagens war?«

»Ja.« Astrid Kannowski sah Oda nicht an, als sie das sagte. »Ich war vollkommen von der Rolle.« Sie begann nervös mit ihren Fingern zu spielen.

»War es ein Zufall, oder sind Sie Tobias Kuhn absichtlich hinterhergefahren?«, wollte Niesteit wissen.

Sie zuckte beinahe unmerklich zusammen, als der Name Tobias Kuhn fiel. »Es war natürlich *kein* Zufall. Kuhn hatte gerade erst die Erlaubnis zurückerhalten, ein Fahrzeug führen zu dürfen. Ich halte ihn für sehr sensibel, und darum wollte ich ein wenig achtgeben, um im Notfall für ihn da sein zu können.«

»Gehört das zu Ihren Aufgaben? Freigänger bei jedem neuen Schritt ins normale Leben so intensiv zu begleiten? Und sind Sie ihm seit Freitag hinterhergefahren? Er hatte doch Freitag seine erste Fahrschicht?«, wollte Oda wissen.

»Nein«, gab Astrid Kannowski zu. »Beides nicht. Am Freitag war mein Terminkalender voll. Sonst hätte es durchaus sein können, dass ich ihm schon bei seiner ersten Fahrt unauffällig gefolgt wäre. Aber Sie haben recht, normalerweise betreue ich die Freigänger nicht so intensiv.«

»Dementsprechend spielt sich mehr zwischen Ihnen und Kuhn ab«, stellte Niesteit fest.

Astrid Kannowski fuhr sich mit der linken Hand über die Nase. »Ich mag ihn. Ja. Ich mag ihn.«

»Aha.« Oda sah die Beamtin interessiert an. »Das hab ich mir schon gedacht. Und jetzt verraten Sie uns bitte, wie sehr Sie ihn mögen. Sie haben ihn dabei beobachtet, wie er eine Frau anfuhr, und wollten ihr zwar helfen, aber sie wollten vor allem *ihn* schützen und haben sich deshalb von der Unfallstelle entfernt.«

Astrid Kannowski stieß die Luft aus. »Ja. Ich bin ihm gefolgt. Und ja, er verursachte den Unfall. Ich kann es kaum glauben, weil es ihm so gar nicht entspricht, aber irgendwie schien er es sogar darauf abgesehen zu haben. Er fuhr den Neuengrodener Weg entlang. Dort hielt er in der Nähe des Fußgänger- und Fahrradwegs am Eingang zum Stadtpark. Ich habe ein Stück zurück gewartet. Als die Radfahrerin aus dem Stadtpark auf die Straße abbog, fuhr er an.« Astrid Kannowski stockte, atmete durch und sprach in gefestigtem Tonfall weiter: »Den Rest kennen Sie. Ich habe den Notruf gewählt und dafür gesorgt, dass ein Rettungswagen kam.«

»Sie haben sich nicht selbst davon überzeugt, wie es der Frau ging?« Niesteit klang ungläubig.

»Nein.«

Auch Oda war fassungslos. »Das begreif ich nicht. Da fährt einer Ihrer Schützlinge eine Frau um, dass die sich nicht mehr rührt, und Sie gehen nicht mal hin und leisten Erste Hilfe? Ist Ihnen nicht klar, dass Sie eventuell Schlimmeres hätten verhindern können, wenn Sie gleich aktiv geworden wären? Dass Sie jetzt wegen unterlassener Hilfeleistung dran sind?«

»Nein. Ich hab ja den Rettungswagen gerufen. Und in der Raabestraße gewartet, bis der da war. So wie die dalag, hätte ich mehr kaputt gemacht als geholfen, wenn ich sie angefasst hätte.«

»Sie hätten mit ihr reden können«, sagte Oda erschüttert. »Sie hätten ihr sagen können ›Halt durch, gleich kommt Hilfe‹. Das hätte ihr sicher gutgetan.«

»Ich weiß.« Astrid Kannowski senkte den Blick. »Aber jetzt ist es zu spät.«

***

Carsten hatte Glück. Frau Gutmann saß noch nicht am Bett ihrer Tochter, so konnte er ohne ihren stummen oder auch ausgesprochenen Vorwurf bei Christine sitzen, ihre Hand halten und streicheln. »Wir sind auf einem guten Weg herauszufinden, wer dich angefahren hat«, sagte er und spürte dabei, dass Christines Hand einen leichten Druck auf seine eigene Hand ausübte. Begeistert rief er: »Du verstehst mich, nicht wahr?« Er drückte den Klingelknopf am Bett, und kurz darauf stand eine Schwester neben ihm.

»Ja bitte?«

»Sie hat meine Hand gedrückt. Sie wird wieder wach. Was müssen wir nun tun?«

»Abwarten.« Die Schwester lächelte nachsichtig. »Sie müssen Geduld haben. Es kann schnell gehen, es kann noch dauern, es kann auch gar nicht geschehen. Sie müssen mit allem rechnen.« Sie legte aufmunternd eine Hand auf seine Schulter und ging wieder hinaus.

»Du wirst wieder wach. Ich weiß es.« Carsten hatte sich im Internet mit dem Thema Komapatienten auseinandergesetzt und herausgefunden, dass es durchaus Hoffnung gab. Und dass man stets zuversichtlich mit den Patienten reden sollte. Man würde sehen, was die Zeit brachte. Natürlich konnte er nicht jeden Tag händchenhaltend an Christines Bett sitzen. Dazu hatte er bei der Arbeit zu viel um die Ohren, und auch seine Familie forderte ihn. Aber er würde Christine selbstverständlich weiter besuchen, auch wenn sie über Monate im Koma lag. Das war er ihr schuldig.

Sein Telefon vibrierte in der Sakkotasche. Unwillig zog er es hervor und sah überrascht, dass er mehrere Anrufe verpasst hatte. Eilig gab er das Display frei und nahm das Gespräch seiner Sekretärin an.

»Was gibt's denn?«, fragte er unwirsch. »Ich hab doch Bescheid gesagt, dass ich erst später ins Büro komme.«

»Es tut mir wirklich leid, Sie zu stören«, sagte Frau Meyer, »aber wir haben einen Anruf von der Polizei bekommen. Ihre Frau ist in einen Unfall verwickelt worden, und man versucht händeringend, Sie zu erreichen.«

Carsten merkte, wie sein Kreislauf absackte. Er war froh, dass er saß. »Meine Frau?«

»Ja. Es war wohl ein Autounfall. Der Wagen, in dem sie saß, ist mit einem Autotransporter kollidiert.«

Schlagartig erschienen die Bilder, die sein Rückspiegel gezeigt hatte, vor Carstens innerem Auge.

Silvia musste in diesem Taxi gesessen haben.

Und er hatte nicht angehalten, sondern war froh gewesen, dass andere den Unfallopfern zu Hilfe eilten. Sein Magen rebellierte.

»Man hat sie ins Reinhard-Nieter-Krankenhaus in Wilhelmshaven gebracht. Sie wird dort gerade operiert. Mehr wollte man mir nicht sagen.«

»Danke.« Carsten legte auf. Er sah Christine an, die teilnahmslos auf ihrem Bett lag, und fühlte sich so schlecht wie noch nie in seinem Leben. Einige Minuten blieb er bewegungslos sitzen. Dann beugte er sich vor und hauchte einen Kuss auf ihre Wange. »Ich muss leider los. Sobald es geht, komme ich wieder.«

Als er den Stuhl zurückschob, sah er, dass ihre Hand erneut an der Bettdecke nestelte. Und dass ihr Mund zuckte, als wollte sie etwas sagen.

***

»Ich war es nicht«, behauptete Tobias Kuhn, als Oda und Nieksteit ihn im Verhörzimmer zur Rede stellten. »Ich hab mit dem Unfall überhaupt nichts zu tun.«

»Ihre Freundin hat Sie beobachtet.« Obwohl der junge Mann Oda beinahe leidtat in seiner Verzweiflung, konnte sie ihrer Stimme keinen weicheren Klang geben. Dieser Mann hatte Christine umgefahren. Dieser Mann war verantwortlich dafür, dass Christine das Baby verloren hatte und im Koma lag. Falls sie nie wieder die Alte wurde, war er auch dafür verantwortlich. Er ganz allein.

»Nein. Da muss sie sich täuschen. Ich habe niemanden angefahren. Da hätte es doch Spuren am Taxi geben müssen. Aber ich hab den Wagen ohne Schäden wieder auf dem Firmengelände abgestellt. Glauben Sie mir. Fragen Sie lieber meine Kollegin Silvie. Die hat nämlich einen Unfall gehabt an dem Tag. Außerdem hatte ich zu der Zeit eine Fuhre zum Vareler Hafen. Ich war fast den ganzen Vormittag unterwegs.«

Bevor Oda nachhaken konnte, streckte Lemke seinen Kopf zur Tür herein. »Oda, kommst du mal bitte? Telefon für dich.«

Odas Augen sprühten Funken. »Ich kann jetzt nicht. Du weißt doch, dass ich mitten in einer Vernehmung bin. Sag, ich rufe später zurück.«

»Es ist dringend. Die Anruferin sagt, es geht um Christines Unfall.« Lemke sprach leise, aber bestimmt.

»Okay.« Oda wandte sich an Kuhn. »Entschuldigen Sie mich bitte einen Moment. Ich bin gleich wieder bei Ihnen. Sie können ja so lange mit meinem Kollegen plaudern.« Sie folgte Lemke in dem Wissen, dass sicherlich weder Kuhn noch Niekstein Wert darauf legten, miteinander zu »plaudern«.

»Ja bitte?«, fragte sie, als sie in Lemkes Büro stand und den Hörer aufgenommen hatte.

»Hier ist noch mal Astrid Kannowski«, meldete sich die JVA-Beamtin. »Mir ist etwas Wichtiges eingefallen.«

»Nämlich?« Oda konnte die Skepsis in ihrer Stimme nicht verbergen.

»Als ich der blauen Limousine gefolgt bin, war ich hundertprozentig sicher, dass Tobias darin saß. Ich hatte ihn ja beim Einsteigen erkannt. Mit etwas Abstand bin ich ihm durch den Berufsverkehr gefolgt. An einer Stelle waren aber kurzzeitig zwei dieser Autos vor mir. Da ich mir das Kennzeichen nicht gemerkt hatte, bin ich intuitiv demjenigen der beiden Wagen gefolgt, der in den Maadebogen abbog. Ich habe darüber gar nicht weiter nachgedacht, doch ich glaube, ich bin ab da dem falschen Wagen gefolgt. Es muss so sein. Als ich am Park darauf wartete, dass Tobias weiterfuhr, konnte ich nämlich das Kennzeichen des Wagens sehen. Es passte nicht.«

»Sie haben mir doch gerade gesagt, Sie haben nicht auf das Kennzeichen geachtet.« Wenn die glaubte, sie veräppeln zu können, musste sie früher aufstehen.

»Stimmt. Hab ich auch nicht. Aber ich weiß, dass alle Fahrzeuge von Taxen Schultz mit ›WHV-TS‹ beginnen. Doch der Wagen vor mir trug andere Initialen. Es war zwar auch ein Wilhelmshavener Kennzeichen, doch dann folgte ein einzelner Buchstabe. Ich war wohl zu aufgeregt, um das in der Situation richtig umzusetzen. Erst jetzt fällt es mir wieder ein.«

In Odas Hirn brach ein kleiner Wirbelsturm los. Astrid Kannowskis Aussage passte zu dem als gestohlen gemeldeten Wagen, der noch nicht wieder aufgetaucht und ebenfalls eine dunkle Limousine gewesen war. Der hatte auch nur einen Buchstaben nach dem Ortskennzeichen. Aber das traf vermutlich noch auf ein paar andere Fahrzeuge zu. Mussten sie wieder von vorn anfangen?

»Strengen Sie sich an. Was war das für ein Buchstabe? Oder wie lauteten die Zahlen am Ende? Es ist verdammt wichtig! Je mehr Sie uns über dieses Kennzeichen sagen können, desto eher können wir Herrn Kuhn entlasten.«

***

Die Stunden im Café des Krankenhauses waren lang. Obwohl Carsten sich die »Frankfurter Allgemeine« aus dem Auto geholt und auch den neuen »Spiegel« zu lesen versucht hatte, war nur wenig von dem, was die gedruckten Buchstaben als Inhalt vermitteln wollten, zu ihm durchgedrungen. Wieder einmal hatte er sich in diesem Zwiespalt befunden, sich gefühlt, als sei er ein Papierschiff, das die Wellen mit spielerischem Vergnügen mal hierhin, mal dorthin warfen.

Dennoch hatte er es moralisch nicht verantworten können, weiter händchenhaltend im Intensivzimmer bei Christine zu sitzen, während Silvia auf dem OP-Tisch lag. Es war keine leichte Operation, hatte man ihm gesagt. Die Lunge sei durch gebrochene Rippen verletzt worden. Carsten war noch nie in seinem Leben wirklich gläubig gewesen, auch die Konfirmation hatte er als rein kommerzielle Veranstaltung gesehen; ein großes Fest, das seine Eltern ihm zu Ehren ausgerichtet hatten.

Heute aber, in diesem Moment, in dem seine Frau im Operationssaal um ihr Leben kämpfte, schickte er ein Stoßgebet gen Himmel, das er in die vorgegebene Lektüre der »Frankfurter Allgemeinen« einband, damit es nicht auffiel. *Lieber Gott, bitte mach, dass Silvia alles gut übersteht und die Kinder nicht leiden müssen.*

***

»Da scheinen wir es also bei dem Unfallfahrer mit Mr. Unbekannt, dem Autodieb, zu tun zu haben«, resümierte Oda kurz darauf in nicht gerade begeistertem Tonfall, als sie bei Niksteit und Lemke im Büro stand, einen Becher Instantkaffee in der Hand. »Kuhn war es nicht, es gibt keine Unfallspuren an seinem Fahrzeug, und der als geklaut gemeldete Wagen stimmt mit dem, was die Kannowski sagte, eins a überein. Fehlt nur noch der Fahrer.«

»Oder die Fahrerin.«

»Och Niekstejt. Hör doch mal mit deiner Fahrerin auf! «

»Nein, Oda, das ist kein Witz, wir dürfen die Frauen nicht einfach beiseitelassen. Es kann auch eine Frau gewesen sein, die den Wagen geklaut und Christine überfahren hat.«

»Kollege Herz hat übrigens auf dem Gelände der Hinrichs in einem Stall, in dem die Arbeitsgeräte und der Traktor stehen, zwei ältere, aber funktionstüchtige Limousinen gesehen«, warf Lemke ein. »Mercedes. Blau und silber. Mit Beulen.«

»Ach nee. Weshalb ist er denn da noch mal hingefahren?« Oda setzte den Becher an die Lippen.

»Frau Hinrichs hatte ihre Schilddrüsentabletten zu Hause vergessen. Kollege Herz sollte sie holen. Er hatte seine Tochter dabei, weil doch heute ›Future-Day‹ ist und die Lütte auch zur Polizei will. Und wo sie schon auf dem Bauernhof waren, sind sie in den Stall, Tiere gucken, und haben auch in die Scheune gesehen. Da haben sie die Fahrzeuge entdeckt.«

»Was sagt denn die Kriminaltechnik dazu? Ist das blaue Fahrzeug vom Hinrichs-Hof das, mit dem Christine angefahren wurde?«

»Sie sind noch nicht ganz fertig, aber sie vermuten, es ist eine andere Art Lack. Der Farbton stimmt außerdem nicht mit den Spuren überein, die man am Unfallort und an Christines Rad gefunden hat«, erklärte Lemke.

»Mist. Obwohl es mich auch gewundert hätte.«

»Jo. Die Analysen der Klamotten der Eheleute Hinrichs liegen übrigens auch vor.«

»Das sagst du erst jetzt?«

»Na ja, kam doch alles eben erst rein«, verteidigte sich Lemke.

»Und?«

»Er war's tatsächlich. So wie er es hier ausgesagt hat. Auf seinen Sachen sind Schmauchspuren sichergestellt worden, und an seiner rechten Handoberfläche gab es ebenfalls Rückstände. Da gibt's keinen Zweifel. Er war's.«

»Tja. Dann können wir *sie* also aus Oldenburg abholen lassen.«

»Jo.«

»Warum hab ich jetzt kein wirklich gutes Gefühl bei der Sache?«, fragte Oda ihre Kollegen.

Lemke zuckte mit den Schultern. »Das kann ich dir auch nicht sagen. Mit weiblichen Gefühlen kann ich wenig anfangen«, sagte er, worauf Oda grinste.

***

»Hallo, Mama. Da bin ich wieder.« Tobias Kuhn trat nah an das Bett, beugte sich über die alte Frau und küsste sie auf die Stirn. Wie ein Trüffelschwein hielt er die Nase über ihren Körper. Alles roch rein und sauber. Nicht ein Anflug von Ammoniak. Vielleicht war sie auch gerade erst gewickelt worden. So genau kannte er sich mit den Pflegezeiten hier im Heim nicht aus. Noch nicht. Aber er würde das weiter beobachten. Egal, was die ihm von der Kripo auch anzuhängen versuchten, er hatte nichts getan. Er würde nicht noch einmal etwas tun, bei dem er seine Mama verlieren würde.

Nun, wo er endlich eine Mama hatte.

Er würde ihre stumme Liebe und Dankbarkeit darüber, dass er für sie da war, wie den kostbarsten Schatz der Welt hüten.

***

Als Silvia die Augen aufschlug, sah sie Carsten an ihrem Bett sitzen. Unvermittelt begann sie zu weinen. Mit allem hätte sie gerechnet, nur nicht damit, in diesem Augenblick ihren Mann zu sehen.

»Pscht«, sagte er, streichelte ihre Hand, beugte sich vor und küsste sie auf die Wange. »Du musst ruhig liegen bleiben. Du hattest einen schweren Unfall, und man hat dich lange operiert. Aber alles wird gut. Das haben die Ärzte mir versprochen.«

Die Nachmittagssonne schien durchs Fenster und verlieh ihm so etwas wie einen Heiligenschein. Silvia räusperte sich. Ihr Hals tat weh. Sie konnte nur flüstern. »Alles wird gut?«

»Ja.«

Sie sah ihn an, ihre Lider wurden schwer, doch sie wusste, sie musste ihm alles beichten. »Du weißt nicht, was ich getan habe.« Sie schloss die Augen.

Nur für einen Moment.

Als sie sie wieder öffnete, mussten Stunden vergangen sein. Die Sonne schien nur noch schwach ins Zimmer. Carsten hatte Licht angemacht und saß immer noch an ihrem Bett. Er las die Zeitung. »Hat er … überlebt?«, fragte sie leise.

»Wen meinst du?« Im ersten Moment schien Carsten nicht zu wissen, von wem sie sprach. »Ach, der Taxifahrer? Jaja. Den hat es nicht so schwer erwischt wie dich. Der kam mit leichteren Verletzungen davon, er liegt aber auch hier im Krankenhaus. Wir werden ihn verklagen.« Carsten blickte wieder auf die Zeitung.

»Ich hab dich gesehen mit ihr«, flüsterte sie.

Ruckartig hob er den Kopf.

Ihre Kehle war so trocken. »Kann ich einen Schluck Wasser haben, bitte?«

Er hielt ihr ein Glas an die Lippen, gierig trank sie ein paar Schlucke.

»Vorm Frauenarzt. Aus dem Taxi heraus. Mein Auto war doch nicht angesprungen.« Vielleicht sollte sie all das, was sie jetzt sagen würde, besser nicht aussprechen. Vielleicht würde sie sich später auf die besonderen Umstände herausreden müssen. Doch das war in diesem Augenblick egal. Carsten war bei ihr.

Und er sollte die Wahrheit erfahren.

»Als das Taxi vor der Praxis hielt, sah ich euch. Wie du sie geküsst hast … Und ich sah den Mutterpass in ihrer Hand. Da wusste ich Bescheid.«

Entsetzt sah Carsten sie an. »Du wusstest das? Warum hast du nichts gesagt?«

Silvia schloss die Augen und ließ den Kopf zurück ins Kissen sinken. Alles tat ihr so weh. Der Hals, der Nacken, der Brustkorb. Es gab keine Stelle ihres Körpers, die nicht schmerzte.

»Du kannst hier draufdrücken, hat die Schwester gesagt.« Es schien, als hätte Carsten ihre Gedanken gelesen. »Das ist ein Schmerzmedikament.«

Langsam sah Silvia zu dem Ständer auf, an dem zwei Ampullen hingen, von denen Schläuche zu ihrem Körper liefen.

»Du sollst nicht zögerlich damit umgehen, damit der Körper gar nicht erst ein Schmerzgedächtnis entwickelt.«

Silvia lächelte schwach. Er wollte offensichtlich nicht hören, was sie zu sagen hatte. Aber es war wichtig, dass er die Wahrheit kannte. »Kann ich noch einen Schluck Wasser haben?«

Augenblicklich führte er das Glas wieder an ihren Mund.

»Ich hab sie nicht angefahren. Aber ich hab, als ich euch gesehen hab, laut vor mich hin gesprochen. Ich hab gesagt, dass ich wünschte, sie sei nicht mehr da. Das hat der Taxifahrer gehört.« Sie schloss die Augen, hatte keine Kraft mehr.

Wieder musste einige Zeit vergangen sein, denn als sie erneut die Augen öffnete, war es dunkel. Und immer noch saß Carsten an ihrem Bett. Hatte er sich um Marie und Carl gekümmert? Jemand musste doch für sie da sein. »Die Kinder …«, begann sie, doch Carsten beruhigte sie.

»Die Babysitterin passt auf sie auf. Mach dir keine Sorgen.«

»Gut.« Sie atmete schwer. »Er hat mich erpresst«, fuhr sie fort, als hätte es die lange Unterbrechung ihrer Gedanken nicht gegeben. »Er hat angerufen und gesagt, er habe meinen Auftrag ausgeführt. Dabei habe ich keinen Auftrag erteilt. Nur einen Gedanken geäußert.« Silvia drehte den Kopf so, dass sie Carsten nicht ansehen musste. »Ich hab das Geld, das er für sein Schweigen haben wollte, bezahlt. Aber er wollte mehr. Also hab ich es vom Sparbuch abgehoben. Nach dem ersten Mal hatte ich kein eigenes Geld mehr.« Schmerzerfüllt stöhnte sie auf, doch sie sprach unbeirrt weiter. Sie musste es zu Ende bringen. »Das ist ein Missverständnis gewesen. Ich hatte ihm keinen Auftrag erteilt! Doch er drohte, alles ans Licht der Öffentlichkeit zu bringen. Das konnte ich nicht zulassen. Für dich nicht. Und für die Kinder nicht.« Ihre Lider wurden bleischwer. »Ein Autotransporter kam uns entgegen. Da hab ich ihm ins Lenkrad gegriffen. Ich dachte, dann hab ich alles hinter mir.«

Ihre Augen fielen zu.

Donnerstag

Als Carsten Steegmann in aller Herrgottsfrühe in ihr Büro gerauscht kam wie ein heftiger Frühjahrssturm, sah Oda überrascht auf.

»Gibt's was Neues von Christine?«, fragte sie, denn nur das konnte seinen Auftritt erklären.

»Nein.« Noch im kamelhaarfarbenen Mantel ließ er sich auf den Stuhl am leeren Schreibtisch gegenüber fallen. Auf Christines Stuhl. Er sammelte sich einige Sekunden, bevor er zu sprechen begann. »Ich weiß, wer Christine angefahren hat.«

»Ach nee.« Verdutzt sah Oda ihn an. Um gleich darauf skeptisch die Stirn in Falten zu ziehen. Was zog der hier ab? Ihre Zungenspitze wagte sich zwischen die Lippen, als wollte sie wie eine Schlange züngeln, sobald ihr Gegenüber etwas Falsches sagte.

»Fragen Sie mich jetzt bitte nicht, woher ich diese Information habe, aber ich weiß, dass es Sören Egermann gewesen sein muss, der den Mercedes aus dem Fröbelweg gestohlen und mit diesem Wagen Christine angefahren hat. Wo er das Fahrzeug nach dem Unfall gelassen hat, entzieht sich jedoch meiner Kenntnis. Das werden Sie aus ihm herauskitzeln müssen.« Steegmann lehnte sich zurück. Oda hatte das Gefühl, er sei froh, die Fakten auf den Tisch gelegt zu haben, und zu keiner weiteren Aussage bereit.

»Ich nehme an, Sie haben einen Zeugen, der das belegen kann, wenn Sie so etwas behaupten?«

»Ja.«

»Sagen Sie mir, wer dieser Zeuge ist?«

»Nein.«

Oda zog mit den unteren Schneidezähnen die Oberlippe herab. »Nein?«, wiederholte sie.

»Nein. Aber Sie werden schnell herausfinden, um wen es sich handelt. Gehen Sie ins Nieter-Krankenhaus. Da liegt Egermann. Er hatte einen Autounfall. Ist allerdings relativ glimpflich davongekommen.«

Mit diesen Worten stand er auf und verließ grußlos das Büro.

Irgendwie wirkte er trotz seiner Einsilbigkeit heute gar nicht mehr wie der Macho-Armleuchter, als den Oda ihn abgespeichert hatte.

Keine Stunde später waren sie im Krankenhaus. Niksteit saß an Sören Egermanns Bett, sie selbst lehnte an der Wand des Krankenzimmers. Der junge Mann hatte den rechten Arm bis oben hin in Gips verpackt, das linke Bein hing bandagiert in einer Schlinge von einer Art Dreiecksgalgen über dem Bett. Er lag allein in einem Zweibettzimmer. Wurden Freigänger nach Unfällen allgemein so komfortabel untergebracht? Oda hörte durch das auf Kipp gestellte Fenster den Wind in den Ästen der Bäume rascheln; ein paar Krähen krächzten. Auch ein Martinshorn näherte sich mit zunehmender Lautstärke der Klinik.

»Wo haben Sie den blauen Mercedes gelassen?«, fragte Nieksteit.

»Welchen blauen Mercedes?« Ungeachtet seiner Einschränkungen kaute Egermann an der Nagelhaut seines linken Daumens.

»Na den, den Sie im Fröbelweg geklaut haben.«

»Ich hab keinen Wagen geklaut.« Egermann klang gelangweilt. »Oder können Sie mir das Gegenteil beweisen?«

Leider nicht, dachte Oda, blieb an die Wand des Krankenzimmers gelehnt und behauptete: »Es gibt Zeugen.«

»Na dann …« Er kaute immer noch. Sah kurz auf. »Sonst noch was? Oder kann ich jetzt meine Ruhe haben? Müssen ja sogar Sie sehen können, dass es mir nicht gut geht. Dürfen Sie mich überhaupt befragen?«

»Ja. Wir haben das Okay der Ärzte. Um noch mal zum Thema zurückzukommen: Mit dem Fahrzeug haben Sie eine Radfahrerin angefahren.« Oda sprach ganz sachlich.

»Ach nee. Habt ihr dafür etwa auch Zeugen? Ist ja lächerlich.«

»Sie brauchen gar nicht so überheblich zu tun.« Oda hatte ihre Position noch immer nicht verändert. »In der Tat gibt es eine Person, die beobachtet hat, wie Sie die Frau angefahren und schwer verletzt haben.«

Für Sekundenbruchteile zuckten Egermanns Augenbrauen. Sie waren also auf der richtigen Spur. Doch er gab sich weiter gelassen. »Beweisen Sie's mir.«

Nun betrachtete er aufmerksam den kleinen Finger seiner linken Hand, auch den führte er zum Mund.

Ekelhaft.

»Wie gesagt, wir haben Zeugen. Zwei, um genau zu sein. Einen, der den Tathergang beobachtet hat, und noch einen anderen. Jemand sehr kompetenten anderen.« An dieser Stelle wollte – und konnte – Oda zumindest für Letzteres keine Quelle nennen.

»Ach nee. Hat die vertrocknete Zicke also geplaudert? Das hätte ich jetzt echt nicht vermutet. Dachte, sie hält die Schnauze. Wie geht's der überhaupt? Die muss es doch ziemlich erwischt haben.«

Oda warf Niekstein einen schnellen Blick zu. Anscheinend sprach Egermann von der Frau, die beim Unfall mit ihm im Taxi gesessen hatte. »Na ja. Unter besonderen Umständen drückt manch einen das Gewissen«, sagte sie ins Blaue hinein.

»Besondere Umstände«, höhnte Egermann, »kratzt die etwa ab? Mir hat man gesagt, sie habe den Unfall einigermaßen überstanden.«

Nieksteit schien die gleichen Gedanken wie Oda zu haben. Er stand auf. »Bin gleich wieder da«, sagte er und verschwand. Garantiert hatte er in null Komma nichts herausgefunden, wer die andere am Unfall beteiligte Person war.

»Ich habe keine anderslautenden Informationen«, sagte Oda lax, als sie allein mit Egermann war, »und deshalb wird sie im Prozess gegen Sie aussagen.«

»Na, da hängt sie sich aber selbst ganz schön mit rein.« Egermann wurde wütend. Er stützte sich mit dem gesunden Arm auf, stöhnte jedoch vor Schmerz, als er sich in eine andere Position bringen wollte. »Scheiße, tut das weh!«

Als er endlich so lag, wie er wollte, fuhr er fort: »Das kann die mir nicht allein anhängen. Ich hab in ihrem Auftrag gehandelt. Nee, wenn die Alte denkt, die kann mir das aufdrücken, hat die sich geschnitten. Die geht genau wie ich in den Bau. Aber hundertpro. Da kann auch ihr Kerl sie nich vor schützen.«

Kerl? Gab es noch einen Unbekannten? Bevor Oda nachhaken konnte, öffnete sich die Tür des Krankenzimmers, und Nieksteit kam zurück. Er drückte ihr einen kleinen Zettel in die Hand. Oda warf einen schnellen Blick darauf. »Silvia Steegmann«, stand dort.

Steegmann?

Die Frau von Carsten Steegmann?

War das seine Quelle?

Oda war einen Moment lang völlig durch den Wind. Dann riss sie sich zusammen. »Nun strengen Sie sich mal nicht übermäßig an«, sagte sie in absichtlich herablassendem Tonfall. »Die Beteiligung der Frau ist noch nicht bewiesen, aber wenn Sie uns sagen, wo wir den Wagen finden, den Sie geklaut und mit dem Sie unsere Kollegin angefahren haben, kann ich sicher ein gutes Wort für Sie einlegen.«

»Sie glauben wohl, Sie können mich verarschen. Da müssen Sie aber eher aufstehen. Ich hab mit Leuten wie Ihnen zu tun, seit ich zwölf war. Ich glaub an keine Versprechungen. Wenn Sie den Wagen haben wollen, suchen Sie ihn!« Er lachte hämisch. »Finden werden Sie den sowieso nicht. Und deshalb haben Sie keine Beweismittel außer irgendwelchen dubiosen Zeugenaussagen von vertrockneten alten Frauen.«

Oda zuckte kurz zusammen angesichts solcher Respektlosigkeit, während Egermann wieder an einem seiner Fingernägel zu knabbern begann. Angewidert stand Oda auf.

»Fahr ruhig schon los«, sagte sie zu Niksteit, als sie das Krankenzimmer verlassen hatten, und zückte ihr Telefon. »Ich regel das mit dem Haftbefehl und der Bewachung von Egermann, dann geh ich noch mal zu Christine.«

»Und was ist mit Steegmanns Frau? Wollen wir uns die nicht auch zur Brust nehmen? Immerhin hat die Christine ebenso auf dem Gewissen.« Nieksteit klang voller Kampfeslust.

»Ach, Kerl. Die hat's doch beim Unfall heftig erwischt, hast du gesagt.«

»Hat man mir erzählt«, erwiderte Nieksteit starrsinnig.

»Dann wird's wohl stimmen. Die wird uns schon nicht weglaufen, sie muss ja noch ein paar Tage hierbleiben. Also fahr ins Büro, ich geh noch zu Christine und erzähl ihr von den Ermittlungen.«

»Was willst du? Hast du 'ne Meise? Du kannst ihr doch nicht sagen, dass die Frau von Steegmann den Auftrag gegeben hat, sie umzunieten.«

»Ach, Nieksteit, manchmal hast du aber auch überhaupt kein Gespür für Menschen. Also, zisch ab.«

»Nee, ich warte. Kann ja eben einen Kaffee trinken. Wird sicher nicht so lange dauern, wenn Christine eh nicht reden kann.«

Oda lächelte. »Das ist lieb von dir. Danke.«

Als Oda bei Christine saß, schwieg sie zunächst einige Minuten. Betrachtete das weiße Gesicht ihrer Kollegin auf den weißen Laken. Dann griff sie nach Christines Hand.

»Hi, ich bin's. Gibt Neuigkeiten.«

Sie begann zu erzählen. Von den Hinrichs und wie Frieda versucht hatte, sich vor ihren Mann zu stellen. Von der Szene mit der Pistole im Schlafzimmer auf dem Hof und davon, dass sie an Enno Hinrichs' Kleidung letztlich die Schmauchspuren hatten feststellen können. Dabei hatte Oda den Eindruck, als ob Christine anders atmete. Aufmerksamer. In einem anderen Rhythmus.

»Wir wissen jetzt übrigens, wer am Steuer des Wagens saß, der dich so unglücklich erfasst hat. Der liegt inzwischen ebenfalls mit gebrochenen Knochen hier. Kann wohl nicht richtig Auto fahren. Brauchst aber keine Angst zu haben. Ich hab 'nen Haftbefehl beantragt, und bewacht wird er jetzt auch.« Oda legte ein wenig Genugtuung in ihre Stimme und spürte den Druck von Christines Hand auf ihrer. »Du musst nur noch gesund werden. Dann können wir den Typen ordentlich verknacken. Das hat der verdient.«

Noch einmal spürte Oda diesen leicht verstärkten Druck auf ihrer Hand. Dann hörte sie ein Geräusch. Es klang wie ein leises Husten.

Elektrisiert starrte sie in Christines Gesicht.

Die öffnete die Augen. Schluckte. Machte den Mund auf.

»Ja«, sagte sie schwach. Dabei lächelte sie.

ENDE

Danksagung

An dieser Stelle möchte ich vor allem meinen Leserinnen und Lesern danken, die mir vom ersten Buch an treu geblieben sind und die sich, wie ich aus so vielen Rückmeldungen erfahren darf, auf jedes neue Buch freuen. Das ist ein sehr schönes Gefühl!

Aber natürlich auch bei allen, die mir geduldig meine vielen Fragen beantwortet haben, als da vor allem wären: Dr. Christian Jackowski von der Rechtsmedizin Bern, Mike Cramme von der JVA Wilhelmshaven, Wolfgang Janssen, Betriebsleiter des Friesischen Brauhauses zu Jever, Klaus-Dieter Schulz, Polizeidirektor der PI Wilhelmshaven/Friesland, EKHK Wolfgang Memenga vom Polizeikommissariat Jever und Doreen Rehfeld von der JVA Bützow.

Danke!

Christiane Franke

Christiane Franke
MORD IST ALLER LASTER ENDE
Broschur, 256 Seiten
ISBN 978-3-89705-708-1

»Ein unterhaltsamer Krimi mit allem, was zu einem guten Krimi dazugehört: interessante Schauplätze, ein Fall mit Überraschungen, eine Reihe Verdächtiger mit einsichtigen Motiven und vor allem einer Hintergrundgeschichte, die zum Dreh- und Angelpunkt der Handlung wird und nicht von Pappe ist. Ein Regionalkrimi, den man überall lesen kann.« NDR 1

»Ein fesselnder Kriminalroman mit glaubwürdigen Figuren.«
Neue Rundschau

Christiane Franke
MORD IM WATT
Broschur, 288 Seiten
ISBN 978-3-89705-827-9

»Eine spannungsgeladene Lektüre bis zur letzten Seite.«
Jeversches Wochenblatt

»Christiane Franke entwickelt hier einen Krimi mit viel aktuellem Lokalkolorit ohne Längen – mit dunklen, eiskalten Auftragstätern, mit schwerkranken, verzweifelt nach Rettung suchenden Menschen und einer überraschenden Enthüllung zum Finale.« Weser-Kurier

www.emons-verlag.de